IDA HANSEN

Es geht immer noch schlimmer

IDA HANSEN

Es geht immer noch schlimmer

Roman

Marion von Schröder

FSC
www.fsc.org
MIX
Papier aus verantwortungsvollen Quellen
FSC® C006701

Marion von Schröder ist ein Verlag
der Ullstein Buchverlage GmbH

ISBN 978-3-547-71186-8

Gesetzt aus der Granjon bei LVD GmbH, Berlin
Druck und Bindearbeiten: CPI – Clausen & Bosse, Leck
Printed in Germany

1

»Arigatō gozaimashita«, sagte Herr Yamaguchi, als Kretschmar ihm die Tür zum Quadriga aufhielt. Das ist Japanisch und heißt »danke schön«. Er benutzte den Ausdruck gern und oft, obwohl er perfekt Deutsch sprach. Ich glaube, es war seine Art, mir und Herrn Kretschmar zu zeigen, wie sehr er sich über unseren Vertragsabschluss freute.

Ich sagte: »Dōitashimashite.« Das heißt »gern geschehen«, und es war meine Art auszudrücken, dass ich mein horrendes Honorar zu Recht bekam, weil ich mir sogar eine komplizierte japanische Floskel aneignete, um meinen Kunden glücklich zu machen. Mein Briefträger, der sich ein paar Jahre in der Welt herumgetrieben hatte, hatte sie mir beigebracht, und ich hatte sie mir sicherheitshalber mit einem Kuli auf den Arm gekritzelt.

»Arigatō gozaimashita«, lächelte Herr Yamaguchi, als ich ihn und Kretschmar zu dem Tisch führte, den ich für uns reserviert hatte.

»Dōitashimashite«, lächelte ich zurück. Ich wartete ab, bis meine beiden Gäste sich gesetzt hatten, und ließ mich dann auf den dritten Stuhl fallen. Donnerwetter – was für ein Moment! Darauf hatte ich vier verdammte Monate hingearbeitet. Ich wartete auf das Glücksgefühl, das sich bei mir in solchen Augenblicken einstellt, aber ich fühlte nur Müdigkeit. Kretschmar hatte mich ausgelaugt.

Mein Kunde besaß einen 30-Mann-Betrieb, der sich mit dem Ausstopfen verstorbener Haustiere befasste, und weil der Laden miserabel lief, hatte er unsere Unternehmensberatung engagiert. Es hatte viel Mühe gekostet, ihn zu überzeugen, dass Excel-Tabellen der Buchführung auf Post-its überlegen waren, und noch mehr Mühe, ihm abzugewöhnen, seine Kunden mit einem präparierten Hyänenkopf zu unterhalten – auch wenn der mittels MP3-Player im Unterkiefer »Muffi hat Mama lieb« krächzen konnte und das total witzig war. Ich hatte die Bücherkiste mit den Mängelexemplaren von *Friedhof der Kuscheltiere* aus dem Wartebereich entfernt. Ich hatte ihm günstigere Lieferanten besorgt und seiner Frau verboten, mit seinen Kunden die Auswirkungen künstlicher Hüftgelenke auf die Verdauung zu debattieren. Ich hatte also aus seinem Kramladen einen effektiven, wettbewerbsfähigen Betrieb gemacht.

Und als alles wie am Schnürchen lief, hatte ich ihn mit Herrn Yamaguchi zusammengebracht, der in Japan ein Imperium aus Seniorenheimen aufbaute und nach neuen Möglichkeiten suchte, seiner Kundschaft das Alter zu verschönern. Herr Yamaguchi war von der Idee, Haustiere auszustopfen, begeistert, und nun würden wir im Quadriga feierlich die Unterschriften unter die Verträge setzen.

»Wobei ich persönlich ein sehr weltoffener Mensch bin«, erklärte Kretschmar Herrn Yamaguchi gerade. »Und Japan find ich besonders klasse. Wir haben so eine verwandte Mentalität, was? Nur das mit den Autos habt ihr versaut. Ich hab meinen Toyota wegen der Fensterheber in die Werkstatt bringen müssen.« Er schlug Herrn Yamaguchi kumpelhaft auf die Schulter, und ich merkte, wie mein Magen sich verkrampfte.

Der Kellner brachte uns die Weinkarten. »Arigatō gozaimashita«, sagte Herr Yamaguchi.

»Dōitashi –«

»Hoffentlich habt ihr auch anständige Weine!«, fiel Kretschmar mir ins Wort und fegte die Dekoration zur Seite, um Platz für die Karten zu schaffen.

»Ich denke, wir können Sie zufriedenstellen«, murmelte der Kellner.

Herr Yamaguchi lächelte.

»Was nun die Autos angeht – da solltet ihr mal deutsche Ingenieure hinzuziehen«, half Kretschmar unserem Gast mit einem guten Rat weiter. »In Sachen Technik seid ihr ja nicht schlecht, aber mehr so in Richtung Computer, was?«

»Und in Sachen Medizintechnik und ... eigentlich auf jedem anderen Gebiet auch«, sagte ich und wünschte mir, ich könnte meinem Schützling die Hände um den feisten Hals legen. Ich hatte diese Geschäftsbeziehung bis ins letzte Detail geplant. Kretschmar würde sie doch nicht im letzten Moment platzen lassen?

»Ich war mal in Peking – das ist ja fast das Gleiche wie Japan«, plauderte Kretschmar, während sein Finger über die Weinkarte fuhr. »Und muss sagen: Donnerwetter! Also dieser Barbarenwall. Mauern bauen könnt ihr, da beißt kein Huhn einen Faden ab.«

»Ein Huhn?«, fragte Herr Yamaguchi.

»Das ist nur eine Redensart«, erklärte ich nervös.

»Drei Flaschen von eurem Besten«, bestellte Kretschmar beim Kellner.

Als Herr Yamaguchi sich erhob, um das diskrete Örtchen aufzusuchen, bat ich Kretschmar mit unter dem Tisch geballten Fäusten, sich zurückzuhalten.

»Warum denn?«, fragte er verblüfft.

»Japaner sind eher stille Menschen. Sie lieben den förmlichen Umgang. Sie reden nicht so viel.«

»Echt jetzt?« Kretschmar versprach, es zu berücksichtigen, hakte aber sicherheitshalber noch mal nach, als Herr Yamaguchi zurückkehrte. »Quassel ich Ihnen die Hucke voll? Also, können Sie ruhig sagen, wenn ich nerve. Nerv ich Sie?«

»Keineswegs«, sagte Herr Yamaguchi.

»Na bitte!« Kretschmar zwinkerte mir zu, um anzudeuten, dass ich eben auch nicht *alles* wisse.

Ich knibbelte an der Speisekarte. Eigentlich war ich es gewohnt, mit solchen Situationen umzugehen. Aber in den letzten vier Jahren hatte ich kaum Urlaub gemacht, und an diesem Abend fühlte ich mich wie ein ausgewrungener Waschlappen. Hatte ich mich vielleicht übernommen? Ging mir die Puste aus?

»Nur das mit den Haifischflossen – das find ich nicht korrekt von euch. Jetzt mal vom Tierschutz her. Und ziemlich eklig ist das auch«, sagte Kretschmar, während der Kellner vor uns den Wein abstellte.

Herrn Yamaguchis Lächeln wurde so dünn, dass man die Sonne hindurchscheinen sah. Mir war klar: Ich musste intervenieren und dafür sorgen, dass die Stimmung wenigstens lange genug hielt, um den Vertrag in trockene Tücher zu bekommen. Dann war mein Auftrag erfüllt, und ich konnte meine Rechnung ausstellen. Aber mir fiel nichts ein, außer dass ich mir einen harten, stumpfen Gegenstand wünschte, um Kretschmar zum Schweigen zu bringen.

»Vielleicht sollten wir den Vertrag unterschreiben, *bevor* das Essen kommt?«, schlug ich vor.

Herrn Yamaguchis dünnes Lächeln galt jetzt mir. Fand er es

unhöflich, dass ich drängelte? Galt so etwas in Japan als peinlich?

»Oder wir unterschreiben später – im Grunde ist es ja egal.« Ich war so fertig. Ich wollte nach Hause und mich verkriechen. Hundert Jahre schlafen. Ich unterdrückte den Drang, hysterisch zu kichern.

»Frauen haben's immer so eilig!«, lachte Kretschmar. »Die sind von Natur aus aufm Sprung. Nie geht ihnen was schnell genug. Meine ist genauso. Nicht, dass ich an ihr was auszusetzen hätte. Das ist 'ne gute Seele. Tut und werkelt. Aber am liebsten sind sie uns doch, wenn sie das Nest warm halten und uns machen lassen, was!« Er boxte Herrn Yamaguchi mit grölendem Gelächter in die Seite.

Das Glas in meiner Hand zitterte. Ich packte es fester und schüttete Kretschmar meinen Rotwein ins Gesicht.

Als ich Stunden später meiner besten Freundin Jo in meinem Wohnzimmer gegenübersaß, zitterte ich immer noch. Das hörte gar nicht mehr auf. »Weißt du, ich hab wochenlang auf Frau Kretschmars Röntgenbilder gestarrt und die Ähnlichkeit ihres künstlichen Hüftgelenks mit dem Schattenriss eines Pekinesen bewundert. Ich habe meinen Urlaub geschmissen, und ich hab Frau Kudrjawzew ein doppeltes Gehalt gezahlt, damit sie nicht zur Arbeit kommt und mich stört. Letzte Woche hab ich sogar kotzen müssen, vor lauter Müdigkeit.«

»Das ist richtig«, meldete sich Frau Kudrjawzew von nebenan, wo sie mit dem Geschirr klapperte. »Hat sie ekelhaftes Geräusch bei gemacht. Ich werde nicht bezahlt, zu hören ekelhaftes Geräusch.«

»Du hast gekotzt?«, fragte Jo.

Ich brach in Tränen aus. Jo reichte mir mitfühlend die Porzellanrosenbox mit den Kleenex und kaute auf ihrer Lippe. Während ich heulte wie ein Schlosshund, schaute sie mehrere Male auf die Uhr. Draußen im Auto wartete Sören. Den hatte sie vor einem halben Jahr bei einem Aktivurlaub in der mongolischen Steppe kennengelernt. Oder bei einem Zahnarztbesuch. Ich wusste es nicht mehr genau. Wir waren ja kaum noch zum Reden gekommen vor lauter Arbeit. Die beiden wollten nach Amerika rüber, Wildwasser paddeln oder Grizzlybabys kraulen.

»Du musst los«, sagte ich.

Jo nickte. »Dieser Widerling Kretschmar hat dich also gekränkt, und da hast du …«

»Wahrscheinlich bin ich gestolpert. Kann sein, das Ganze war nur ein Versehen. Eine Riesenungeschicklichkeit.« Hoffnungsvoll blickte ich meine Freundin an.

»Du hast gesessen und bist dabei gestolpert?«

Sie hatte recht. Ich schrumpfte wieder in mich zusammen und heulte erneut. Das lief bei mir momentan wie die Niagarafälle. Auf der Straße hupte ein Auto. Sicher Jürgen, der Angst um seinen Urlaub hatte. Ich zog meine Freundin hoch und drückte ihr die Handtasche in die Hand.

»Hast du schon mit Axel gesprochen?«, fragte sie, während sie über den Staubsauger stolperte, den Frau Kudrjawzew im Flur hatte stehen lassen.

»Klar«, log ich. Genau genommen hatte ich nur auf seinen Anrufbeantworter gesprochen. Axel Heiner war mein Geschäftspartner, und außerdem das, was man mit dem eckigen Wort *Lebensabschnittsgefährte* umschreibt. Wir wohnten zwar nicht zusammen, weil wir das für spießig hielten, aber wir liebten uns und waren immer füreinander da.

»Ist kein guter Mensch, Herr Heiner. Hat einen krummen Charakter. Würde sonst Frau Hinrichs zu eine ehrbare Frau machen«, gab Frau Kudrjawzew aus der Küche ihren Kommentar ab.

»Sie meint heiraten«, wisperte ich unter Tränen. »Als ob ich das wollte.«

»Wer flüstert, der lügt«, brüllte Frau Kudrjawzew.

Ich öffnete die Haustür. Sören – oder hieß er doch Jürgen? Weiß der Kuckuck, warum ich mir seinen Namen nicht merken konnte – saß in seinem Cabriolet und kaute Kaugummi. Er sah nett aus, sportlich, mit dunklen Haaren. Wie schade, dass ich fast nichts über ihn wusste. Aber Kretschmar hatte eben meine gesamte Zeit in Anspruch genommen, und ...

»Du brauchst Urlaub!« Jo stemmte sich gegen meine Drängelei, indem sie sich in den Türspalt stellte. »Nimm dir frei, Amke. Versprich's mir. Richtig lange.«

»Du verpasst den Flug!«

»Schätzchen, du bist überarbeitet.« Jo sprach langsam, als hätte sie es mit einem besonders einfältigen Kind zu tun. »Du hast dich ausgebeutet, und nun ist der Saft raus. Burn-out!«

»Ich weiß.«

»So was kann gefährlich werden. Du musst also unbedingt etwas dagegen tun. Oh, ich *hasse* es, dass ich gerade jetzt fortmuss. Warum gehst du nicht in ein Kloster? Die bieten solche Entspannungsgeschichten ...«

Jupp hupte.

»Versprichst du es mir?«

»Ja doch.«

Jo beäugte mich skeptisch. »Süße, ich nehme das als heiligen Schwur!« Sie sauste davon, und ich winkte dem Auto hinterher.

Während ich die Tür schloss, floss alle Erregung aus mir heraus. Puh. Endlich Stille. Ich schaute den Flur hinauf. Der Weg zu meinem Sofa war lang, er fühlte sich an wie ein Marathon durch die Sahelzone. Ich ließ mich daraufplumpsen und schloss die Augen. Wie konnte man nur so erschöpft sein und gleichzeitig so aufgedreht!

Noch einmal versuchte ich, Axel anzurufen. Dieses Mal wurde abgehoben. Am anderen Ende des Telefons meldete sich eine weibliche Stimme. Ich drückte mein Taschentuch gegen die Augen. Axel und ich führten eine freie Beziehung, jenseits aller Spießigkeit. Das hatten wir von Anfang an klargestellt. Wir waren einander seelisch treu, also ein richtiges Paar. Aber wenn sich einer von uns einen kleinen Flirt leistete, war das keine Katastrophe. Dieses Arrangement funktionierte wunderbar. Nur dass er gerade jetzt beschäftigt sein musste …

»Da ist wer für dich«, rief die Stimme, die piepsig klang wie von einem magersüchtigen Model, das über einen Laufsteg wackelt.

»Oh, doch nicht *jetzt*!«, brummelte Axel.

»Nicht jetzt«, piepste die Stimme und legte auf. Ich horchte ihr nach. Moment, war das nicht die Praktikantin, die seit einem Monat bei uns im Büro rumlungerte? Dieses unmögliche Geschöpf mit den Shorts, die ihr wie eine zweite Haut am Hintern klebten, und dem Piercing in der Lippe, das alle Arbeiten nur murrend erfüllte? Verdammt! Dass wir uns nicht einigeln wollten, war klar, aber wir hatten festgelegt, dass Flirts mit gemeinsamen Bekannten tabu waren.

Ich spürte, wie etwas in meinem Herzen splitterte. Axel war nicht irgendjemand für mich. Wir kannten uns schon aus dem Studium, hatten uns nach dem Examen aber aus den Augen verloren und vor vier Jahren zufällig in Paris wiedergetroffen. Es war wie ein Tornado gewesen. Wir hatten gelacht, uns auf dem Eiffelturm geküsst und schließlich beschlossen, unsere beiden Büros für Unternehmensberatung zusammenzulegen und nach Berlin zu ziehen, wo das wahre Leben tobte. Danach hatten wir *Hinrichs und Heiner – ein Garant für Erfolg* gemeinsam auf die Überholspur gebracht und … Ich war so verliebt in ihn! Wie konnte er gerade jetzt, wo ich ihn brauchte, mit unserer Praktikantin rummachen?

Frau Kudrjawzew erschien in der Tür. Der Blick, mit dem sie mich betrachtete, war plötzlich sorgenvoll, fast könnte man sagen: *mitleidig.* »Geht er nicht ans Telefon, miese Kanaille?«

»Er ist keine Kanaille. Wir lieben uns.«

»Er ist natürlich Kanaille«, sagte Frau Kudrjawzew. »Guter Mann bringt Frau nicht zum Weinen.« Sie reichte mir einen Papierkorb. »Hier rein, bitte schön!« Seufzend schaute sie zu den Fenstern, die sie wahrscheinlich wahnsinnig gern geputzt hätte. Aber dafür hätte sie mein Sofa beiseiterücken müssen, und das ging nicht, weil ich ja draufsaß.

»Keine Mama?«

»Bitte?«

»Wenn Mensch Kummer hat, dann geht er zu seine Mama!«, sagte Frau Kudrjawzew in einem Ton, als erklärte sie einem Analphabeten die Schrift.

»Meine Mama ist tot«, sagte ich und brach erneut in Tränen aus. Nicht aus Verzweiflung. Meine Mutter war bei meiner Geburt gestorben, und ich hatte nicht die geringste Erinnerung an sie. Aber es war mir mittlerweile zur Gewohnheit geworden, das Ende jeden Satzes mit Tränen zu begießen.

Erstaunlicherweise setzte Frau Kudrjawzew sich neben mich aufs Sofa und legte den Arm um meine Schultern. Sie seufzte. »Das ist schlimm. Tote Mama ist sehr schlimm.«

Schluchzend nickte ich.

»Und Papa?«, wollte Frau Kudrjawzew wissen.

Vor mir tauchte das Bild unseres Hauses im ostfriesischen Großefehn auf. Mein Vater war Lehrer im Ruhestand. Seit seiner Pensionierung hatte er es sich zur Aufgabe gemacht, unser Zuhause in ein Schmuckstück zu verwandeln, in eine Perle der gemütlichen ostfriesischen Beschaulichkeit. Swantje, meine ältere Schwester, wohnte gleich nebenan. Hinter den Häusern floss ein Kanal, auf dem im Sommer Enten schwammen. Darin hatte ich mit Swantje geangelt, als ich noch zu Hause wohnte.

Inzwischen hatte sie geheiratet – Klaes Eilers, der im Sommer '92 Schützenkönig gewesen war und schon damals phantastische Fünf-Gänge-Menüs zaubern konnte. Klaes hatte sein Hobby inzwischen zum Beruf gemacht und werkelte im besten Restaurant von Aurich. Zwei Kinder besaßen sie auch. Ich überlegte, wann ich das letzte Mal bei meiner Familie gewesen war. Es musste bei Fennas Taufe gewesen sein, also vor etwa drei Jahren.

Jetzt tat es mir leid, dass ich die letzten Urlaube immer mit Axel in Florida verbracht hatte. Ich bekam Sehnsucht nach dem prächtigen Holunderschnaps, den Swantje brannte. Und nach Papas gegrilltem Zander. Wie gemütlich es bei uns immer gewesen war. Warum zum Teufel hatte ich meine Leute so lange nicht besucht?

Ich löste mich aus Frau Kudrjawzews Umarmung. Auf einmal hatte ich wieder den Durchblick. Ich würde nach Hause fahren. War doch das Natürlichste der Welt.

»Zu Papa?«, fragte Frau Kudrjawzew erleichtert, als ich in mein Ankleidezimmer ging und meine Reisetasche hervorkramte. Sie begann wieder zu summen. Die Liiiiebe, die ein seltsames Spiel war, begleitete mich, bis ich die Tür ins Schloss zog.

2

Es würde alles gut werden. Das merkte ich schon hinter Oldenburg, als die Wiesen plötzlich bis zum Himmel reichten und weiße Wölkchen sich zu Schäfchenherden sammelten. Fehnhäuser säumten die Straßen, Klappbrücken überspannten die Kanäle, Windräder durchpflügten die klare Luft. Das ist es: Heimat!, dachte ich euphorisch. Hier war ich mit dicken Beinchen durch meine Kindheit gestapft. Ich stellte im Radio NDR ein, und als hätte man dort geahnt, wonach sich die verlorene Tochter sehnte, sang jemand *Dat Rasenmaiher Leed. Er hoult de Rasenmair, auch wenn et regnen dair* … Ich kurbelte die Fenster runter und sang mit. Platt ist eine wunderbare Sprache. Warm und undramatisch.

Beschwingt bog ich eine halbe Stunde später auf den Parkplatz neben Papas Haus ein – und hätte fast einen Blumenkübel gerammt. Erschrocken stellte ich den Motor aus. Was war denn hier los? Fast die gesamte Fläche vor der Garage meines Vaters war mit leeren Trögen zugepflastert. Es sah aus wie die Ausstellungsfläche einer Gärtnerei. Blumen hatte mein Vater ja schon immer gemocht. Die sabbeln nicht so viel wie Kinder, war immer seine Redensart gewesen. Aber jetzt war ich doch ein bisschen geplättet.

Vorsichtig stieg ich aus dem Wagen und atmete in tiefen Zügen die ostfriesische Luft ein. Oben im geöffneten Giebelfenster unseres Hauses flatterten weiße Gardinen. Nebenan bei Swantje konnte ich im Garten blaue Gartenstühle unter einem blau-weiß gestreiften Sonnenschirm erspähen. Freude durchrieselte mich. Gerade erst angekommen und schon geheilt. Das geht ja ratzfatz, freute sich mein effizientes Unternehmensberaterinnenherz.

Gutgelaunt holte ich meine Reisetasche aus dem Kofferraum. Gerade als ich den Wagen abschloss, öffnete sich die Eingangstür unseres Hauses. Etwas stapfte die beiden Stufen herab. Nicht Papa, nein, ganz und gar nicht. Das Wesen trug eine schwarze, zerrissene Jeans, aus der an den unmöglichsten Stellen weiße Haut lugte, dazu blutroten Lippenstift und fingerbreit schwarzen Kajal um die Augen. Außerdem eine schwarze, etwas schmierige Lederjacke. Doch am schockierendsten waren die Haare. Sie standen in jede Richtung vom Kopf ab, als hätte das Wesen gerade in eine Steckdose gefasst. Ich zog vorsichtshalber den Kopf ein, aber es stapfte glücklicherweise an mir vorbei, ohne mich zu bemerken. Benommen griff ich nach meinem Handy. Für den Fall, dass sich in Papas Haus gerade etwas Furchtbares abgespielt hatte, wollte ich ohne Zeitverlust die Polizei informieren können.

Das Wesen ging zu Swantjes Haus hinüber und verschwand darin. Das Letzte, was ich sehen konnte, war, wie es mit dem Handrücken unter der Nase rieb. Und da fielen mir die berühmten Schuppen von den Augen. Blitzartig verjüngte sich das Wesen um drei Jahre. Und wurde zu einem dreizehnjährigen mageren Mädchen, das *TKKG* las und von Ponys schwärmte und, wenn es groß war, Ärztin werden wollte. Ponyärztin vorzugsweise.

Rieke, dachte ich benommen. Die süße Rieke mit ihren Schwärmereien, die sich über die Weihnachtsfeiertage an meinen Arm gehängt und mich stundenlang mit Geschichten über gewiefte Kinderdetektive zugequatscht hatte. Bevor ich wieder wegfuhr, hatte sie mich in ihr Poesiealbum schreiben lassen. *Marmor, Stein und Eisen bricht, aber unsere Liebe nicht.*

Puh! Dass Kinder sich veränderten, wusste ich ja. Aber so? Andererseits hatte Swantje, meine patente Schwester, die Haushalt und Kinder routiniert wie ein Zirkusjongleur am Laufen hielt, sicher alles im Griff. Wahrscheinlich war dieses Aussehen nur eine Phase. Vielleicht hatte Rieke sich für einen Maskenball ausstaffiert? Und wenn nicht, dann hatte Swantje noch ein paar Jahre, um die Sache wieder hinzubiegen.

Ich kramte meinen Schlüssel aus der Jackentasche und wollte die Tür zu unserem Haus aufschließen. Doch der Schlüssel passte nicht. Wie blöd. Irritiert rüttelte ich an der Tür. Offenbar hatte Papa das Schloss auswechseln lassen. Und zwar ohne mir Bescheid zu sagen. Was sollte das denn? Wohnte ich hier nicht mehr, nur weil ich ein paar Jahre fort gewesen war? Ich gebe zu: Das ging mir schon ein bisschen ans Herz. Auf mein Klingeln rührte sich nichts, also ging ich ums Haus herum in Richtung Garten. Dort hatte ich bereits die ganze Zeit ein dumpfes Rumoren gehört. Es wurde mit jedem Schritt lauter. Ich bog um die Ecke – und blieb wie vom Blitz getroffen stehen.

Um meinen Schock zu verstehen, muss man wissen, dass Papas Garten immer etwas Besonderes gewesen war. Ein Prachtstück aus Obstbäumen, Büschen, Rasen und Blumen, die den Garten den ganzen Sommer über in einen Farbenrausch versetzten. Dazu ein heimeliges Eckchen mit Gemüsebeeten. Ein Wohlfühlparadies. Und jetzt?

Wo früher Beete und Rasen gewesen waren, erstreckte sich

ein Acker mit schwarzer, krümeliger Erde, aus der abgebrochene Äste ihre Arme wie Ertrinkende reckten und rote Rosenblüten gleich Blutstropfen die Furchen sprenkelten. Durch diese Verwüstung marschierte mein Vater hinter einer Art motorisiertem Pflug und zerstörte ein weiteres Stück Rasen. Ich merkte, wie sich etwas in mir zusammenzog.

»Mensch, Papa!«, brüllte ich. Der stampfende Dieselmotor dröhnte und übertönte mich, mein Vater machte ungerührt weiter. Ich hopste durch die Ackerfurchen und schaffte es, mich so zu platzieren, dass er mich sehen konnte, ohne mich sofort niederzuwalzen. Heftig schwenkte ich die Arme. »Papa – halloooo!«

Seine Miene hellte sich auf. Strahlend stellte er den Motor des unheimlichen Dieselmonsters ab und schloss mich in die Arme. »Ja Amkekind, Schätzchen, mein Liebes, was für eine Überraschung!« Seine Stimme schwankte vor Rührung. »Dass du gekommen bist. Ich freu mich so!« Er schwenkte mich unbeholfen herum und umarmte mich so heftig, dass ich plötzlich ein rabenschwarzes Gewissen bekam. Wie hatte ich meinen Vater nur so lange allein lassen können? Drei Jahre, in denen wir nichts als belanglose Telefongespräche geführt hatten. Dabei liebte ich ihn doch so!

Er wandte sich zu der gepflügten Fläche, legte den Arm um meine Schulter und fragte mit einem zufriedenen Blick auf seine Baustelle: »Sieh mal, was ich aus unserem Garten mache. Na? Was denkst du, Schätzchen?«

Ich starrte auf den Acker. »Papa, was soll das denn werden?«

»*O wie fühl' ich in Rom mich so froh!*«, rezitierte mein Vater mit dramatischer Stimme. »*Gedenk' ich der Zeiten, da mich ein graulicher Tag …*«

»Was?«

»Das ist Goethe, mein Schätzchen. Aus den Elegien. Er besingt Rom. *Gedenk' ich der Zeiten …«*

»Papa …«

»Schon gut, mein Herz. Ich plane einen römischen Garten, darum geht es. Ich werde unser Grundstück in eine Oase voller südländischen Charmes verwandeln. Italien nach Ostfriesland holen. Stell dir das Ganze vor wie den Park bei der Villa Borghese.«

Bitte? Wollte er etwa nackte Kerle aus Marmor in unseren Garten stellen, die lüstern zu meinem Kinderzimmerfenster starrten? »Papa …«

»Ich werde hier Palmen pflanzen und ein paar Zitronenbäumchen und Orchideen … Vielleicht baue ich auch einen Brunnen, aber da bin ich noch nicht sicher. Na, was denkst du?«, wiederholte er seine Frage.

Ja, was sollte ich denn denken? Palmen in Ostfriesland? Ein Villa-Borghese-Park im Püttjeweg 213 in Ostgroßefehn auf einem handtuchschmalen Grundstück? Da gab es doch praktisch nur eine Schlussfolgerung, und die war schrecklich. Wurde mein Vater womöglich dement?

Als er in die Küche ging, um uns einen Tee zu brühen, stürzte ich zum Nachbarhaus. Swantje würde mir erklären, was los war. Vielleicht war ja alles gar nicht so schlimm, wie es sich im ersten Moment anhörte. Ich klingelte Sturm. An Swantjes Haustür hing ein Schild: *Ich baue nicht aus Lust und Pracht, die Not hat mich dazu gebracht.* Mich konnte die Not jetzt auch zu allerlei treiben.

Ungeduldig trippelte ich von einem Fuß auf den anderen. Nichts rührte sich. Swantje und ihre Familie waren offenbar ausgeflogen. Nicht einmal der Vampir ließ sich blicken.

Ich ging ums Haus herum. Hinter dem Garten ankerte das Hausboot von Peet im Kanal. Peet war Klaes' älterer Bruder, also mein Schwippschwager oder wie man so jemanden nennt. Ähnlich wie Klaes hatte er nie den Absprung vom elterlichen Hof geschafft. Aber während Klaes das Haus in Besitz genommen hatte, hatte Peet es sich am Kanalufer gemütlich gemacht. Ich sah ihn zwischen Terrakottatöpfen voller Frühlingsblumen in einem Liegestuhl schlafen.

Eine breite Planke führte vom Rasen zu seinem Boot. Wenig begeistert tastete ich mich über den Holzsteg zum Bootsdeck. Das Kanalwasser war von Entengrütze bedeckt, und ich vermutete, dass sich darunter Schlingpflanzen befanden, bereit, einen unvorsichtigen Schwimmer in den nassen Tod zu ziehen. Auch die Existenz von Wassergeistern mit Armen aus glitschigen Algen war aus meiner Sicht nicht glaubhaft widerlegt.

Ich atmete auf, als ich sicher auf dem Bootsdeck angelangt war. Wenig begeistert betrachtete ich den Schlafenden. Peet ähnelte seinem Bruder. Eine blonde Mähne, die sich schwer bändigen ließ. Eine Buckelnase. Und ein Gesicht mit einem runden, friedlich wirkenden Kinn, was aber nicht täuschen durfte. Denn Peet war knallhart.

Als ich ihm mit dreizehn Jahren in einem in schlaflosen Nächten gefertigten, mit rosa Herzen verzierten Brief die berühmte Ja-Nein-Vielleicht-Frage stellte, hatte er meinen Herzenserguss bei seinen Kumpels von der freiwilligen Feuerwehr rumgezeigt, und jeder von ihnen hatte mit Namen angekreuzt, ob er sich eine Zukunft mit Amke Hinrichs vorstellen könnte. Das Resultat war nicht gerade überwältigend gewesen. Viele hatten auch noch einen Kommentar dazugeschrieben, der sich auf meinen Babyspeck bezog. Lauter Blödmänner. Oberblödmann: Peet Eilers.

Aber das war jetzt nicht wichtig. Ich räusperte mich.

Peet öffnete die Augen – und ich segelte durch die Luft. Aus den Augenwinkeln hatte ich gerade noch ein riesiges, haariges Ungetüm wahrgenommen, im nächsten Moment schlug ich schon auf dem Wasser auf.

Was die Schlingpflanzen angeht: Ja, es gibt sie wirklich. Sie umklammerten meine Beine und zogen mich unbarmherzig in die Tiefe. Wassergeister existieren ebenfalls. Einer von ihnen zerrte mich an den Armen zu sich heran. Ich blickte in stechend blaue Augen und schrie, was das Zeug hielt.

»Ruhe!«, brüllte der Wassergeist.

Nie im Leben! Oder ... vielleicht doch. Der Wassergeist hatte Peets Züge und sprach mit seiner Stimme. Hektisch schnappte ich nach Luft und klammerte mich an Peet fest. Eine Ente zog vorbei und beäugte uns neugierig. Am Ufer stand ein Hund – das fette Vieh, das mich ins Wasser gestoßen hatte – und kläffte.

»Können Sie schwimmen?«

Ich nickte.

»Dann schwimmen Sie, verdammt noch mal.« Peet machte sich los und kraulte zum Ufer. Sein Kopf war über und über mit Wasserlinsen bedeckt. Einen Moment war ich erfüllt von Dankbarkeit. Vielleicht war er immer noch ein Oberblödmann, aber immerhin hatte er nicht gezögert, in den Kanal zu springen und mir das Leben zu retten. Ich folgte ihm ans Ufer.

Der Hund kläffte immer noch. »Nimm ihn weg«, rief ich Peet zu, der sich bereits ins Trockene hochgearbeitet hatte.

Er zog sich das klatschnasse Hemd über den Kopf. Darunter kam ein erstaunlich muskulöser Oberkörper zum Vorschein. »Quatsch! Quasimodo tut nichts.«

Ha ha ha! »Nimm ihn weg!«

Peet packte das Tier brummig am Halsband und wartete, während ich wenig elegant das Ufer erklomm.

Frierend stand ich in der Sonne. »Hast du ein Handtuch?«, wollte ich von Peet wissen. »Ich muss mit jemandem reden.«

»Amke? Amke Hinrichs? Herrgott, bist du das wirklich?«, fragte er.

»Worüber willst du denn reden?«, wollte er wissen, als ich wenig später in eine Decke gehüllt zitternd in der Kajüte stand. Durch die offene Tür konnte ich seine Schlafkoje sehen, die von einem schmalen Doppelbett fast ausgefüllt wurde. Unter der Bettdecke lugte ein seidenes Pyjamabein hervor. Peet Blödmann hatte offenbar geheiratet. Ich wandte den Blick ab. »Mein Vater, Peet. Ich mache mir Sorgen. Er ... tut so verrückte Sachen.«

»Wieso?«

Die Worte sprudelten jetzt aus mir heraus. »Ein römischer Garten. Hier auf unserem Grundstück. Stell dir das mal vor: Mein Vater will Palmen pflanzen in einem Landstrich, in dem man ständig im Moor stecken bleibt und über Hitzewellen klagt, wenn das Thermometer zwei Tage hintereinander zwanzig Grad zeigt. Hast du kapiert, was ich sage? Mein Vater will ...«

»Entspann dich«, sagte der Blödmann und rubbelte sich den Kopf trocken. »Es ist doch egal, was er pflanzt. Hauptsache, er hat seinen Spaß daran.«

»Aber ...«

»Du bist doch in ein paar Tagen sowieso wieder weg.«

Was sollte das denn nun? So wie Peet es aussprach, klang es, als könnte er meine Abreise kaum erwarten. Er selbst hatte übrigens auf meinen Zettel, weil er damals schon gern zeichnete, eine Dampfwalze gemalt, die gerade ein Strichmännchen in grünen Hosen plattmachte. Für die Begriffsstutzigen hatte er auf die Dampfwalze *Amke* geschrieben und auf das Männchen *Peet*.

Mir verging die Lust, mit ihm über meinen Vater zu reden. Offenbar kapierte er gar nicht, wo das Problem lag. Schlechtgelaunt schaute ich in eine tiefer gelegene Kabine, in der ein Schreibtisch und ein Regal voller Leitzordner standen. Peet hatte Architektur studiert, und offenbar hatte er sein Büro ebenfalls hier auf dem Boot eingerichtet. Unter dem Schreibtisch erspähte ich ein kleines Mädchen, das Quasimodo Spangen ins Fell flocht. Nachwuchs hatte er also auch schon. »Hallo«, sagte ich. Das Mädchen spielte ungerührt weiter.

»Wo stecken eigentlich Klaes und Swantje?«, fragte ich mürrisch.

»Klaes kocht«, sagte Peet und schob mich zu der kleinen Treppe, die an Deck führte.

»Immer noch in dem Restaurant in Aurich?«

Er zuckte mit den Schultern. Wieder an der frischen Luft, starrte ich trübsinnig zu Swantjes blauen Gartenmöbeln. Meine Schwester hatte nicht wissen können, dass ich kommen würde, aber irgendwie fand ich es trotzdem gemein, dass sie nicht da war. Ich hatte mich so darauf gefreut, endlich mal wieder mit ihr zu quatschen.

»Wie lange wirst du denn bleiben?«, fragte Peet.

»Keine Ahnung. Nur ein paar Tage.«

»Hätte mich auch gewundert.«

»Was?«

»Wenn du vorgehabt hättest, dich mal ein bisschen um den Karren zu kümmern, der hier im Dreck steckt.«

»Wieso kümmern? Wieso Dreck?«

Wieder hob er die Schultern. Das konnte er offenbar am besten: Andeutungen machen und dann den Gesprächspartner informationsmäßig ins Nirwana schicken. Ich gab ihm seine Decke und balancierte über die Planke zurück in den Garten.

Zwei Stunden später schmierte ich mir und meinem Vater, der nach des Tages Müh unter die Dusche gegangen war, ein paar Stullen, und nach dem Essen gingen wir beide zu Bett. Ich schlief auf der Stelle ein, glücklicherweise, denn ausreichend Schlaf ist ja das Fundament jeder Erholung.

Leider wurde ich bereits nach kurzer Zeit wieder wach. Die Nächte sind nicht das Schönste bei Liebeskummer und Burnout. Ich starrte eine gefühlte Ewigkeit aus dem Fenster, wo die Wolken wie Geisterheere vorbeizogen, und malte mir aus, wie es sein würde, wenn ich nicht mehr arbeiten könnte. Axel würde mich natürlich nicht im Stich lassen, aber irgendwann würde er sich für die Firma eine neue Partnerin suchen müssen, die keinen Wein über die Kunden schüttete. Frau Kudrjawzew würde kündigen und bei einer Chefin anheuern, die ihr schriftlich und von einem Notar beurkundet versicherte, dass sie nienieniemals zwischen neun und siebzehn Uhr ihre Wohnung betrat und sich darin auch keinesfalls übergab. Und ich selbst würde auf der Straße enden, das stand für mich fest.

Selbstmitleidig begann ich zu heulen, allerdings nicht sehr laut, denn Papa hatte seine Schlafkammer gleich nebenan, und ich wollte ihm keinen Kummer machen. Dann griff ich nach meinem Handy, um zu überprüfen, ob noch Geld auf meinem Konto war. Sicherheitshalber. Nicht, dass mich Herr Kretschmar in Schwierigkeiten bringen würde, wenn er nicht zahlte, aber Millionärin war ich auch nicht. Und jetzt, wo ich wegen meiner Erkrankung mit Frühverrentung rechnen musste …

Ach, Mist! Ich würde ja gar keine Rente bekommen. Ich war doch selbständig. Warum hatte ich nichts Anständiges gelernt? Werde Lehrerin, hatte Papa immer gesagt, weitsichtig wie ein Prophet.

Mein Smartphone konnte mir nicht mit meinen Kontodaten aushelfen, weil ich dreimal meine PIN falsch eingab. Ich legte es beiseite und stellte den Fernseher an, um mich abzulenken. Das Einzige, was gesendet wurde, war ein Zug. Also nicht der Zug selbst, sondern das, was man durch die Fenster der Lok sehen konnte, während der Zug durch die Walachei gondelte. Vor allem Schienen und Büsche, manchmal eine Wiese, gelegentlich als Highlight eine Bahnstation in der Pampa. Davon aber nur die Bahnsteigkante.

Es dauerte eine ganze Weile, ehe ich aufhörte, auf eine Handlung zu warten. Man glaubt ja nicht so rasch, dass unsere Rundfunkgelder dafür ausgegeben werden zu zeigen, wie eintönig der Alltag eines Lokführers aussieht. Ein Gutes hatte die Sendung aber: Irgendwann nickte ich weg.

Hinter dem Stück Land, das Papa gerade umpflügte, befand sich noch ein Rest unseres alten Obstgartens. In der Mitte prangten zwei Pflaumenbäume, an denen die letzten weißen Blüten zwischen den Blättern schimmerten. Als ich am nächsten Morgen wie zerschlagen erwachte und zum Fenster taumelte, sah ich sie, ein Relikt aus meiner Kindheit, als mein Leben noch heil und ganz gewesen war und ich keinen Drang verspürte, Wein zu verspritzen. Meine Stimmung besserte sich ein wenig.

Ich entdeckte in meinem alten Kleiderschrank einen Jogginganzug, zog ihn an und stieg in den Keller hinab. Dort umrandete ich einige Eimer mit getrocknetem Mörtel und fand hinter den Resten einer Zwischenmauer, die Papa wohl eingerissen hatte, um den Raum zu vergrößern, die Hängematte, in der ich als Jugendliche die Sommertage verdöst hatte.

Im Kühlschrank in der Küche entdeckte ich einen Joghurt, den ich rasch auslöffelte, dann ging ich mit meiner Beute in den Garten. Die Sonne schien und legte einen Teppich aus Glanz und Gold über Ostfriesland. Vögel sangen. Papa schob zufrieden seinen Pflug durch die Gegend. Plötzlich kamen mir die Sorgen, die ich mir seinetwegen machte, übertrieben vor. Mein Vater wurde ein bisschen exzentrisch, okay, aber im Grunde hatte Peet recht: Hauptsache, ihm machte das Buddeln Freude.

Ich winkte ihm zu und hängte die Hängematte in die Ösen, die immer noch in den Pflaumenbaumstämmen steckten. Mein Vorhaben war einfach: Ich würde so lange hier liegen bleiben, bis ich mein Burn-out hinter mir gelassen hatte. Aufatmend ließ ich mich in die Matte plumpsen, rekelte mich, wackelte ein bisschen mit den Zehen und schloss die Augen. Puh, das entspannte.

Rattarrr …

Ich öffnete ein Auge.

Raratta … ratarattata …, machte Papas Pflug.

Nun ja. *Nur* schön ist es schließlich nirgends. Im Paradies hat die Schlange fiese Vorschläge zum Thema Obstverzehr gemacht, in Florida hatten mich Krebse gezwickt, in Berlin Frau Kudrjawzew genörgelt. Das bisschen Lärm war mir doch egal. Ich konzentrierte mich auf das Positive und wippte wieder mit den Zehen. Eine Biene summte. Grundsympathische Tiere, das. Fleißig, diszipliniert, effizient.

Rattataaraattaara …

»Papa, willst du nicht mal eine Pause einlegen?«

Der Diesel machte einen Höllenlärm. Mein Vater hörte mich nicht. Widerwillig bugsierte ich mich aus der Hängematte und ging zu ihm hinüber. Er stellte die Maschine ab und erklärte zufrieden: »Es dauert alles ein bisschen, aber ich komme voran, Amke.«

»Hast du dir das, was du hier machst, denn wirklich genau überlegt?« Ich ließ meinen Blick über die umgebuddelte Fläche und über den Teil des Gartens schweifen, der sich noch im Originalzustand befand. Ein leuchtendes grünes Blätterdach beschattete zwei Bänke und einen liebevoll gezimmerten Holztisch, an dem wir im Sommer immer gegessen hatten. Goldregen strahlte in der Sonne. Sogar der Pfahl, an dem wir den Basketballkorb aufgehängt hatten, stand noch. Nun brandete die schwarze Masse wie eine alles vernichtende Sturmflut gegen diesen heimeligen Rest. »Es war doch alles so schön, Papa.«

»Ja schon, aber ...« Mein Vater lächelte. »Weißt du, man darf im Alter nicht stecken bleiben. Sonst rostet man ein. Im Kopf und im Körper, sag ich immer. Also habe ich mir vorgenommen, hier noch mal richtig ranzugehen. Es ist die Weite, die ich an den südländischen Gärten mag. Mir kommt es immer so vor, als atmeten sie den Geist der Demokratie, die in diesen großartigen Ländern geboren wurde.«

Ich schaute zum Kanal, auf dem die Entengrütze dümpelte, und auf die Wiesen dahinter. »Wir haben doch auch Weite.«

»Ich meine das weniger räumlich als zeitlich, Schatz. Die Philosophen, verstehst du? Aristoteles, Sokrates ...«

»Hast du gestern nicht gesagt, der Garten soll römisch werden? Aristoteles und Sokrates waren Griechen.«

»Macht doch nichts.« Er wies zu meinen Pflaumenbäumen. »Dort stelle ich Palmenkübel hin.«

»Die gehen dir im Winter ein.«

»Ach Herzchen«, lachte mein Vater. »Ich werde sie in den Keller tragen. Ich bin schon dabei, ihn herzurichten.« Er zeigte rüber zu Klaes' Haus. »Da hinten soll eine Säulenreihe hin, so ähnlich wie die Akropolis. Und ein Brunnen. Und wo jetzt der Hibiskus steht, werde ich eine von diesen künstlichen Grotten errichten, aus denen ein Quell sprudelt, erinnerst du dich? So was haben wir uns auch in unserem letzten gemeinsamen Urlaub angeschaut. Leider hattest du damals deine Kamera vergessen.«

»Sie lag ja nachher im Hotel. Außerdem war das in Frankreich.«

»Oder so«, stimmte Papa zu. »Die Säulen werde ich jedenfalls aus echtem Marmor schlagen. Und das mache ich selber. Dafür gibt es Werkzeuge, ich habe mich schon erkundigt. Den Marmor lasse ich aus Carrara kommen.«

Säulen aus Marmor schlagen? Abgesehen davon, dass Marmor aus Carrara unbezahlbar war: Papa hatte schon bei den Kastanien-Eichel-Männchen mit den Streichholzbeinen versagt, die wir als Kinder gebastelt hatten. Er besaß überhaupt kein handwerkliches Talent.

Papa wuchtete eine Wurzel beiseite, die vor dem Pflug aus der Erde ragte, und beförderte sie mit einer Schubkarre zum Komposthaufen. Ich blickte zu Swantjes Haus. Dort rührte sich nichts. Nur Peet saß auf seinem Boot und frühstückte mit seiner Tochter. Das kleine Mädchen sammelte mit ernster Miene die Wurst vom Brot und fütterte den Hund, der sie mit ebenso ernster Miene fraß. Peet las Zeitung, ohne sich darum zu kümmern. Typisch!

»Du, Papa«, sagte ich, als mein Vater zu mir zurückkehrte. Ich versuchte, leichthin und ohne Dramatik zu sprechen. »Es kann sein, dass ich ein bisschen krank bin.«

»O Gott!«

»Nichts Schlimmes«, beeilte ich mich zu sagen. »Nur ein

bisschen Überarbeitung. Ein kleines Burn-out.« Ich lachte neckisch, und Papa seufzte erleichtert.

»Dann ist ja gut. Sag mal, Amke, kannst du, wenn du uns was zum Essen besorgst, gleich beim Baumarkt vorbeischauen, ob die inzwischen die weißen Kiesel bekommen haben, die ich brauche? Sie wollten mir die grauen aufschwatzen, aber ich bitte dich! Unter unserem nordischen Himmel würde das doch deprimierend wirken.«

»Klar, und … Weißt du, so richtig gut geht es mir aber nicht. Also körperlich schon. Nur seelisch … Ich habe jemandem Wein über das Hemd geschüttet.«

»Warum?«, fragte Papa verständnislos.

»Keine Ahnung. Einfach so.«

»Das halte ich aber für keine gute Idee.«

»War es auch nicht. Aber mach dir keine Sorgen. Ist schon wieder alles in Ordnung.«

Papa nickte. Er glaubte mir auf der Stelle. Sein Blick wanderte zur Grenzlinie, und in Gedanken bearbeitete er wohl schon den Marmor. Schön. Er sollte sich ja auch keine überflüssigen Sorgen machen.

Ich sah, wie Peets Frau sich an den Frühstückstisch setzte. Sie und Peet lachten, die Kleine kletterte auf den Schoß ihrer Mutter, sammelte den Käse von ihrem Brot und fütterte damit ebenfalls den Köter. Familienidylle. Sieht irgendwie gemütlich aus, dachte ich neidisch. Aber war ja kein Problem. Ich würde noch ein bisschen schlafen und mich erholen, und dann würde ich den Rest meiner Familie zu einem Brunch zusammentrommeln. Und nicht nur mit Käsestullen, sondern mit frisch gepresstem Orangensaft und Brötchen vom Bäcker. Dann konnten die auf dem Boot sehen, dass das Leben bei Hinrichs ebenfalls genossen wurde.

3

»Quaaak!« Eine Ente watschelte an meiner Hängematte vorbei. Sie musste aus dem Kanal geklettert sein. Vielleicht war es dieselbe, die bei meinem Ausflug in den Kanal an mir vorbeigeschwommen war. Wollte mir vermutlich einen Gegenbesuch abstatten. Als ich mich aus der Hängematte wälzte, watschelte sie davon.

Es war immer noch derselbe Tag. Der Brunch hatte nicht stattgefunden. Im Grunde war das kein Wunder. Ich hatte einmal über Burn-out gelesen. Bevor man ganz zusammenbricht, gibt es ein Auf und Ab. Man reißt sich zusammen, man fängt etwas an, man kriegt es nicht zu Ende, man erschlafft, man reißt sich zusammen …

Ich schaute mich um. Von Papa war keine Spur mehr zu sehen. Also machte ich mich auf den Weg zu Swantje, die enttäuschenderweise immer noch nicht aufgetaucht war. Plötzlich begann mein Handy zu vibrieren. Donnerwetter – mir war gar nicht aufgefallen, wie sehr ich dieses Geräusch vermisst hatte. Wie elektrisiert kramte ich es aus der Tasche.

Eine Nachricht von Axel. Er richtete mir aus, dass er mit Kretschmar gesprochen hatte, und hielt es für eine gute Idee, dass ich nach Ostfriesland gefahren war. *Lass dir ruhig Zeit.* Na, diesen Wunsch konnte ich verstehen. Er erlebte ja offenbar gerade den Himmel auf Erden mit seiner Praktikantin! Gekränkt ließ ich das Handy wieder in meine Tasche gleiten.

Wrrrrrr … Noch eine Mail aus dem Büro. *PS: Ich liebe dich. Wenn du wieder daheim bist, fliegen wir für eine Woche nach Florida, okay?*

Ich atmete durch. Was bildete der sich eigentlich ein, dieser … Alphagorilla? Dass ich hüpfte, sobald er mit dem kleinen Finger winkte? Andererseits: Florida! Ich spürte ein Kribbeln im Bauch. Mit *Florida* meinte er ein schickes weißes Haus an einem Strand, das wir uns kurz nach der Geschäftsgründung als amerikanisches Liebesnest eingerichtet hatten. Was war das für eine Aufregung gewesen! Erst wollte der Besitzer nicht verkaufen, dann versuchte ein Russe, es uns wegzuschnappen, und am Tag, als wir unterschreiben wollten, vergiftete Axel sich mit Muscheln, so dass ich allein zum Notar fahren musste. »Mensch, Amke«, hatte er gelacht, »das Leben mit dir ist wie eine Achterbahnfahrt.« *Florida* war Glück pur. Im Schlafzimmer stand ein Doppelbett von der Größe eines Flugzeugträgers, mit Bettwäsche aus Satin … Dass ich nicht selbst daran gedacht hatte, zum Auftanken dorthin zu fahren!

Noch halb in Gedanken klingelte ich an Swantjes Haustür. Nichts rührte sich. Ich ging zum Garten und benutzte den Kellereingang, den Swantje leichtsinnigerweise immer offen stehen ließ. »Hallo? Irgendjemand da?«

Immer noch Stille. Als Klaes und Swantje ihr Haus von Klaes' Eltern geerbt hatten, hatten sie es modernisiert und sich ebenfalls ein Nest geschaffen. Nicht extravagant, wie Axel und ich, dafür urgemütlich. Mit weißen Sprossenfenstern und Spitzengardinen. Ich mochte es. »Swantje?«

Keine Antwort. Ich schnupperte. Irgendwie roch es streng.

Nach … Mülleimer? Genau. Und zwar nach einem Mülleimer, auf den stundenlang die Sonne geknallt hatte. Ich eilte zur Küche, doch gerade als ich die Klinke niederdrücken wollte, klingelte es an der Tür. Nach kurzem Zögern öffnete ich.

Meine alte Handarbeitslehrerin stand vor mir. Oder jemand, der ihr bis hin zum praktischen Kurzhaarschnitt, den verkniffenen Lippen und den hageren Hexenfingern ähnelte. Meine Lehrerin und ich hatten ein ganzes Schuljahr lang miteinander über Kreuz gelegen, weil ich ein Problem mit Strickmaschen gehabt hatte. Egal wie ich zählte – irgendwie befand sich immer eine zu viel oder zu wenig auf der Nadel. Wahrscheinlich weil sie eng wie das gelbe Trikot an den glitschigen Stäbchen klebten. Ich konnte gar nichts anderes tun, als beherzt irgendwo reinzustechen und zu hoffen, dass die überzähligen Maschen mit denen, die mir vom Nadelende rutschten, eine schwarze Null ergaben. Frau Möderli-Hummrich hatte das leider anders gesehen.

»Liebe Frau Eilers: So geht das aber nicht!«

Donnerwetter! Das Weib hatte sogar die schrille Stimme meiner Handarbeitslehrerin. »Bitte?«, fragte ich verdutzt.

Die Frau schürzte die Lippen. »Dürfte ich vielleicht hereinkommen?«

Nee, nicht in den Flur, in dem es dermaßen muffig roch. Wer war das überhaupt? In jedem Fall eine Respektsperson. Riekes Lehrerin? Hatte unser Vampir was ausgefressen?

»Wollen wir uns vielleicht auf die Terrasse setzen?«, schlug ich vor. Eigentlich hätte ich ihr jetzt auch erklären müssen, dass ich Swantjes Schwester war und ihr nur ein bisschen ähnlich sah. Aber ich hatte das Gefühl, dass ich Swantje damit in etwas reinritt. Sie musste, metaphorisch gesehen, eine ganze Menge Maschen fallen gelassen haben. Ich musste zu ihr halten, besonders gegenüber diesem Drachen.

Die Gartenmöbel standen unter dem Sonnenschirm. Ein Bild wie aus der Werbung. Das Einzige, was die Idylle trübte, war ein riesiger Klecks Vogeldreck mitten auf der gelochten Tischdecke. Und fünf oder sechs weitere Kleckse, die sich dekorativ auf die Sitzkissen verteilten. Das meiste war schon eingetrocknet. »Tja, die Natur«, grinste ich gequält und bot meiner Besucherin einen Stuhl mit unbekleckstem Kissen an.

»So was geht ganz einfach weg, wenn man es in die Reinigung gibt. Oder gleich bei Nichtbenutzung Schonbezüge auflegt«, sagte die Frau.

Herzlichen Dank für die Information! Ich überlegte, ob ich dem Weib etwas zu trinken anbieten sollte, entschied mich aber aus Abneigung dagegen. Der Rasen war übrigens auch nicht gemäht und wie bei Papa zu einer Wiese mit vielen Gänseblümchen mutiert. Ich merkte, wie meine Besucherin es mit Genugtuung registrierte und in Swantjes Sündenregister eintrug. »Ziemlich heiß heute!«, sagte sie und schielte gierig zur Küche.

»Ja, ist das nicht wunderbar? Ich liebe den Sommer«, erklärte ich mit einem breiten Lächeln. Nee, die würde von mir nicht mal einen Schluck Wasser bekommen.

»Vielleicht erinnern Sie sich gar nicht mehr, wer ich bin? Ich habe so den Eindruck. Hertha Buskopp. Ich leite …«

»Aber natürlich kenne ich Sie«, warf ich rasch ein, bevor sie Swantje Gedächtnisprobleme vorwerfen konnte.

»Ich betreue während der Schwangerschaft meiner Kollegin neben meiner Leitungstätigkeit auch noch die Käfergruppe, in die Fenna geht.«

Donnerwetter, das Weib war Erzieherin? Hieß das, dass meine kleine Babynichte bereits auf zwei Beinen marschierte? Natürlich, seit der Taufe, die mich zu Fennas Patentante gemacht hatte, waren schließlich drei Jahre ins Land gegangen.

»Den Grund meines Kommens können Sie sich vermutlich denken. Wir suchen in solchen Fällen zunächst immer das Gespräch mit den betroffenen Eltern. Das ist ja auch im Interesse des Kindes.«

Wollte das Weib damit andeuten, dass Fenna Probleme machte? Quatsch. Meine Schwester war nicht nur die liebenswerteste und sanftmütigste, sondern auch die kompetenteste Person auf Gottes Erdboden. Mit ihrer Tochter konnte gar nichts schiefgelaufen sein.

»Ich muss mich wundern«, erklärte ich mit scheinheilig besorgtem Gesichtsausdruck. »Hier zu Hause ist unsere Fenna völlig unkompliziert. Leidet sie vielleicht darunter, dass ihre Gruppenleiterin verschwunden ist? An der hat sie nämlich wie verrückt gehangen. Aber die ist ja auch so was von warmherzig und fröhlich. Ich hoffe, sie kommt bald wieder?« Bitte! Gemein sein konnte ich auch.

»Eine Schwangerschaft braucht nun einmal ihre Zeit«, erwiderte Hertha Buskopp knapp. Sie stand auf und untersuchte betont auffällig ihren Rock auf Flecken von Vogelkacke. »Aber es geht ja gar nicht darum, dass Fenna sich bei uns nicht wohlfühlt. Ich rede von ihrem häufigen Fehlen. Frau Eilers, ich muss noch einmal betonen: Das Konzept unseres Kindergartens besteht in der Kontinuität. Wann können wir Fenna denn zurückerwarten?«

»Sie besucht gerade ihre Patentante«, improvisierte ich nach einem kurzen Schockmoment.

»Wir würden es nicht ungern sehen, wenn solche Besuche in die Kindergartenferienzeiten verlegt würden.« Mit diesen Worten stolzierte Hertha Buskopp in Richtung Gartenpförtchen. Ich blickte ihr nach, bis sie verschwunden war, dann kehrte ich ins Haus zurück.

Als ich die Küchentür öffnete, wurde mir zum ersten Mal mulmig zumute. Meine saubere Schwester, die früher immer, wenn sie mich in meiner Studentenbude besuchte, zwanghaft nach dem Staubtuch griff, hatte ihre Küche zu einem Albtraum aus dreckigem Geschirr, fettigen Arbeitsflächen und schimmligen Essensresten verkommen lassen. Schwärme von kleinen Fliegen stoben auf, als ich einen der Teller anhob. Es stank ... na, wie es eben stinkt, wenn halb aufgegessene Frikadellen bei fünfundzwanzig Grad im Schatten ihrer Auflösung entgegengammeln. Herr im Himmel, was war passiert?

Einem kommen in solchen Momenten ja die unheimlichsten Gedanken. Hatte sich vielleicht ein Familiendrama abgespielt? Hatte Jack the Ripper Ostfriesland einen Besuch abgestattet?

Ich ging zum Schlafzimmer hinauf und öffnete beklommen die Tür. Gott sei Dank, kein Massaker. So was gab's ja auch nur in bescheuerten Filmen. Allerdings hatte niemand das Bett gemacht. Ebenfalls ungewöhnlich für Swantje. Wo steckten sie bloß alle? Hatten sie sich urplötzlich Ferien gegönnt? Aber doch nicht, ohne abzuwaschen.

Ich öffnete die nächste Zimmertür. Noch einmal muffte mir etwas entgegen. Dieses Mal roch es nach ... ja, wonach? Räucherstäbchen? Nach Schlimmerem? Hasch? Heroin? Das Ambiente war jedenfalls danach. Dieser Raum war nicht nur verkommen, sondern eine düstere Höhle. Ich tastete mich durch am Boden liegende Klamotten zum Fenster und zog die Gardinen auf.

Alles in diesem Raum war schwarz. Schwarze, zerknitterte Bettwäsche, schwarze Jeans, die auf dem Boden lagen, dazwischen schwarze T-Shirts und andere undefinierbare schwarze Stofffetzen, die sich wie Wanderdünen durch das Zimmer zogen, außerdem ein schwarzer Lippenstift (ich wusste gar nicht, dass es so etwas gab) und eine rote Plastikflasche mit der prickelnden Aufschrift *Kunstblut*. In einer Obstschale fand sich neben einem gammligen Apfel ein Ring, der die Form eines überdimensionierten Wespenstachels hatte. Das also war das Reich meiner Vampirnichte.

Ratlos kehrte ich in die Küche zurück und begann abzuwaschen. Ich versuchte, dem Chaos Sinn und Verstand zu geben: Offenbar war Swantje mit Fenna verreist, während Klaes und Rieke daheim malochen mussten. Meine Laune sank. Ich hatte mich so auf meine Schwester gefreut. Die Vision, wie sie an meiner Hängematte saß und mir händchenhaltend versicherte, dass mein Leben wunderbar sei, löste sich in Luft auf.

Als ich in unser eigenes Haus zurückkehrte, suchte ich nach meinem Vater. Dabei musste ich feststellen, dass er wohl nicht nur den Garten, sondern auch die Innenräume seines Heimes renovieren wollte. In seinem Schlafzimmer war das Bett in die Raummitte gerückt, und er hatte begonnen, die alte Tapete von der Wand zu reißen. Mir wurde erneut mulmig. Was geschah nur mit meinem Vater? Er war zeit seines Lebens ein methodischer Mensch gewesen. Zu sehen, wie hier in seinem Reich plötzlich alles drunter und drüber ging, legte mir eine Klammer ums Herz.

Mit zittriger Hand kramte ich mein Smartphone hervor. Axel. Er war mein Kamerad, mein Schatz. Wir hatten schon tausend Probleme miteinander gelöst. Er war klug und kompetent, und es war dumm von mir gewesen, ihm die Praktikantin krummzunehmen. Wahrscheinlich hatten die beiden sich nur zu einer kurzen fröhlichen Nacht getroffen. Deshalb machte man doch keinen Aufstand. Ich drückte die Kurzwahl. »Axel?«

Dieses Mal bekam ich ihn ans Handy. »Mensch, Amke, Süße – na, wie sieht's aus? Wann düsen wir los?«

Was war ich erleichtert, endlich wieder die vertraute Stimme zu hören! Zum Teufel mit der Praktikantin! »Axel«, sprudelte ich los, während ich mich auf die Treppenstufe setzte. »Du glaubst ja gar nicht, was hier abgeht. Mein Vater macht den Garten neu.«

»Echt? Tut mir leid, Schatzi. Dann ist wohl nix mit Ausruhen, was? Erwartet er, dass du auch den Spaten schwingst? Na ja, wäre vielleicht nicht das Schlechteste, so ein bisschen körperliche Betätigung an frischer Luft. Sich auspowern, ranklotzen – verstehst du? Den ganzen seelischen Ballast ausschwitzen. Es heißt … Hanne!« Ich hörte ihn aufquietschen. »Doch nicht auf den Tiiiiiisch …«

Axel hatte sich einen neuen Schreibtisch aus einem irre empfindlichen exotischen Holz schreinern lassen, den er wie seinen Augapfel hütete. Wenn jemand darauf auch nur eine Packung Tempos ablegte, drehte er durch. »Nee, Hanne, stell's hierhin. Oder leg wenigstens ein Tuch drunter … Quatsch, natürlich hinterlässt Mineralwasser Flecken. Das ist doch ein feststehender Ausdruck: *Wasserflecken*, Mädchen.«

»Du hast ja 'nen Knall«, hörte ich Hanne sagen. Sie konnte sich den Kommentar erlauben, weil sie die fähigste Executive Secretary der Welt war und unseren Laden praktisch am Laufen hielt, und weil wir zudem wussten, dass die Konkurrenz sie mit doppeltem Gehalt einstellen würde, wenn sie auch nur andeutete, dass sie einen neuen Wirkungskreis suchte.

»Axel?«, rief ich in den Hörer.

»Dein Papa macht also den Garten neu.« Mein Freund war wieder bei mir. »Eigentlich schön, dass er noch so aktiv ist. Aber so was wie Alter gibt's heutzutage ja gar nicht mehr. Prima, dass er das auch so sieht. Grüß ihn mal von mir.«

»Er wird nicht nur aktiv«, erklärte ich, während ich gleichzeitig die Ohren spitzte, weil von draußen ein tuckerndes Geräusch hereindrang. »Papa plant so … umfassend. Er will unseren Garten in einen griechisch-römischen Park mit einer künstlichen Grotte verwandeln.«

»Hört sich doch nett an.«

»Nicht wenn das Grundstück für ein Erdbeerbeet und zwei Rosensträucher dimensioniert ist. Papa hält kein Maß mehr. Das ist irre, verstehst du?«

Das Tuckern wurde lauter. Es klang jetzt, als würde die städtische Müllabfuhr auf unser Grundstück rollen.

»Vielleicht sollte dein Vater einen Gartenarchitekten beauftragen«, schlug Axel vor. »Amke, das muss sich doch regeln lassen. Wann kannst du denn kommen? Ich will den Flug buchen.«

Vorsichtig öffnete ich die Terrassentür. »Ich kann hier nicht weg. Ich mach mir solche Sorgen. Und …«

»Und?«

»In Wahrheit hab ich regelrecht Angst!«

»Siehst du, Amke, genau das ist die Sache«, tönte es aus dem Smartphone. »Du leidest an einem Burn-out, und da bringen dich Dinge aus dem Gleichgewicht, die dich früher gar nicht gekratzt hätten. Eine simple Gartenumgestaltung zum Beispiel. Dein Vater …«

Das Fahrzeug, das den Lärm verursachte, wurde sichtbar. Es handelte sich um einen 7,5-Tonner, der rückwärts auf unser Grundstück fuhr und dabei den schmalen Durchgang zwischen der Garage der Nachbarin und unserer Hauswand anpeilte.

»… hat das schon alles im Griff. Am besten, du kümmerst dich gar nicht drum, sondern kommst heim. Und wenn du doch noch ein paar Tage bleiben willst, dann leg dich auf eine Decke und genieße das Nichtstun.«

Ich ließ das Handy sinken. Der Lkw kriegte die Kurve nicht.

Zum Glück schien der Fahrer – Papa? – es einzusehen. Er würgte stotternd den Motor ab. Am Gartenzaun, der hinter der Garage begann, erschien Frau Witte, unsere Nachbarin, die mit Papa alt geworden war, sich aber gesundheitlich nicht ganz so gut gehalten hatte wie er. Sie stützte sich mit der einen Hand auf ihren Gehstock, mit der anderen auf einen Zaunpfahl, reckte den Hals und versuchte zu erkennen, was sich vor ihrem Haus abspielte. »Ist das Geerd? Da hat er sich aber beeilt«, rief sie zu mir herüber.

Also steuerte mein Vater tatsächlich den Lkw? Durfte er so was überhaupt fahren? Bestimmt gab es Gesetze dagegen.

»Lass ihn einfach machen«, hörte ich leise Axels Stimme aus dem Handy. Ich hielt es wieder ans Ohr. »Er weiß schon, was er will. Wahrscheinlich hat er es nur nicht …«

Papa ließ den Wagen wieder an. Der Motor heulte auf.

»… richtig ausgedrückt«, rief Axel gegen den Lärm an.

Papa setzte den Lkw einen halben Meter zurück. Er kam, auf Seidenpapierdicke von Frau Wittes Garage entfernt, erneut zum Stehen.

»Hast du nicht von einer Hängematte geschwärmt? Lass die Seele baumeln, Amke.«

Papa beugte sich durch das Fahrerfenster. Er entdeckte mich und winkte mir begeistert zu. Dann versuchte er abzuschätzen, wie viel Platz ihm noch zum Rangieren blieb. Vom Autofenster aus war das leider unmöglich. Der Rückspiegel wäre hilfreich gewesen, aber Papa gab nichts auf Rückspiegel. Er fand, dass sie eine falsche Vorstellung von Entfernungen vermittelten.

»… heiterst ihn gelegentlich mit einer launigen Bemerkung auf …«, tönte Axel.

Als der Lkw dieses Mal zurücksetzte, erwischte er frontal die Mauer.

»… und lässt ansonsten den Dingen ihren Lauf.« Axel lachte. »Du Schwarzseherin, du.«

Papa hatte den Wumms natürlich auch bemerkt, aber er war nicht geneigt zu kapitulieren. Energisch trat er erneut aufs Gas.

»Amke? Hörst du mir überhaupt zu?«

Ich nickte, zu keiner Antwort fähig.

»Was sind denn das für komische Geräusche?«

Das Garagentor beulte sich ein, die Mauer rechts davon gab nach, das Garagendach senkte sich. Steine und Dachpappe regneten herab und verteilten sich auf der Ladefläche des Lasters und dem Pflaster. Frau Witte verrenkte sich fast das Kreuz, um etwas zu erkennen. »Was machst du denn da, Geerd?«

Ich konnte mich endlich wieder rühren. Panisch ließ ich das Handy in die Tasche gleiten, stürzte zum Lkw und trommelte mit den Händen gegen die Fahrertür. »Papa!«

Er nickte mir zu und stieg aus. Nach einem kurzen Blick auf die Garage und das Unglück, das er angerichtet hatte, ging er zu Frau Witte und begrüßte sie. Er gestand seinen Fehler auch gleich ein. »Kann sein, liebe Irmgard, dass ich gerade deine Garage touchiert habe.«

Frau Witte lachte. »Wo gehobelt wird, da fallen Späne! Aber wunderbar, einfach wunderbar, wie du vorankommst. Ich sehe es schon vor mir: Einen englischen Rosengarten, hast du gesagt, nicht wahr?«

»Südländisch, liebe Irmgard.«

»Wir sind früher *immer* nach Spanien gefahren.«

»Wir auch. Und nach Griechenland und Italien.«

»Aber nicht nach Tunesien«, schränkte Frau Witte ein. »Sauber muss es schon sein.«

»Also, die Garage«, mischte ich mich ein. »Frau Witte, ich fürchte, da ist ein richtiger Schaden …«

»Ach was«, winkte unsere Nachbarin ab. Sie betrachtete mich genauer und fragte: »Bist du das, Amke?«

»Aber sicher ist sie das«, lachte Papa. »Sie spannt hier ein bisschen aus. Die jungen Leute übertreiben ja gern, wenn es um die Arbeit geht.« Fürsorglich legte er einen Arm um meine Schulter.

In diesem Moment begann es bei der Garage zu krachen. Die Ladefläche des Lkws hob sich, und mehrere Tonnen weißer Kies ergossen sich in Frau Wittes Garage.

»Amke? Schatzi? AmkeAmkeAmke …?«, tönte es dumpf aus meiner Hosentasche.

Ich zog das Handy heraus und ging ein paar Schritte zur Seite. »Alles bestens, Axel. Du hast völlig recht. Ich muss endlich aufhören, mir einen Kopf zu machen, und die Dinge ein bisschen relaxter sehen. Ich melde mich später wieder.«

Den Rest des Tages verbrachte ich in dumpfer Lethargie, unfähig, einen klaren Gedanken zu fassen.

4

Am folgenden Vormittag rief Jo an. Mein Vater hatte mir erklärt, dass Swantje tatsächlich im Urlaub war, und ich hatte eine Decke in der hintersten Ecke des Gartens auf dem letzten verbliebenen Streifen Rasen ausgebreitet und versuchte trotz meiner Enttäuschung über ihre Abwesenheit den Tag zu genießen.

»Und?«, fragte Jo.

»Du, ich kann dich ganz schlecht verstehen.« Mein Handy spuckte Hintergrundgeräusche aus, die nach einer Mischung aus Freibad und Cocktailparty klangen.

»Jetzt besser?«, überkreischte Jo den Lärm.

»Nee.«

»Bist du krssch … denn?«

»Was?«

»… Urlaub, den ich … wrsss …«

»Ja, Ich bin zu meiner Familie nach Ostfriesland gefahren.« Papa, der mit seiner Schubkarre den Kies über den Acker schob, zwinkerte mir zu.

»Wrrree …«, tönte es aus dem Smartphone.

»Was?«

»Bist du … Grrrrbrwreee …?«

»Jo, ich hör nur Rauschen.«

»Brrääääwww …«

»Leider ist meine Schwester mit meiner kleinen Nichte verreist, und meine große Nichte und mein Schwager sind ständig unterwegs, und mein Vater …«

»Du brauchst nicht so zu brüllen.«

»Was?«

»Ich bin im Damenklo«, informierte mich Jo, plötzlich in gepflegter Lautstärke und klar verständlich. »Was soll das mit deinem Vater?«

»Er pflanzt Palmen.«

»Warum das denn?« Ich hörte eine Spülung rauschen. Jo schien das Angenehme mit dem Nützlichen zu verbinden. Komisch, dass die Leute immer glauben, man könne das nicht hören. Eine Klospülung schlägt das Durchschnittsnuscheln eines Telefonierers lässig. Ich ließ ihr ein diskretes Päuschen. Dann sagte ich: »Ich hab keine Ahnung.«

»Alte Leute machen komische Dinge. Meine Mutter zum Beispiel … Moment …«

Schön, dass sie sich die Hände wusch.

»Meine Mutter putzt unsere Schlüssellöcher. Von innen! Im Ernst. Du …« Ich hörte ein Rascheln. »Moment mal, hier …« Eine Tür wurde zugeknallt. »Tschuldigung, da drückt jemand einen Klops … Also, das ist unglaublich, was diese Leute …«

»Auf dem Klo alles anstellen?«, fragte ich sarkastisch.

»Da verfluch ich meinen Geruchssinn. Wart mal, ich geh wieder rauf. Du machst also wirklich Urlaub? Wo denn, zum Teufel?«

»Hab ich doch gesagt: bei meinen Leuten in Ostfriesland.«

Einen Moment lang war es still. Dann gab Jo ein gackerndes Geräusch von sich. Sie hatte, ähnlich wie Axel, eine Familie, in der man schon vor dem Frühstück mit dem Hackebeilchen aufeinander losging. Kein Wunder, dass sie nicht verstand, was mich nach Hause gezogen hatte. Bei mir lief eben alles viel besser. Zumindest seit diesem Morgen, an dem mir eine geniale Idee gekommen war, wie ich dem heimischen Chaos ein Ende setzen konnte. »Papa«, hatte ich listig zu meinem Vater gesagt, »wie wäre es, wenn du erst einmal den Kies mit unserer Schubkarre unter den Apfelbaum schaffst, bevor du etwas Neues beginnst. Frau Witte muss ja die Mauer und das Dach der Garage reparieren lassen, und das geht nicht, wenn die ganzen Steine im Weg liegen.«

Das hatte mein Vater sofort eingesehen. Jetzt schippte er also Kies, was deutlich leiser als der Lärm seines Höllenpflugs war, und ich konnte mich endlich entspannen. Da der Berg gewaltig war und das Schippen enorme Kraft kostete, konnte ich außerdem davon ausgehen, dass er nicht lange durchhielt. Dann würde ich einen Gartenarchitekten bestellen, und Papa und ich würden den Profis bei der Arbeit zuschauen, während wir in den Liegestühlen dösten. Oder vielmehr: während er döste und ich guten Gewissens nach Florida flog. Der Profi würde schon dafür sorgen, dass aus unserem Garten wieder ein schönes Stück Ostfriesland würde.

All das erzählte ich Jo in beinahe beschwingter Laune, während mein Vater sich den Schweiß von der Stirn wischte.

»Du bist ja bescheuert. Warum lädst du dir jetzt auch noch die Sorgen deiner Familie auf?«, fragte Jo nach einer Pause, die mir nur deshalb nicht lang vorkam, weil ich sie komplett mit Gähnen füllte.

»Tu ich doch gar nicht. Ich habe einfach zu meiner Kernkompetenz zurückgefunden, und die besteht darin, verfahrene Dingsbumse wieder zum Laufen zu bringen. So was passiert bei uns Unternehmensberaterinnen so automatisch wie das Atmen. Gib mir noch eine Woche, dann ist hier alles geregelt.«

Papa schippte also, und ich sah zu. Eine Stunde, zwei Stunden. Leider ließ sich irgendwann nicht mehr übersehen, wie müde mein Vater war. Jeder andere hätte die Sache längst aufgegeben, aber er machte weiter. Wahrscheinlich war es das Pflichtbewusstsein, das er uns immer gepredigt hatte. Was, wenn er nun einen Herzinfarkt bekam? Voller schlechtem Gewissen trottete ich zu ihm hinüber.

»Lass mich mal einen Augenblick schippen, Papa. Es tut mir gut, mich ein bisschen auszupowern«, wiederholte ich den Schwachsinn, den Axel von sich gegeben hatte. Ich rekelte die Arme in die Luft, um zu demonstrieren, wie jappig ich auf körperliche Betätigung war, und mein Vater ließ sich nur zu gern breitschlagen. Er machte es sich auf meiner Decke bequem und war auf der Stelle eingeschlafen.

Ich packte den Spaten und begann, den Kies auf die Schubkarre zu schaufeln. Erst einmal kieskörnchenweise, denn das Optimieren von Unternehmen sorgt zwar für ein dickes Bankkonto, aber nicht für dicke Muskeln. Schon der Spaten selbst fühlte sich an, als wöge er hundert Kilo. Mein Blick schweifte zum Boot, wo Peet für sich und seine kleine Familie etwas vom Italiener hatte kommen lassen. Sein Vorwurf, dass ich mich um meine Familie nicht kümmern würde, nagte immer noch an mir. Als ich sah, dass er zu mir herüberstarrte, lud ich die Karre extra voll. Danach musste ich erst mal verschnaufen, hielt das aber so kurz wie möglich, denn Peet starrte immer noch, auch wenn er so tat, als machte er seiner Tochter aus zwei Pizzadreiecken eine Stulle.

Ich packte die Griffe – und stellte fest, dass sich die Karre nicht bewegen ließ. Verdammt. Ich spannte die Muskeln an und versuchte es von neuem, dieses Mal mit Schwung. Tatsächlich kriegte ich die Stützen vom Boden hoch. Aber Kiesel, zumindest in der Masse, entwickeln eine beunruhigende Eigendynamik. Die Karre kippte nach links, ich lenkte gegen, nun bewegte sie sich nach rechts – und im nächsten Moment saß ich auf dem Boden, während sich die kleinen Steinchen prasselnd über das Pflaster ergossen.

Verdrossen linste ich zum Hausboot. Peets Frau lachte und machte keinen Versuch zu verbergen, dass ihre Heiterkeit mir galt. Ich hasste sie dafür nicht – solche Gefühle sind mir zu vulgär. Ich hätte sie nur gern in der Luft zerrissen und ihre Reste den Piranhas vorgeworfen, und was die Fische übrig ließen, an die Möwen verfüttert.

So lässig wie möglich schlenderte ich zur Terrassentür und tat, als hätte ich drinnen etwas zu erledigen, und um mich nicht blöd zu fühlen, ging ich aufs Klo, damit ich wirklich etwas zu erledigen hatte. Ich kam erst wieder in den Garten, als die turtelnde Fast-Food-Familie vom Bootsdeck verschwunden und die Luft wieder rein war. Puh!

Erneut begann ich zu schippen, dieses Mal nicht ganz so hoch. Die Karre zum Apfelbaum zu schieben war ein fieses Stück Schufterei, denn der Karrenreifen versackte ständig im Acker. Ich war durchgeschwitzt und fühlte mich wie verprügelt, als ich die weißen Steinchen endlich unter den Baum gekippt hatte. Dabei standen mir noch mindestens hundert Ladungen bevor.

Ich blickte zu meinem Vater, der auf der Decke schlief, die runzligen Hände auf dem Bauch gefaltet und ganz blass im Gesicht. Ach, mein armer Papa. Er war doch schon fünfundsiebzig. Wie hatte ich ihm nur solch eine Schufterei zumuten können? Wo war mein Verstand geblieben?

Nachdem ich weitere fünf Schubkarren unter dem Apfelbaum entleert hatte, war ich einfach nur noch deprimiert. Ich roch wie ein Jugendherbergszimmer am Tag der Abreise, und meine Befürchtung, dem Leben nicht mehr gewachsen zu sein, hatte sich in eine unumstößliche Wahrheit verwandelt. Ich saß in der Falle. Mein Vater brauchte Hilfe, aber diese Hilfe zu leisten überforderte mich. Der Funken Energie, der kurzzeitig aufgeflackert war, war bereits wieder erloschen. So ist das eben bei Burn-out, sagte ich mir. Zu denken, ich könnte hier etwas stemmen, war einfach dämlich gewesen.

Gerade als ich zu dieser Erkenntnis gekommen war, geriet mir etwas Wuscheliges zwischen die Beine. Ich schwankte. Der Angreifer stank ebenso wie ich selbst, war aber viel quirliger und warf mich mühelos zu Boden. Quasimodo, der verdammte Köter vom Boot! Schon wieder! Unser erstes Zusammentreffen musste ihn zu der Annahme verleitet haben, dass ich Teil seines Rudels sei, denn er schleckte mir begeistert über das Gesicht. Seine Zunge war riesig wie ein Grillhandschuh und stank wie roher Fisch. Aus den Augenwinkeln sah ich ein paar nackte Füße in Männersandalen. Und ein Mädchen. Peets Nachwuchs. Die Kleine betrachtete mich interessiert.

Prustend und bemüht, den Mund geschlossen zu halten – wer will schon einen Zungenkuss von einem Grillhandschuh riskieren? –, kam ich auf die Füße. »Krrrrrr«, knurrte ich und wedelte mit den Armen. Quasimodo war trotz seiner Größe ein Schisshase. Er versteckte sich mit eingezogenem Schwanz hinter Peet.

Monsterspucke rann mir vom Kinn, und außerdem war mir beim Kiesschippen ein Knopf von meinem edlen Burberry-

T-Shirt gesprungen, wie mir erst jetzt auffiel. »Und?«, fragte ich herausfordernd.

»Siehst prima aus.« Peet grinste spöttisch. Dieses Grinsen hatte er schon draufgehabt, als ich mit nassgepinkeltem Spielhöschen vor dem Kaffeetisch seiner Mama gestanden und geheult hatte. *Doch*, manche Leute erinnern sich durchaus, was sie als Dreijährige erlebt haben, jedenfalls wenn es so einschneidend ist wie ein Pinkelhöschen vor der versammelten Nachbarschaft.

Peet blickte zu Frau Wittes Garage. Der Laster war von der Leihwagenfirma abgeholt worden, aber das Unglück, das Papa mit ihm angerichtet hatte, natürlich noch zu sehen. »Hast du versucht, rückwärts einzuparken?«

Ich hätte gern etwas Witzig-Ätzendes erwidert, nur fiel mir leider nichts ein. Also sagte ich: »Blödmann!«, genau wie in den guten alten Zeiten. Der Blödmann ging zur Garage, untersuchte Pfeiler und Mauerreste und ruckte an der Dachpappe. Dadurch wurde der Schaden natürlich noch größer, toll. Weitere Quadratmeter Teerpappe rutschten auf die Auffahrt. Er wischte sich die Hände am Hosenboden sauber. »Jedenfalls ist das Ding nicht einsturzgefährdet.«

»Wäre ja auch komisch. Das meiste steht doch noch.«

Peet zwinkerte mir zu, als hätte ich etwas Lustiges gesagt. »Wir reparieren das natürlich«, schob ich rasch nach.

»Prima. Und dann bring Geerd auch gleich bei, dass er sich nicht mehr hinters Steuer setzen sollte.«

»Wieso das denn, bitte schön? Nur weil er ein bisschen ungeschickt mit dem Laster war?«

»Letzten Monat hat er die Linde drüben auf der anderen Straßenseite gerammt. Und irgendwann muss er etwas Rotes geschrammt haben, wenn ich die Beule an seinem Polo richtig interpretiere.«

»Ach das«, sagte ich und versuchte, es wegwerfend klingen zu lassen, obwohl ich betroffen war. Hatte mein Vater tatsächlich drei Unfälle gebaut? Ich schielte zu ihm hinüber. Er lächelte im Schlaf. Peet redete natürlich Unsinn. Er wollte mir nur Angst machen. Swantje wäre doch eingeschritten, wenn Papa sich mit dem Auto in Gefahr gebracht hätte. Und hätte mir Bescheid gegeben. Zu dumm, dass sie gerade jetzt Urlaub machte.

»Lass das mal meine und Swantjes Sorge sein«, erklärte ich von oben herab.

Peet zuckte mit den Achseln. »Also, ich lass sie bis um sieben oder halb acht bei dir«, sagte er, nickte in Richtung seiner Tochter, versenkte die Hände in den Hosentaschen und schlenderte davon. Ich starrte auf das kleine Mädchen und den Hund, dem die sabbernde Zunge bis auf die plüschigen Füße hing. Das Mädchen hatte begonnen, in Papas Acker mit den Händen etwas zu bauen, das wie ein Klops aussah. Der Hund schaute ihr ernsthaft dabei zu. Erst als auf der anderen Seite des Hauses ein Motor ansprang, wurde mir klar, dass Peet mir gerade seine Tochter aufs Auge gedrückt hatte. So eine linke Socke!, dachte ich verblüfft.

Ich brauchte ein Weilchen, um die Situation für mich zu klären. Offenbar gehörte Peet zu den Dinosauriern, die denken, als Frau sei man für alles zuständig, was kleiner als einen Meter zwanzig ist und auf einem Schnuller kaut. Mann, dass es so was noch gab!

Immer noch verdattert starrte ich auf das Kind, das neben den ersten Klops einen zweiten baute. Der Hund hatte sich hingelegt, den Kopf auf die Pfoten gebettet, und sabberte zufrieden. Na prima!

Leider konnte ich den Zwerg, der von seinem verantwortungslosen Vater im Stich gelassen worden war, nicht einfach ignorieren. Dazu war er zu klein. Ich musste mich also um ihn kümmern und vier Stunden überbrücken, ohne dass dem Kind dabei etwas unumkehrbar Ungesundes zustieß. Das würde ich auch tun, aber anschließend würde ich meinem Schwippschwager die Meinung geigen, dass es nur so krachte!

Doch zunächst einmal streckte ich mich auf dem Rasen aus …

Ich will jetzt erst mal auf das Positive hinweisen: Ich habe diesen mystischen, von der Wissenschaft tausendfach analysierten, von Dichtern gepriesenen und von der Blumenindustrie liebevoll ausgebeuteten Mutterinstinkt *doch*. Bislang war ich da eher skeptisch gewesen. Meine Meinung dazu in den letzten zehn Jahren war gewesen: »Sie sind ja vor allem lästig, die kleinen Hosenschieter. Sie fressen dir die Lebensjahre weg wie Hamster die Erdnüsse. Und das, wo es so viel Aufregendes zu erleben gibt.« Als Beispiel hatte ich dabei gern Swantje angeführt, die zwischen Kopftopf und Kinderkarre rumsauste und darüber alles vergaß, was sie einmal über Medizintechnik gelernt hatte. Sie war nämlich Röntgenassistentin, meine Schwester.

Aber als ich nun auf dem Rasen in einem komaähnlichen Schlaf lag und es plötzlich laut platschte, war dieser Mutter-Urinstinkt im Sekundenbruchteil da. Er raunte … nein, er kreischte mir zu: »Kind in Gefahr!«, und ich stürzte ohne Situationsanalyse und Risikoeinschätzung und was unsereins sonst immer zuerst auf dem Tisch ausbreitet los.

Ich glaube nicht, dass ich mehr als vier Sätze zum Kanal brauchte. Kein Gedanke mehr an Schlingpflanzen oder Wassergeister. Mein Mutter-Urinstinkt trieb mich vorwärts, die Brut zu retten. So was hat uns die Natur in die Gene gehämmert, damit die Menschheit überlebt. Ich sprang also, das Wasser schlug über mir zusammen, alles wurde grün und grau und, ja, scheißkalt – nur ein Kind war nirgends zu entdecken. Dann war ich wieder oben.

Papa, den mein hysterisches Schreien geweckt hatte, stand über mir am Ufer und schaute verwirrt auf mich herab. »Was machst du denn da?«

»Das Kind retten«, gluckste ich. Genau in diesem Moment tauchte neben meinem Vater der Köter und neben dem Köter Peets Göre auf. Beide blickten ausgesprochen interessiert, so als hätte ich gerade zu ihrer Unterhaltung ein Zauberkunststückchen vollbracht. Ich kreischte kurz auf, als ich merkte, dass mir etwas durchs Haar kroch. Es war aber nur der Wasserlinsenglibber. Das Mädchen lachte, dass die Milchzähnchen blitzten.

»Kommst du alleine raus?«, fragte Papa. Bei uns war das Ufer recht steil. Wütend schwamm ich also zu Peets Grundstück. Ein Blick durch eines der kleinen Bootsfenster zeigte mir, dass sein Ehebett zerwühlt war. Großartig. *Dafür* hatten die beiden also Zeit.

Papa kam mir mit einem Handtuch entgegen, als ich tropfend über den Gartenzaun stieg. »Pass bloß auf, dass die Lütte vom Kanal wegbleibt«, stöhnte ich. Dass es einmal gutgegangen war, hieß ja nicht, dass wir das Glück abonniert hatten.

»Kannst du schwimmen?«, fragte ich das Mädchen, das mir in der Hoffnung entgegentappte, ich würde es mit weiterem lustigem Klamauk unterhalten.

Es lachte mich an.

»Sie kann noch nicht so gut reden. Manche Kinder lernen das erst spät«, sagte Papa und streichelte über den blonden Schopf mit den roten Zopfspangen.

Quatsch, dachte ich. Wahrscheinlich nahm sich Peets Schickimickifrau einfach nicht die Zeit, die Kleine zu fördern. Genau so schätzte ich das Weib nämlich ein: jemand, der ein Kind zur Welt brachte und es dann vernachlässigte. Nur Shoppen im Kopf und keinen Bock auf den täglichen nervenden Kleinkrieg, den die Kindererziehung mit sich brachte.

Ein Blick auf Papas Uhr sagte mir, dass ich noch satte drei Stunden mit meinem Schützling zu überstehen hatte. Die würde ich aber garantiert nicht damit zubringen, einen klopsbauenden Zwerg mit fetten Beinchen vom Wasser fernzuhalten. Ich war doch nicht bescheuert. Ich würde mir die Kleine schnappen und den Einkauf erledigen, den ich sowieso plante.

»Bist du sicher, dass du dafür nicht zu erschöpft bist?«, fragte mein Vater besorgt.

»I wo«, sagte ich düster und ging ins Haus, um mich umzuziehen.

Den Supermarkt in Ostgroßefehn muss man sich etwas anders vorstellen als zum Beispiel die Metro in Berlin, wo man Rinderhälften im Dutzend in überdimensionierte Wagen stemmt und auf der Suche nach den Kassen stundenlang durch die Gänge irrt. Im Laden des ziegenbärtigen Herrn Bruns gab es ein kleines ausgewähltes Sortiment, was bedeutete, dass man beim Obst zwischen einer Dose Ananas und einer Dose Mandarinen wählen konnte und bei der Wurst zwischen Salami und Salami. Damit meine ich: Salami light oder Salami-speckig-mit-Pfefferrand. Bis zu meinem Studium hatte ich gar nicht gewusst, dass es neben der Salami auch noch andere Wurstsorten gab.

Der Laden war ungefähr doppelt so groß wie Papas Stube, wurde aber durch mehrere Mittelregale unterteilt. Die Gänge waren so eng, dass gerade ein Wägelchen dazwischenpasste. Manchmal führte das zum Kundenstau, aber es hatte den Vorteil, dass Leute wie ich, die Stresssituationen mit Rahmschokolade bekämpften, diskret zwanzig Tafeln im Einkaufswägelchen verstauen konnten, ohne ständig »Es ist für einen Kindergeburtstag« murmeln zu müssen. Da ich jetzt an Burnout litt, packte ich lieber dreißig ein. Man konnte ja nicht wissen, wie lange sich das Unglück hinziehen würde.

Peets Tochter packte ebenfalls ein. Erst einen Plastiksack Möhren, was ich mit einem ermutigenden Nicken lobte. Das Kind sollte ruhig lernen, dass es neben Pizza noch andere Lebensmittel gab. Den faustgroßen Ball mit der weiß-bräunlichen Schale, den es neben die Möhren hievte, legte ich aber zurück. Ich nahm an, dass es sich um Sellerie handelte, aber ich hätte ums Verrecken nicht sagen können, wie man so etwas zubereitete. Und zum Wegwerfen fand ich es zu schade.

Ich blieb bei den Zeitschriften stehen. Eigentlich bin ich nicht der Mensch, der wissen will, ob Prinzessin Mette-Marit von Norwegen sich die Brust vergrößern lässt. So was lese ich höchstens beim Friseur. Oder beim Arzt. Oder zu Hause, wenn ich nicht gerade das *Handelsblatt* studiere. Aber bei einem Burn-out muss man vorsichtig sein, da darf man den Denkapparat nicht überlasten. Leitartikel zur Eurokrise waren momentan tabu.

Und einen Moment lang schienen sogar die Sorgen um Mette-Marits Brustvergrößerung zu aufreibend zu sein, denn ich merkte, wie mein Augenlid nervös zu zucken begann. Aber das Augenlidzucken hatte nichts mit dem kronprinzesslichen Busen zu tun. Grund meiner Nervosität war vielmehr eine Stimme in meinem Rücken. »Na, so was – die kleine Fenna! Sie ist wohl schon zurück vom Urlaub bei der Patentante«, wunderte sich scheinheilig die Kindergartentante Hertha Buskopp. »Das ist aber schnell gegangen.«

Ich legte Prinzessin Mette-Marits Busen ins Regal zurück und unterdrückte eine sarkastische Bemerkung. Dieses Weib kannte offenbar die eigenen Schützlinge nicht. »Sie irren sich«, sagte ich, während ich mich umdrehte. »Das ist nicht Fenna, sondern ...« Wie bezeichnet man eigentlich die Tochter des Bruders seines Schwagers? Schwippnichte? Das hörte sich irgendwie besoffen an. Außerdem war ich ja gar nicht *ich*. Für Hertha war ich meine Schwester Swantje, fiel mir ein. »Das ist die Tochter meines ... äh, meines Bruders. Schwagers.« Ich bedauerte, dass ich nicht nach dem Namen der Kleinen geforscht hatte.

»Ach!«, sagte Hertha.

Ich wollte die Verwandtschaftslage genauer erläutern, konnte mich aber nicht konzentrieren, weil Peets Tochter während meines kurzen Ausflugs in die Welt der königlichen Busen begonnen hatte, alles in den Wagen zu stopfen, was in Reichweite ihrer kleinen Fingerchen lag. Kartoffeln, die offenbar aus einem defekten Sack stammten, ungefähr hundert Fischkonserven – Sorte Tomate mit Basilikum –, drei Packungen Kondome mit Fruchtgeschmack ... Beim Klopapier hatte sie sich auf eine einzige Rolle beschränkt. Die allerdings hatte sie aus dem Zellophan gerissen und von der Rolle gepult, so dass sich das Papier jetzt wie ein Brautschleier hinter dem Wägelchen kräuselte.

Ich griff mir rasch das Ding, das ich für Sellerie hielt, um mein Wägelchen ein bisschen kompetenter wirken zu lassen. *Freu dich, Fritzchen, freu dich, Fritzchen, heute gibt's Selleriesalat ...* Sang man nicht so? Rasch packte ich noch ein Glas Mayonnaise dazu. Mayonnaise und Salat passt ja immer.

»Das ist aber erstaunlich, diese Ähnlichkeit«, murmelte die Kindergartentante und blickte skeptisch auf Peets Mädchen.

»Ihre Väter sind Brüder.«

»Und warum ist das Kind nicht wie alle anderen Kinder ...«

Ich legte ein Bündel Kräuter, das wie Petersilie aussah, nur mit größeren Blättern, zum Sellerie.

»... bei uns im Kindergarten?«

Am besten auch noch eine Zwiebel.

Hertha Buskopp beugte sich zu Peets Zwerg hinab. Doch genau in diesem Moment donnerten auf der anderen Seite der Regalreihe Konserven herab. Es klang wie ein rutschender Steinhang – zuerst ein leises Klacken wie ein paar Kiesel, die sich selbständig machen, dann ein lauteres Poltern, als würden kürbisgroße Felsstücke einen Hang hinabrauschen, und schließlich ein Getöse, als würde Garmisch-Partenkirchen unter einem Gebirge aus Stein begraben. Nur lauter.

Hertha war Profi. Wenn in ihren Ohren etwas wie das Jüngste Gericht in Garmisch klang, sauste sie sofort los, um jemanden an den Ohren zu ziehen. Sie drängte den armen Peetzwerg gegen das Gemüseregal, zerdrückte mit meinem Einkaufswägelchen den Stapel mit *Wahren Geschichten voller Leidenschaft* und rammte mir den Ellbogen in den Magen.

Da hörte ich sie auch schon auf der anderen Regalseite den Übeltäter ausschimpfen: »Also ... das ist ja unglaublich!«

Ein zustimmendes Grummeln. Der Übeltäter schien sich für seine Unachtsamkeit zu schämen.

»Weg da! Na los«, bestimmte Hertha.

Egal was der Kerl angestellt hatte – diesen Ton fand ich doch ein bisschen ruppig. Ich packte den Zwerg und setzte ihn auf den Wagen, um ihn aus der Gefahrenzone zu bringen. Ich wollte nachsehen, was los war. Nicht aus Sensationslust, sondern aus menschlichem Interesse. Vielleicht konnte man ja irgendwie helfen.

»Nun geh schon, verdammt«, blaffte Hertha den Unglückswurm an.

»Ich bring das in Ordnung«, gab der Wurm demütig zurück. »Nee, echt. Lassen Sie nur.«

»Eine Unverschämtheit ist das. Denken Sie auch mal an die Hygiene! Zurück!«, befahl Hertha im Kasernenton, wohl weil der Wurm versuchte, die Konserven wieder ins Regal zu packen. »Gott, dieser Dreck. Das ist ja eklig!«

Aber auch ein Wurm wehrt sich irgendwann. »Nun lassen Sie mich schon machen«, wehrte er frostig ab. Und als Hertha ein weiteres spitzes »Eeeeeklig!« hervorstieß, rastete er aus. Eine weitere Lawine donnerte herab. Das ganze Regal wackelte.

Hertha kreischte.

Der Wurm begann Amok zu laufen. Metall knallte auf Metall. Glas splitterte. Ich bugsierte das Wägelchen zur Seite und flüsterte dem Zwerg zu: »Schau nicht hin!«, während ich gleichzeitig um die Ecke lugte.

Die zweite Einkaufszeile sah aus, als wäre eine Windhose hindurchgefegt und hätte mit flatternden Unterhosenbeinen rechts und links die Regale leer geräumt. Hertha hatte die Hand vor den Mund geschlagen. »Haben Sie das gesehen?«, kreischte sie mir zu.

Nee, leider nicht. Offenbar hatte der Unglückswurm nach der letzten Attacke die Flucht ergriffen. Rasch nahm ich dem Zwerg ein Glas eingelegter Gurken ab, nach dem er griff. Es tat ja nicht not, dass wir das Elend noch vergrößerten.

»Da wird Herr Bruns hoffentlich eine saftige Rechnung ausstellen«, giftete Hertha und schob mit dem Fuß ein Würstchen beiseite, das in einem See aus roter Tomatensoße und Fassbrause schwamm.

Wenn der Unglückswurm es mal zahlen kann, dachte ich, denn er war vermutlich so tattrig, dass er gar nicht mehr begriff, was er anstellte. Wortlos folgte ich Hertha durch die beiden nächsten Gänge. Hier hatte der Unglückswurm nicht mehr ganz so arg zugeschlagen. Es lagen nur ein Dutzend Haribo-Vampir-Beutel auf dem Boden, zu denen der Zwerg begehrlich spähte.

»Ist doch nicht so schlimm. Ist doch eigentlich gar nichts passiert«, murmelte der Unglückswurm jetzt vorn bei der Kasse, wohl um Herrn Bruns zu beruhigen, dessen Laden er zerlegt hatte.

Und da erblickte ich ihn auch schon. Also Herrn Bruns mit seinem Ziegenbärtchen. Hertha eilte zu ihm, und beide starrten auf Peets Hund.

»Ich bin ja versichert«, erklärte Herr Bruns mit der Stimme des Unglückswurms, und damit wurde klar, dass der Unglückswurm überhaupt nicht existierte, zumindest nicht in menschlicher Form. Peets Köter wedelte den Kaufmann freudig an. Er war mit einer Erbsen-Mais-Paprika-Mischung von Bonduelle bedeckt. An seinem Zahn baumelte ein Tampon, von den Pfoten tropfte Apfelmus. »Im Grunde ist Quasimodo ein ganz Lieber. Er kommt seit Jahren jeden Tag vorbei«, meinte Herr Bruns und kraulte die Stelle zwischen den Ohren des Hundes.

Vorsichtig wich ich zurück. Ich brauchte gar kein schlechtes Gewissen zu haben, denn eigentlich ging das Vieh mich gar nichts an. Ich hatte Quasimodo weder so verwahrlosen lassen, dass er in Supermärkten randalierte, noch … Ja, ich hatte ihn nicht einmal mitgebracht. Er war mir nachgetrottet. Unaufgefordert. Und dann hatte ich ihn schlicht vergessen. Leider kriegte ich mein Wägelchen im Rückwärtsgang nicht um die Kurve herum.

»Wer hat denn dieses Ungetüm unangeleint auf die Straße gelassen?«, entrüstete sich Hertha, die nicht aufgeben konnte, bis sie einen Schuldigen auf der Streckbank hatte.

Ich blickte Herrn Bruns flehend an, zog Grimassen, zeigte mit dem Zeigefinger auf meine Brust und schüttelte den Kopf. Das hätte ich nicht tun sollen. Jetzt wurde auch der Köter auf mich aufmerksam. Er kam zu mir, wedelte dabei noch fünf Straßenbesen und eine Klappleiter um, und blieb hechelnd vor mir stehen.

»Der ist nicht von mir«, behauptete ich reflexartig.

Der Zwerg hatte seinen Spielkameraden ebenfalls erblickt und kletterte wieselflink aus dem Wägelchen, um ihn mit dicken Ärmchen zu umfassen. Dann stapften beide zu Herrn Bruns an die Kasse.

Papa hatte übrigens unrecht – der Zwerg konnte durchaus sprechen. »Keks«, sagte er und streckte die offene Hand aus. Herr Bruns wischte sich die Hände an der weißen Kittelschürze ab, langte gutmütig in eine Dose neben der Kasse, und Quasimodo und der Zwerg bekamen je einen Butterkeks zu knabbern. »Dann tschüs«, sagte ich, bevor er darauf kam, sich lautstark zu freuen, dass Amke Hinrichs wieder im Land war.

Ich war sauer. Nicht auf Quasimodo, denn der trottete so hirnlos neben mir her, dass man ihm einfach nicht gram sein konnte. Sein fruchtfliegengroßes Hirn hatte nicht mal erfasst, dass es eine atmosphärische Störung gegeben hatte. Er sabberte Krümel aus den Lappen, die Teil seines Mundes waren, und war schnurzzufrieden. Der Zwerg ebenso. Aber auf Peet war ich stinksauer.

Wir mussten anderthalb Kilometer laufen, bis wir wieder daheim eintrudelten. Ostgroßefehn ist nämlich ein Straßendorf, alle Häuser sind also wie Perlen aneinandergereiht. Da werden die Wege begreiflicherweise lang. Mit jedem Schritt merkte ich, wie ich kraftloser wurde. Was hatte ich mir da nur aufhalsen lassen? Ich litt an Burn-out. Ich hätte die Kleine bei Frau Witte abgeben sollen und basta.

Glücklicherweise erspähte ich zwischen unserem Grundstück und dem von Klaes Peets Frau. Ich drückte ihr wortlos ihre Tochter in die Arme und verschwand in unserem Haus. Sie rief mir noch etwas nach – wahrscheinlich, ob ich die Kleine am nächsten Tag wieder für ein paar Stunden nehmen könnte –, aber … nee, keine Chance. Ich ließ die Einkaufstüte auf der Treppe fallen und schaffte es gerade noch, mich zu meinem Bett zu schleppen.

5

Ich weiß nicht, wie lange ich danach geschlafen habe. Wahrscheinlich Tage, denn ich war furchtbar erledigt. Ich kann mich noch erinnern, dass mein Vater mir gelegentlich Honigcornflakes mit Milch ans Bett brachte und dass ich jedes Mal weinte, wenn er das Zimmer verlassen hatte, aber essen konnte ich die Flakes nicht. Viel zu anstrengend. Selbst die Wimpern zu heben kostete Kraft. Burn-out, dachte ich. Das Wort hatte plötzlich einen schrecklichen Klang. Offenbar hatte die Sorge um meinen Vater meine letzten Kräfte mobilisiert, aber jetzt war es endgültig aus.

Als ich das nächste Mal bewusst aufwachte, war es tiefste Nacht. Mein Blick fiel auf ein Bild aus meiner Kindheit. Es hing über der Kommode und zeigte Swantje und mich, wie wir als Kleinkinder durch ein aufblasbares Schwimmbecken platschten. Überraschend packte mich ein Gefühl, das sich merkwürdig nach Glück anfühlte. Swantje war nur anderthalb Jahre älter als ich, aber man konnte auf dem Bild sehen, dass sie mich damals schon betüdelt hatte. Sie hielt mich am Arm fest. Papa hatte immer behauptet, dass sie mich im Augenblick des Schnappschusses vor einer Kröte retten wollte, die in das Schwimmbecken gehopst war. Ich sah nicht aus, als hätte ich gerettet werden wollen. Wahrscheinlich war die Kröte in größerer Gefahr gewesen als ich. Aber es war etwas Anrührendes, eine Schwester wie Swantje zu haben, die beherzt zupackte, wenn man in Not geriet.

Plötzlich erinnerte ich mich wieder, wie sie mir morgens die Schulbrote geschmiert hatte, als Papa mit Keuchhusten das Bett hüten musste. Da war sie acht gewesen. Sie hatte mit mir Vokabeln gebüffelt, als Gefahr bestand, dass ich sitzenbleiben würde. Sie hatte mich mit ihrem Roller nach Leer gefahren, damit ich den Wolfsfilm mit Kevin Costner sehen konnte, in den ich so verknallt gewesen war.

Ich hatte sie natürlich auch unterstützt. Mit zwei Jahren hatte ich Klaes vors Schienbein getreten, als er ihr das Dreirad wegnahm und sie deswegen heulte. Ich hatte Klaes verprügelt, als er ihr in der Schule den neuen Asterix-Anspitzer klaute und das nicht zugeben wollte. (Weil er es auch nicht gewesen war, aber egal.) Ich hatte Klaes verprügelt, als er Swantje Juckpulver in den Pullover schüttete und als er ihr eine Spinne auf die Pommes setzte.

Moment, hatte ich etwa meine ganze Kindheit hindurch auf den armen Kerl eingedroschen? So gesehen war es verständlich, dass wir nie eine herzliche Beziehung zueinander hatten aufbauen können.

Voller sentimentaler Gefühle ging ich zum Fenster. Der Mond schien, als ich die Gardinen beiseitezog. Ich hatte meinen Vater gefragt, wann Swantje zurückkommen würde, aber er hatte nur geistesabwesend etwas gemurmelt. Wahrscheinlich wusste er es selbst nicht. Rieke und Klaes schienen aber mittlerweile nach Hause gekommen zu sein, denn ich sah Licht. Vorsichtig beugte ich mich aus dem Fenster. Und plötzlich fiel mir auf, dass hinter dem schwarzen Fenster nicht nur *ein* Licht brannte, sondern mehrere, die sich zudem zuckend bewegten. Es fuhr mir wie ein Stich ins Herz. Dort hinter der Scheibe – das waren Flammen! Feuer. Bei Klaes brannte es!

»Feuer!«, kreischte ich los und rannte in den Flur und die Treppe hinab.

Mein Vater hatte zu uns Mädels immer gesagt: »Wenn ihr in Schwierigkeiten geratet«, (damit meinte er die Kerle, die uns umschwärmten und denen er keinen Schritt weit über den Weg traute), »dann schreit nicht *Hilfe,* sondern *Feuer. Feuer* ist das Zauberwort, auf das die Menschen reagieren. *Feuer* löst im Neandertaler-Areal des Gehirns Panik aus. Die Leute reißen die Türen auf und stürzen ins Freie. Jeder ist voller Adrenalin und bereit zuzupacken.«

In Ostfriesland ist das nicht so.

Ich brüllte »Feuer«, während ich die Treppe hinab und auf die Straße rannte, laut genug, um die Eskimos aus den Iglus und die Marsmännchen aus ihren Kratern zu holen, aber es folgte keine Reaktion. Die Rollläden blieben unten. Die Türen geschlossen. Und nicht nur die Nachbarn schlummerten selig weiter, auch Papa schien sich Ohrenstöpsel reingeschoben zu haben. Peet war wahrscheinlich nach wildem Sex mit seiner Süßen in erschöpften Tiefschlaf gesunken. Und Quasimodo vielleicht schon im Rauch erstickt oder schlicht zu blöd, um Laut zu geben.

Ich trommelte mit beiden Händen gegen Swantjes Haustür – nichts rührte sich.

Panisch rannte ich ums Haus herum und die Kellertreppe hinab. O Gott, lass sie noch nicht tot sein! Ich hastete in den Flur hinauf. Rauchvergiftung, schoss es mir durch den Kopf, deshalb reagieren sie nicht. Davon liest man doch ständig. Die Leute sterben gar nicht am Feuer, sondern an den Gasen. Mit dem Ärmel vor dem Mund riss ich zuerst Riekes Tür und dann die des Schlafzimmers auf. Niemand da. Sicherheitshalber zog ich die Bettdecken vom Ehebett. Aber auch hier gähnende Leere!

Ich hatte bereits seit drei Minuten nicht geatmet und merkte, wie mir schwindlig wurde. Benommen öffnete ich das Fenster und sog die klare Nachtluft ein. Nur einen Augenblick, dann kehrte ich in den Flur zurück. Ich blieb wie angewurzelt stehen. Jetzt roch ich ganz deutlich Rauch. Mein Blick ging zur Wendeltreppe, die ins Dachgeschoss hinaufführte. »Feuer!«, schrie ich und nahm dieses Mal mehrere Stufen auf einmal. Ich riss die Tür zu dem ausgebauten Dachstübchen auf, in dem Swantje ihre alten Kochtöpfe und den anderen Kram aufbewahrte, den sie niemals wieder benutzen würde – und erstarrte.

Es brannte, jawohl. Sprachlos starrte ich auf Dutzende schwarze Kerzen, die den Boden, die ausrangierten Möbel und die Querstreben zwischen den Dachbalken bedeckten. Jede war mindestens so dick wie ein Elefantenbein. Auf Swantjes altem Kaufmannsladen mit den aufgemalten rosa Herzchen flackerte ein besonders hässliches Exemplar. Es war durch einen Schädel unter gekreuzten Knochen verziert.

Inmitten dieser schaurigen Beleuchtung hockte Gräfin Dracula auf dem Bretterboden. Sie steckte in einem wallenden schwarzen Kleid – wallend zumindest um den Unterkörper, das Oberteil war eher ein skandalöses Nichts aus zerrissener Spitze –, hatte die Lippen knallrot bemalt und die Augen tiefschwarz umkringelt. Ihr Gesicht war von Rinnsalen aus Blut überzogen.

»Bist du meschugge?«, fragte ich, was blöd war, weil Miss Dracula mich gar nicht hören konnte. Ihr saßen nämlich ein paar überdimensionierte Kopfhörerpuschel auf den Ohren.

Sehen konnte sie mich auch nicht, weil sie die Augen geschlossen hatte.

Gut, ich will jetzt gar nicht so tun, als wäre mir nicht mulmig zumute gewesen. In den Filmen, die Axel so gern schaute, gab es Szenen haargenau wie diese, und später stellte sich immer heraus, dass die schwarze Gestalt tatsächlich meschugge war und in der Tiefkühltruhe im Keller die Leichen der Hausbewohner neben Buttergemüse und Siebenerlei-Kräutern des Frostbrands harrten.

Aber das hier war doch Rieke. Ich erkannte sie an der träumerischen Haltung, die sie mit ihrer Mutter gemeinsam hatte, und an den Sommersprossen, die zwischen den Blutrinnsalen aufblitzten.

O Gott, ihre Mutter …

Erneut durchzuckte mich das Grauen. Irgendwie ergab auf einmal alles einen furchtbaren Sinn: Papa, der davon erzählte, dass Swantje Urlaub machte, obwohl sie doch bisher noch nie ohne Klaes verreist war. Die Verwirrtheit, mit der mein Vater den Garten umpflügte, vielleicht auf der Suche nach seiner Familie, die ja gar nicht in der Tiefkühltruhe liegen musste, das war doch nur so ein Gedankenspiel von mir gewesen. Klaes, der ebenfalls verschwunden war. Die süße Fenna, die nicht mehr in den Kindergarten kam … Und war das da *wirklich* Rieke?

Ich quietschte auf, als das Monster, das ich in meiner Einfältigkeit harmlos als Miss Dracula tituliert hatte, sich plötzlich bewegte. Es musste meinen Schatten wahrgenommen haben. Jedenfalls sprang es auf und …

Nun, wir wissen alle, dass junge Menschen eine raschere Auffassungsgabe haben als ältere. Während ich noch kreischte, hatte Miss Dracula bereits die Situation erfasst und flog mir in die Arme.

Da sie heulte und sich an mich kuschelte und »Tante Amke, Tante Amke«, rief, stellte ich mein Kreischen ein. Man will sich ja nicht lächerlich machen. Aus den Augenwinkeln erblickte ich die Flasche mit dem Aufdruck *Kunstblut*. Das, was Miss Dracula mir gerade ins Gucci-T-Shirt schmierte, war also ein Produkt unserer emsigen chemischen Industrie und kein Überbleibsel einer schrecklichen Tragödie. »Wo stecken denn die anderen alle?«, fragte ich trotzdem vorsichtshalber.

»Weiß ich doch nicht«, heulte Miss Dracula.

Das wollte ich noch nicht als Entwarnung nehmen – man kennt ja diese traurige Kain-Abel-Geschichte, als der Allmächtige fragt: »Kain, wo ist dein Bruder Abel?« Und Kain antwortet: »Soll ich meines Bruders Hüter sein?«, und nachher war alles ganz bös gewesen.

»Ich kann Papa und Mama gar nicht finden«, tastete ich mich vor.

»An mich denkt doch sowieso keiner«, heulte Rieke.

»*Ich* denk an dich«, beruhigte ich sie. In diesem Moment stimmte das ja auch. »Was zur Hölle treibst du hier?«

Der Griff, mit dem meine Nichte mich umklammerte, lockerte sich. »Sagst du auch Papa und Mama nichts?«

Mein Blick glitt über die schwarzen Kerzen. Ich hätte gern die Finger auf dem Rücken gekreuzt, aber das ging nicht, schließlich war ich ihre Tante. »Okay.«

»Echt? Sonst bin ich tot!«

»Echt.«

Rieke straffte sich. Sie zog die zerrissene Spitze über die Schulter, hob das Kinn – noch eine Ähnlichkeit mit Swantje, dieses Kinnheben, wenn es schwierig wurde – und baute sich inmitten der Kerzen auf. »Denkst du, dass ich ein echter Vampyr bin?«

»Was?«

»Also einer mit y, nicht mit i.«

»Tja«, meinte ich hilflos. Rechtschreibung war nie meine Stärke gewesen. Und von Vampyren hatte ich erst recht keine Ahnung.

»Ich fühle mich nämlich so. Also mit y«, erklärte Rieke. Ein Schatten fiel über ihr Gesicht. »Aber ich bin mir nicht sicher. Marko – das ist mein Freund, und der ist echt y, von Kopf bis Fuß sozusagen – kann sich von Gefühlen *ernähren*. Der braucht nicht mehr als eine Käsestulle am Morgen, und die isst er auch nur, weil seine Mutter sonst stänkert, aber seine Hauptnahrungsquelle sind Gefühle. Hass und Zorn und Verachtung vor allem. Und dazu natürlich Blut. Eben wie das bei einem echten Vampyr ist.«

Ich verstand kein Wort, außer dass ich Marko nicht leiden konnte. »Er trinkt das Zeug aus der Flasche da?« Ich deutete zum Kunstblut.

»Quatsch!«, sagte Rieke im alterstypischen Erwachsenen-muss-man-aber-auch-aaaaalles-erklären-Tonfall. »Er holt sich echtes. Vom Bruder von Herrn Bruns, wenn der schlachtet.«

»Ich muss kotzen.«

Rieke lächelte gönnerhaft. »Nur weil du kein Vampyr bist.«

»Mit i oder y?«

»Du bist *überhaupt* keiner, weil du nämlich keine Ahnung hast.« Rieke gab ihre königliche Haltung auf und ließ sich auf das alte Kindersofa von Swantje plumpsen, das meine Schwester hier oben für den Fall aufbewahrte, dass Elliot-das-Schmunzelmonster-Bezüge zu ihren Lebzeiten wieder modern würden. »Echte Vampyre …«

»… mit y«, bemühte ich mich um Klarheit.

»… ernähren sich von richtigem Blut. Damit meine ich nicht

Menschenblut, sondern Tierblut, nicht dass du was Doofes denkst. Und wir quälen die Tiere auch nicht sondern gehen zum Schlachter.«

»Das ist ja schön für die Tiere«, meinte ich lahm.

»Marko hat aber gemerkt, dass in ihm was Unheimliches steckt. Der ist anders als normale Menschen. Sogar das Blut hilft ihm nur kurze Zeit. Wenn er richtig satt werden will, muss er jemand anderem seine Gefühle raussaugen.« Rieke wurde ein bisschen kleiner. Ihre Lippen begannen zu zucken. »Ahaber ich …«

Ich setzte mich neben sie aufs Sofa und legte den Arm um sie. »Aber was?«

»Ich hab nur Lust auf Lakritze«, nuschelte sie so leise, dass ich sie kaum verstehen konnte. »Auf Salinos.« Dann brach sie wieder in Tränen aus, mit einem Schluckauf, der Lebensbeichten so gern das Tragische nimmt. »Wewenn überhaupt, dann bin ich ein Vampir mit ihihiii. Sssso ein Lohoser, der auf Vampirfeste geht und sich falsche Zähne einsetzt. Ahaber das verachtet Marko.«

»Im Ernst?«

»Zuhu Recht! Er sucht natürlich eine verwahandte Seele, die ihn aus der Einsamkeit erlöst. Er ist so …«, großer Schluchzer, Riesenhicks, »… eieinsam.«

Ich zog ein Tempo aus meiner Tasche und reichte es ihr. Rieke heulte hinein, mit Schnodder, Schluckauf und Herzeleid, und ich musste daran denken, wie Swantje und ich zwanzig Jahre zuvor auf dem Elliot-Sofa wegen Klaes und Kevin Costner geheult hatten. Viel hat sich bei der Menschheit offenbar trotz Smart- und iPhones und Vampyren mit y nicht geändert. Rieke hatte also Liebeskummer. Und ich im Übrigen auch, weil ich immer noch an der Praktikantin knabberte.

Wir starrten gemeinsam in die Flammen der schwarzen Kerzen.

»Wo stecken denn nun Mama und Papa?«, fragte ich schließlich.

»Weiß ich doch nihicht … Papa ist zur Arbeit«, schluchzte Rieke.

Irgendwann pustete ich die Kerzen aus und brachte meine Nichte zu Bett, wie es sich für eine ordentliche Tante gehört, wenn sie feststellt, dass die Eltern ihres Schützlings sich rumtreiben.

Der Morgen graute schon, als ich nach draußen zurückkehrte. Ich stand eine Weile vor der Haustür und blickte zu den Sternen, die langsam verblassten. Es war Mitte Mai, die Nächte kurz. Ich schätzte es auf fünf Uhr früh. Die Luft war lau wie im Sommer. Nach kurzem Zögern ging ich in den Garten und legte mich in die Hängematte. Hinter dem zartgrünen Laub leuchtete der rosaviolette Himmel.

Irgendwann hörte ich ein Motorengeräusch. Es waren aber nicht Klaes und Swantje, die heimkamen, sondern Peet und seine Süße. Ich sah zu, wie sie über den Bootssteg liefen und im Boot verschwanden. Kurz darauf kam ein junges Mädchen heraus – sicher der Babysitter. Ich schlich mich zurück ins Haus. Der Anblick der beiden hatte mir die Lust auf Sonnenaufgang und Pflaumenbaum verdorben.

»Ruhe! Es ist Ruhe, was duschaschwech …«

»Was?«

»… brauchst … schwedschwe … Ruhe – Ruhe!!!«, brüllte Jo mir zwei Tage später durchs Smartphone ins Ohr.

»Ich weiß, dass ich Ruhe brauche!«, brüllte ich zurück. Ich stand auf dem Deich, um mir den Wind ins Gesicht blasen zu lassen und meinen Kopf frei zu bekommen. Darin ging es nämlich zu wie in einem Outlet-Center: eine Wahnsinnsunruhe, die ein dringendes Fluchtbedürfnis auslöst.

Gerade stellte ich fest, dass ich auch aufs Klo musste. Es gab eins in der Nähe, aber da hätte ich erst mal vier Euro fuffzig für den Eintritt zum Strand zahlen müssen, und wer weiß, ob beim Klohäuschen nicht auch noch jemand die Hand aufhielt. Da klemmte ich doch lieber die Beine zusammen.

»... weil dein Problem ... schwschsch ...« Die Verbindung über den großen Teich war grauenhaft.

»Was?«

»Chakra!«, brüllte Jo.

»Und hussa!«, brüllte ich zurück. War sie nach Rio weitergereist? Feierten die da gerade Karneval? Ein Schaf starrte mich an. Die Viecher weideten auf den Deichhängen, um das Gras kurz zu halten, und wenn man den Spazierweg auf der Deichkuppe benutzen wollte, musste man ständig über Hürden klettern und Türen öffnen, die mit Riesenwarntafeln versehen waren, damit man nicht vergaß, hinter sich alles wieder zu schließen.

»Quatsch!«, schrie Jo über den großen Teich. »Dein Chakra! Du hast ein tsch ... Problem mit deinem ... schschwasch ...«

»Was?«

»Moment, ich sch ... sch ...« Zeit verstrich. »Hörst du mich jetzt besser?«

»Ja!«

»Gut. Deine Missstimmung kommt von einer Störung des Wurzel ... Schsczwach ... Nieren ... schsich ... Chak ... Nebennierenrinden ... schwks ...«

»Aber nicht *viel* besser.« Das Schaf blökte, zupfte betulich einen Grashalm aus der Deicherde und kaute. Es behielt mich dabei im Blick.

»Niiiieren«, kreischte Jo mir ins Ohr. »Chakra!«

»Hussa!«, stimmte ich brav mit ein.

Dann war sie plötzlich weg. Verbindung gekappt. Vielleicht war dieser Vulkan ausgebrochen, der St. Helena oder wie er hieß, und sie war unter einem Ascheregen begraben worden und innerhalb von Sekunden versteinert. Aber der war ja nicht in Rio, sondern irgendwo in Nordamerika. Ich steckte mein Handy in die Tasche zurück.

Das Schaf kehrte mir das Hinterteil zu – ein heller gelber Strahl sprudelte zu Boden. Das erinnerte mich daran, dass es Wichtigeres gab, als sich den Kopf vom Nordseewind freiblasen zu lassen. Meine Selbstbeherrschung begann nämlich einem unwiderstehlichen Drang zu weichen.

Was das Schaf umsonst durfte, kostete mich am Ende fünf Euro zwanzig.

Als ich nach Hause zurückkam, parkte an der Straße ein Trecker mit einem Anhänger, der über und über mit Blumen bemalt war. Vom Anhänger aus führte eine Dreckspur direkt in unseren Garten. Ich seufzte. Papa hatte seine Gartenpläne offenbar immer noch nicht aufgegeben. Als ich hinters Haus ging, musste ich erst einmal schlucken. Der Rasen war mit unzähligen exotisch aussehenden Büschen und Bäumen übersät. Sie hockten auf ihren Ballen wie Münchhausen auf seiner Kanonenkugel und starrten mich an. Ja, Palmen waren auch darunter.

Was zum Teufel wollte mein Vater mit all diesem Grünzeug? Damit konnte er die komplette Sahara aufforsten. Ich entdeckte den Mann, der zu dem Trecker gehörte. Ein stämmiger Zweimeterhüne, der gerade mit lockerem Schwung eine Palme auf dem Rasen abstellte.

»Na, Amke? Ist das was?«, fragte mein Vater stolz.

»Papa …«

»Einen Moment, Hase.« Mein Vater ging zu dem Hünen, nannte ihn scherzhaft Meister Hobbel und wollte wissen, wie er das Grünzeug bewässern müsse, weil er es ja nicht auf der Stelle einpflanzen könne. Zuerst musste schließlich die Erde zu Ende gepflügt werden.

Meister Hobbel kratzte sich den kahlen feuerroten Schädel und begutachtete das Schlachtfeld, das Papa mit dem Dieselpflug hinterlassen hatte.

»Da gibt's aber keine Garantie, wenn die nich bald in die Erde kommen«, baute er vor. »Hitze anne Wurzeln können die alle nich ab. Ich könnt Ihnen natürlich 'n Angebot machen: Morgen schick ich drei von meine Jungs vorbei und 'n büschen schweres Gerät …«

»Ach was, das krieg ich allein hin, das geht ruckzuck.« Papa spuckte in die Hände, um anzudeuten, wie sehr er darauf brannte loszulegen.

»Für die Bewässerung später, da brauchense aber was Ordentliches«, fand Meister Hobbel. »Ich weiß zufällig, dass mein Schwager, der mit die Gärtnerei in Wiesens, dort 'ne Topberieselungsanlage stehen hat, kaum gebraucht, aber genau das Richtige für Sie. Die hält auch bei längeren Hitzeperioden durch.«

»Papa …«, versuchte ich einzuwerfen.

»Sie ham doch einen Keller, den Sie für die Pumpe und die anderen Maschinen nutzen könnten?«, wollte Hobbel wissen.

»Klar. Ich bin schon dabei auszumisten. Das würde wunderbar passen«, freute sich mein Vater. »Ich hätte die Technik gern vollautomatisch, für den Fall, dass ich verreise. Mit Zeitschaltung und vielleicht auch mit einem Feuchtigkeitsprüfer, der die Trockenheit misst, falls es so was gibt. Abgestimmt auf den Wasserdurst der einzelnen Pflanzensorten. Man kann ja einen Kaktus nicht gießen wie eine Sumpfdotterblume.«

Hobbel lachte. »Aber das wird dann 'n büschen aufwendiger – ist aber auch kein Problem. Nicht für uns.« Er deutete auf seine Brust, wo in reflektierenden Buchstaben zu lesen war: *Hobbel zaubert.*

Klar. Gerade versuchte er, meinem Vater das Geld aus der Tasche zu zaubern. Empört mischte ich mich ein: »Also, das mit dieser Anlage …«

»Licht wäre auch schön«, träumte mein Vater. »Ich stelle mir eine warme gelbe Beleuchtung vor, die an den Spätsommerabenden die Pflanzen und natürlich die Gartenstühle anleuchtet, wobei es schön wäre, wenn die Intensität des Lichtes variabel wäre …«

»Hallo!«, rief jemand vom Nachbargrundstück.

»O hallo!« Papa lächelte breit. »Einen Moment mal.« Er ging zur Grundstücksgrenze. Dort stand Peets Süße mit ihrem Zwerg auf dem Arm. Ich hörte nicht, was sie redeten, aber ich sah, wie sie meinem Vater die Kleine über die Minibuchsbaumhecke reichte. Aha, dachte ich aufgebracht, der Babysitter kann wohl nicht, und da wird das Kind wie gewohnt bei der Schwippverwandtschaft abgeladen. Wie lange machten die das wohl schon so?

Ich trat zu Hobbel. »Damit das klar ist«, zischte ich ihn an. »Ich weiß, dass man nicht zehn Palmen auf einen Quadratmeter pflanzen kann, und bewässert wird bei uns traditionell mit dem Gartenschlauch, und wenn uns Licht fehlt, dann stellen wir eine Kerze auf den Tisch!«

»Na klar, so ist das auch möglich, aber …«

»Gar nichts aber!«

Hobbel schaute bedauernd zu meinem Vater, der eine gelbe Quietscheente aus der Hosentasche gezogen hatte und damit den Zwerg an der Nase kitzelte.

»Ich bespreche das nachher mit meinem Vater, aber ich würde vorschlagen, Sie richten sich drauf ein, dass Sie das ganze Zeug hier morgen wieder abholen können«, fauchte ich.

»Frollein …«

Ich taxierte Hobbel mit meinem arrogantesten Blick, den ich mir von einer arbeitslosen Schauspielerin für besonders unangenehme Kunden hatte beibringen lassen. Er sagt: »Sie werden zickig? Wer von uns beiden verdient denn locker zehntausend Mäuse im Monat?« (Ich nicht, aber das wissen die Kerle glücklicherweise nicht, weil ich in ihre Bilanzen schauen darf, sie aber nicht in meine.)

Hobbel kapierte, dass er mir trotz meines täuschend nett wirkenden Pferdeschwanzes nichts vormachen konnte. Mit vorgeschobener Schmolllippe warf er einen Blick auf seine Gewächse, überschlug vermutlich im Kopf, wie viel er meinem Vater in Rechnung stellen könnte, ohne dass das Biest, die Tochter, dazwischenfunkte, und machte sich, wortwörtlich und übertragen gesehen, vom Acker.

Peet kam über den Bootssteg an Land. Langsam schlenderte er zu Papa und seiner Familie. Mich selbst würdigte er keines Blickes. Er ahnte wohl, was ich von der Art, wie er sein Töchterchen abschob, hielt. Für den Fall, dass nicht, würde ich es ihm verklickern. Ich stellte mich neben Papa und schubste Quasimodo, der mir die Pfoten auf die Schultern stemmen wollte, beiseite. »Keine Lust, selbst Kinder zu hüten?«

»Nö«, sagte er.

»Vielleicht sollte man sich keine anschaffen, wenn einem die

Zeit fehlt, sie großzuziehen.« Jedes meiner Worte triefte vor Sarkasmus, und das lag nicht *nur* daran, dass Blödmann-Peet damals bei seinen Feuerwehrkumpels meinen Liebesbrief rumgezeigt hatte. Mir tat auch der knuffige kleine Zwerg leid. Wie musste der sich fühlen, wenn man ihn heute auf diesen und morgen auf den nächsten Arm verfrachtete!

»Ja, das find ich auch«, antwortete Peet. Seine Stimme troff ebenfalls vor Sarkasmus.

»Gehn wir jetzt?«, fragte Peets Süße gelangweilt. Sie trug einen ekelhaften lilafarbenen Lippenstift. Jeder, der in seiner Kindheit Disney-Filme gesehen hat, weiß, dass Lila die Farbe der Hexen ist. Irgendwie passte sie zu ihr. Der Zwerg tat mir noch mehr leid.

In diesem Moment kam Klaes um die Ecke. Er sah zum Umfallen müde aus. Wahrscheinlich war gerade seine Schicht zu Ende. Auf seiner weißen Kochschürze tummelten sich Soßenflecken und Fettspritzer. Er hatte sich seit mindestens vier Tagen nicht rasiert. »Wo zum Teufel steckt Rieke?«, wollte er erschöpft wissen.

»In Transsilvanien«, antwortete ich knapp. Über Rieke mussten wir uns auch noch unterhalten, das war mir klar, aber nicht jetzt.

»Sie sollte doch auf Fenna aufpassen.« Klaes streckte die Arme nach dem Zwerg aus, und die Kleine rutschte fröhlich vom Arm meines Vaters zu ihm hinüber. »Na, mein Schwuffel? Kriegt der Papa einen Kuss?« Klaes' Gesicht wurde noch runder und weicher, als er dem Zwerg seine kratzige Wange hinhielt.

Ich schieb's auf mein Burn-out, dass ich eine so lange Leitung gehabt hatte. Ist schon klar – jeder andere hätte viel früher kapiert, um wen es sich bei dem Zwerg handelte. Fenna schaute mich mit Swantjes nordseeblaublitzenden Augen an. Sie hatte sogar das Grübchen an der gleichen Stelle wie ihre Mutter, nämlich links neben dem Mund. Dass sie *Papa* zu Klaes sagte und ihren Zeigefinger in sein Nasenloch bohrte, war als letzter Beweis gar nicht mehr nötig.

»Ach was, hat da etwa jemand sein eigenes Patenkind nicht erkannt?«, flüsterte Peet, der mich beobachtete, mir ironisch zu.

Ich starrte auf Swantjes Mädchen.

»Warst ja auch lang genug nicht mehr hier«, schob Peet boshaft nach.

Ich nickte. Er hatte recht. Ich hatte mich davon gemacht und erkannte meine eigene Familie nicht wieder. Es war unfassbar. Bilder schossen mir durch den Kopf. Riekes Einschulung mit der riesigen Lillifee-Schultüte, unter der sie fast zusammenbrach. Fennas Taufe, bei der ich vor Rührung heulte. O Gott, so furchtbar lange konnte ich doch gar nicht fort gewesen sein.

»Können wir jetzt endlich los?«, quengelte Peets Süße erneut.

Er wollte gehen, aber ich hielt ihn am Arm fest. »Wo ist Swantje?«, fragte ich ihn.

6

Wir waren zu Klaes ins Wohnzimmer gegangen. Mein Schwager hatte in seinem auf den Fernseher ausgerichteten Lieblingssessel Platz genommen. Papa lag auf dem Sofa, weil sein Rücken schmerzte. Peet, den ich gezwungen hatte, mit uns zu kommen, saß in Swantjes Schaukelstuhl und wippte den Zwerg auf seinem Bein. Mir selbst fehlte die Ruhe zum Stillsitzen. Ich tigerte durch den Raum. »Wieso weg?«

»Hast du nicht zugehört? Ich hab keine Ahnung«, blaffte Klaes.

»Hattet ihr Streit miteinander?«

»Quatsch, überhaupt nicht!« Mein Schwager trat wütend mit dem Fuß die Fernbedienung durch den Raum, was Quasimodo als Aufforderung zum Spielen betrachtete, aber nur, bis er das Gesicht seines Herrchens sah. Er zog den Schwanz ein und verkrümelte sich wieder in seine Ecke neben der Kommode.

»Und was genau hat sie gesagt?«, quetschte ich die Männer aus.

»Sie wollte eigentlich nur für ein paar Tage nach Norwegen. Ich sag ja – irgendwie Urlaub«, murmelte mein Vater unbehaglich.

»Blödsinn, sie steckt in der *Midlife-Crisis*!«, schnauzte Klaes.

»Das isses. Und ich find es so was von bescheuert. Swantje hat's doch schön hier! Das Haus ... die Kinder ... der Garten ... Seit Fenna in den Kindergarten geht, hat sie Zeit ohne Ende. Sie kann tun und lassen, was sie will. Niemand, der sie stören würde. Freizeit ... Himmlischer Frieden ...«

»Hört sich wie Friedhof an«, murmelte Peet.

»Ach, sind meine Kinder jetzt vielleicht Grabsteine?«, schnappte Klaes. Eigentlich hatte er sich mit seinem Bruder immer gut verstanden, aber nun lagen bei ihm die Nerven blank.

Peet wippte weiter den Zwerg. Er ließ sich nicht anmerken, ob er sauer war, dass ich seine Süße vom Familienrat ausgeschlossen hatte. *Sie* war auf jeden Fall sauer gewesen. Aber nachdem sich vorhin auch noch herausgestellt hatte, dass sie mit Peet nicht einmal verheiratet war, fand ich, sie habe hier nichts zu suchen. »Wann kommt Swantje denn zurück?«

Klaes warf die Hände in die Luft. Was wusste man schon von einer Frau in der Midlife-Crisis? Ich hätte ihm gern klargemacht, dass Swantje erst siebenunddreißig war, also fast so weit vom Midlife entfernt wie ich selbst – und das waren geschätzte tausend Jahre. Aber das brachte uns jetzt auch nicht weiter. Ich starrte in die Männerrunde. Meine Güte, was für Trantüten.

»Wie kann man sie denn erreichen?« Ich würde Swantje erklären, dass sie heimkehren musste, gleich, ob sie eine Midlife-Crisis pflegte, zur Mun-Sekte übergetreten war oder Eisbären jagte. War ihr gar nicht klar, dass das Leben hier ohne sie aus dem Ruder lief? »Mensch, Leute – ihre Handynummer?«

Die hast du nicht?, fragte Peet. Er sprach es nicht laut aus, aber ich wusste, dass er es dachte.

Klaes zog sein eigenes Handy aus der Tasche und tippte die Kurzwahl ein. Gleich darauf summten aus Richtung der Kommode die ersten Takte der *Kleinen Nachtmusik*. Er steckte sein Handy wieder weg und warf in gewohnter Manier die Arme in die Luft. »Noch weitere Fragen?«

»Muss Kacka«, sagte Fenna und pupste ein paar Serienpupser. Peet ließ sie rasch von seinem Bein gleiten. Die Männer schauten mich an. Es dauerte, bis ich kapierte, warum. Ich war die einzige Frau im Zimmer. Das schien sie auf den Gedanken zu bringen, dass mich das Schicksal auserwählt hatte, Fennas Problem zu lösen.

Idioten.

Ich ging mit dem Zwerg nur deshalb aufs Klo, weil ich zu müde zum Protestieren war.

Und dann lag ich wieder in meinem Bett, zu Tode erschöpft und gleichzeitig komplett überdreht und so panisch, dass ich fortwährend mit den Zehen wackelte und an meiner Bettdecke kaute.

Ich hatte ein Problem.

Natürlich nicht ich, sondern Klaes, Swantje, Papa, Rieke und … nein, Fenna nicht, die schien ganz zufrieden zu sein im heimatlichen Chaos. Quasimodo auch nicht. Aber die anderen. Und damit hatte ich trotzdem ein Problem, weil ich meine Familie doch liebhatte.

Peinigende Gedanken trieben mir den Schweiß auf die Stirn: Hatte Papa noch all seine Sinne zusammen? Lag seine Gartenwut im Rahmen des Üblichen oder begann er merkwürdig zu werden? Kündigte sich da womöglich eine – furchtbares Wort – Demenz an? Neinneinneinneinnein … Und wenn doch, was unternahm man dann?

Und Swantje. War sie nur auf einem Selbstfindungstrip, weil es ihr schlechtging, oder hatte sie ihre Familie für immer und komplett im Stich gelassen? Und Rieke und ihr Vampyr ... Ich hatte plötzlich ein Stück Stoff im Mund, von meiner Bettdecke. Einfach abgerissen. Mein Herz klopfte wie verrückt.

Nee, Amke, so geht das nicht. Reiß dich zusammen, ermahnte ich mich. Mir kam plötzlich die Werbung in den Sinn, von der Swantje immer geschwärmt hatte: *Ich leite ein kleines Familienunternehmen.* Damit wollte die nette Dame aus dem Spot sagen, dass sie Kartoffeln stampfte und mit Ketchup-Sternchen verzierte Sabberdecken auswusch, blutende Knie verarztete, Entschuldigungsschreiben für die Schule schrieb und das Klo von Kotze reinigte, weil Kinder ja ständig was mit dem Magen hatten.

Ich hatte die Bezeichnung *Unternehmen* passend gefunden, denn wer Kinder großzieht, muss, um seinen Job gut zu erledigen, sehr viel mehr Kompetenzen haben als beispielsweise der Chef eines Copyshops oder einer Konservenfabrik. *Leiterin eines kleinen Familienunternehmens.*

Swantjes Unternehmen war offenbar in eine Krise geschlittert. Und als ich das begriff, begann sich das Chaos in meinem Hirn plötzlich zu lichten. War es nicht mein Beruf, Unternehmen in Krisensituationen zu beraten? War das nicht meine Passion und mein Talent? Ich musste mich auf meine Kernkompetenz besinnen – so einfach war das. Erleichtert ließ ich die Decke los. Meine Familie brauchte eine professionelle Unternehmensberatung.

Und dafür gab es ein klassisches Schema, das man auf der Uni lernte. In Gedanken ging ich dieses Schema durch. Zuerst kam die Situationsanalyse. Das war einfach. Swantje und Co ging es beschissen, weil ... Na gut, ein bisschen Recherche würde noch nötig sein. Klaes' Erklärungen waren ja eher dürftig gewesen.

Punkt zwei war eine Zielformulierung. Die lag auf der Hand: Alle sollten wieder glücklich sein.

Punkt drei: Konzeptentwicklung, um das Ziel zu erreichen – das würde am meisten Mühe bereiten. Wenn meine wunderbare, kompetente und immer gelassene Swantje durchgedreht war, hing das sicher mit Überforderung zusammen. Kein Wunder, wenn Papa seit Wochen oder gar Monaten Kellerwände einriss und den Garten umpflügte. Ich musste zunächst dafür sorgen, dass sie in dieser Sache entlastet wurde. Jemand Professionelles musste sich um Papa kümmern. Jemand, der wusste, was zu tun war, wenn alte Menschen anfingen, den Überblick über ihre Angelegenheiten zu verlieren.

In meiner Vorstellung erblickte ich ein Seniorenheim unter alten Eichen, mit Sonne in den Fenstern und Vorhängen in warmen Farben. Gut geschultes, liebevolles Personal umsorgte Papa und achtete darauf, dass er alles hatte, was er zum Wohlfühlen brauchte. Um seine Gesundheit würden sie sich natürlich auch kümmern. Papa würde wieder mit Menschen zusammenleben, mit denen er Geschichten aus seiner Jugend austauschen konnte, und dabei aufblühen, denn er war ein kontaktfreudiger Mensch. Vielleicht konnte er sogar wieder Zander braten, mit Hilfe der Seniorenheimköche. Ja, das gefiel mir.

Swantje und Klaes bräuchten auf jeden Fall eine Eheberatung. Einfach mal alles aussprechen, herausfinden, wo der Schuh drückte. Und dann Pläne erstellen, wie jeder zu seinem Recht käme. Wenn Klaes hier nur einen Funken guten Willen bewies, würde Swantje dahinschmelzen und sich wieder zufrieden um ihre Lieben kümmern.

Marko, dem Vampyr mit y, der Rieke unglücklich machte, würde ich in bewährter Methode einen Holzpflock durchs Herz stoßen. Und Fenna musste zurück in den Kindergarten, wo sie mit anderen Zwergen Sandkuchen backen konnte, was ihr bestimmt besser gefiel, als bei Peet auf dem Boot herumzuklettern. Typisch, dass den Männern gar nicht in den Sinn gekommen war, Fenna wie üblich in den Kindergarten zu bringen.

Vage dachte ich noch an Coaching und Maßnahmencontrolling – das waren die beiden letzten Punkte auf der Unternehmensberatungsliste. Aber da ich die Probleme ja im Grundsatz gelöst hatte, schlief ich darüber ein.

In meinem Beruf ist es wie in vielen anderen. Es gibt interne Faktoren, die den Erfolg beeinflussen – beispielsweise, wie analytisch der Berater denken kann und wie clever seine Ideen sind. Außerdem gibt es aber noch externe Faktoren. Der wichtigste davon ist der Kunde. Manche von ihnen haben eine schnelle Auffassungsgabe und setzen ruckzuck um, was man ihnen vorschlägt, da läuft alles wie am Schnürchen. Aber es gibt auch die Problemkunden. Bei denen klappt nichts.

Dass meine Familie zu dieser zweiten Sorte gehören könnte, wurde mir wieder bewusst, als Klaes mir am nächsten Morgen früh um fünf Fenna mit den Worten unter die Decke schob: »Kuck mal, ob du noch irgendwo 'nen sauberen Schlüpfer findest.«

»Klaes …«

»Du, ich muss heute ein Mittagessen für achtundvierzig Leute vorbereiten. Ich hab da jetzt echt keinen Kopf für.«

Er steckte die Decke immerhin noch fürsorglich um Fenna fest, bevor er abhaute. Sie kroch mir an den Hals und schlief weiter. Ich selbst konnte das leider nicht. Ein Kind, das dir in die Halskuhle sabbert, während du selbst mucksmäuschenstill liegst, um es nicht aufzuwecken – das sind keine optimalen Schlafbedingungen. Entsprechend zerschlagen war ich, als ich zwei Stunden später in Fennas Klamottenkommode wühlte, um ihr etwas zum Anziehen herauszusuchen.

Ich stellte fest, dass ihr nicht nur die Unterhose fehlte, sondern außerdem eine saubere Jeans, ein sauberes T-Shirt – überhaupt irgendetwas Sauberes. Ein Blick auf den Wäscheberg im Keller, unter dem die Wäschetonnen, die Waschmaschine, der Trockner und Swantjes Kartoffelkiepe verschwunden waren, zeigte, dass in dem Haushalt seit Äonen nicht mehr gewaschen worden war.

»Mist«, sagte ich zu Fenna, die mir gemeinsam mit Quasimodo getreulich treppauf und treppab folgte. Fenna schaute mich mit ihren süßen Swantjeaugen erwartungsvoll an. Eigentlich ein Wunder, dass sie mir so komplett vertraute. Vielleicht weil ich ihrer Mutter so ähnlich sah. »Wir haben für dich nichts anzuziehen.«

»Wuff«, schlug Quasimodo vor, aber das half leider nicht weiter.

Schließlich fanden wir hinter Fennas Wintermantel im Kleiderschrank einen Pyjama mit einem niedlichen Schlafbären auf der Brust und Troddeln an den geschlossenen Füßen, der ihr nur wenig zu klein war. Ich holte aus Swantjes Küchenschublade eine Schere und schnitt Troddeln und Füße ab. Dann heftete ich den Saum um. Es sah gar nicht so übel aus, im Großen und Ganzen. Besonders nachdem ich Fenna Socken und Sandalen angezogen hatte.

Für ein nahrhaftes Frühstück, wie es mir vorschwebte, war leider auch nichts im Haus. Ich setzte Fenna also eine Schüssel Cornflakes vor, gab Quasimodo die Reste einer Salamipackung und ging hinauf, meinen Vampir mit i zu wecken. Denn mir schwante schon, dass Klaes das ebenfalls von mir erwartete. Aber Rieke war nicht da. Wahrscheinlich war sie bereits zur

Schule gefahren, während ich nach sauberen Klamotten gefahndet hatte. Im Grunde erfreulich. Ist doch Sinn der Kindererziehung, dass man den Nachwuchs selbständig macht.

Als ich wieder hinunterkam, hatte Quasimodo die Salami bereits verdrückt und lag auf dem Küchentisch, wo er gemeinsam mit Fenna aus der Cornflakesschüssel schlabberte. Ich stellte bei mir erste Anzeichen von Ermüdung fest und knuffte mich selbst ins Kreuz. »Komm her, Zwerg.« Ich hob Fenna vom Stuhl und wusch ihr über der Spüle den Mund ab. Dann setzte ich sie auf die Tischkante und ging vor ihr in die Hocke, damit wir auf Augenhöhe waren. »Weißt du eigentlich, wer ich bin, Fenna?«

Sie schaute mich aus den strahlend blauen Augen an.

»Ich bin deine Tante Amke.«

»Wuff«, machte Quasimodo, der offenbar alles einen Tick schneller kapierte als seine Herrin.

»Amke«, sagte ich dem Zwerg vor.

»Wuff«, munterte Quasimodo Fenna auf. War doch gar nicht so schwer.

»Ich bin die Schwester von deiner ...«

»Wuffwuffwuff ...«

»Von deiner ... Nun halt mal die Schnauze, Kläffer.«

Quasimodo schlich beleidigt von dannen und stellte sich vor die Tür, die in den Garten führte. »Wiuuuuuff ...«, jaulte er gekränkt.

»Von deiner Mutter, Fenna. Ich bin die Schwester von Mama.«

Fenna rülpste, gab aber immer noch nicht zu erkennen, ob sie mich verstanden hatte.

»Und ich heiße Amke. Sicher hat Mama ganz oft von mir gesprochen. Am – ke«, sagte ich langsam und deutlich. Swantje hatte mit Rieke früher auch so gesprochen, wenn sie ein neues Wort lernen sollte.

»Wiufffff«, heulte Quasimodo.

»Am – ke … Am – ke …« Hoffentlich war das Würmchen nicht zurückgeblieben. Mein Name besteht ja nur aus vier Buchstaben, aber offenbar konnte sie sie nicht nachsprechen. »Am – ke … Am – ke …«

In diesem Moment durchzog ein unangenehmer Geruch die Küche. Quasimodo hatte sich auf die Hinterbeine gehockt und drückte einen fetten Haufen auf die weißen Fliesen. Dabei schaute er mich vorwurfsvoll an. Wer hatte ihn denn nicht ins Freie gelassen, he? »Scheiße«, entfuhr es mir.

»Scheiße«, rief Fenna von der Tischkante. Resigniert stellte ich fest, dass sie endlich wieder den Zugang zur menschlichen Sprache gefunden hatte.

Papa war schon auf den Beinen, als ich mit Fenna und dem Unglückshund in unser eigenes Haus zurückkehrte. Er schaute betrübt aus dem Fenster. »Amke, ich fürchte, Herr Hobbel ist unzuverlässig. Er hat vorhin angerufen. Plötzlich findet er, dass die Pflanzen für unseren Garten nicht geeignet sind.«

»Scheiße«, kommentierte Fenna.

Papa lachte. »Ach, so schlimm ist es auch wieder nicht.« Er nahm sein Enkelkind auf den Arm und küsste es. »Wir suchen uns einen anderen Gärtner, Fenna, was meinst du? Einen, der versteht, was die Kunden wollen, und einem keinen Rhododendron aufschwatzen will.«

»Scheiße!«

»Weißt du, Papa«, mischte ich mich ein. »Du brauchst dich gar nicht drum zu kümmern. Ich werde nachher ein bisschen rumtelefonieren, und dann bestellen wir jemanden, der dir gleich einen kompletten Planungsvorschlag macht. Du erklärst ihm, wie du dir alles vorstellst«, und ich, was ich mir vorstelle, dachte ich, »und dann lassen wir den Mann einfach machen. So knapp ist es bei uns ja nicht mit dem Geld.«

»Das hört sich prima an. Du hast so was Praktisches, Amke«, lobte Papa.

Genau! Ein Punkt auf meiner To-do-Liste war abgehakt. Ermutigt durch den Erfolg fuhr ich fort: »Außerdem könnten wir drei eine Spazierfahrt machen. Es gibt da ein Haus, das ich mir gern anschauen würde. Ein Seniorenheim. Sieht von außen einfach bezaubernd aus, mit einem riesigen Garten, so richtig idyllisch gelegen.«

»Seniorenheim? Findest du das nicht ein bisschen früh?«, fragte Papa, aber sonderlich erschrocken sah er dabei nicht aus.

»Ist ja nur für einen ersten Blick, um mal einen Eindruck zu gewinnen. Ein Gefühl zu kriegen, was heutzutage geboten wird.«

»Vielleicht hast du recht«, stimmte er gutmütig zu. Und schlagartig wurde mir klar, wie sehr ich ihn unterschätzt hatte. Er war vielleicht ein bisschen durcheinander im Moment – kein Wunder, so chaotisch, wie es in unserer Familie augenblicklich zuging. Aber im Grunde war er doch immer noch der alte überlegte Verstandesmensch, der nüchtern in die Zukunft blickte.

Während er seine Sandalen suchte, informierte ich mich rasch per Internet über die ostfriesischen Seniorenheime. Ich fand schnell eines, das tatsächlich fast so aussah, wie ich es mir vorgestellt und Papa geschildert hatte. Es lag in der Nähe von Neuschoo.

Wunderbar. Eben war ich noch erschöpft gewesen – nun barst ich plötzlich vor Energie und Tatendrang. Papa war – als

Klient betrachtet – ein Sechser im Lotto. Ich war überzeugt, dass ich meine Familie ruckzuck wieder im richtigen Fahrwasser haben würde.

Neuschoo präsentierte sich als blumenfreundliche Gemeinde. Wir irrten zwischen Astern-, Tulpen- und Nelkenweg umher, ehe wir schließlich an der Ecke Geranien- und Gardenienweg die Kurparkresidenz fanden. Der Kurpark entpuppte sich dabei als ein Acker mit grünen Sprösslingen, karg, aber trotzdem hübsch, weil die Sonne darauf schien. Die Residenz war ein Neubau, den man mit Hilfe einiger Türme auf alt und heimelig getrimmt hatte.

»Das ist doch was!«, fand Papa. Ich freute mich, dass es ihm gefiel.

Erstaunlicherweise besaß die Residenz sogar eine eigene Bushaltestelle. In dem Häuschen saßen drei alte Männer und eine Frau, die sich angeregt miteinander unterhielten. Einer der Männer hatte einen Koffer neben sich stehen, als plante er eine längere Reise. Ich machte meinen Vater darauf aufmerksam. »Ist das nicht prima, wie die Leute hier leben? Jeder behält seine Eigenständigkeit.«

»Ja, die Menschen haben umgedacht, was die Senioren angeht. Es sind die Aufmüpfigen, die Achtundsechziger, die jetzt ins entsprechende Alter kommen. Und die lassen sich nichts mehr vorschreiben.«

Hochgemut öffnete ich die Tür. Wir traten in einen großen, in blassen Blautönen gehaltenen Raum mit Tischen, an denen Karten gespielt und gebastelt wurde. In einer Ecke befand sich eine Teeküche. Alle Menschen, die wir erblickten, waren … alt.

Na schön, das sollte nicht gerade eine Überraschung sein,

wenn man ein Seniorenheim aufsucht. Aber es berührte mich trotzdem sonderbar. Faltige Gesichter und braungefleckte Hände, wohin man blickte. Die Kleidung, die die Turmhausbewohner trugen, wirkte wie aus einem anderen Jahrhundert. Alles war irgendwie plüschig. Mein Vater lief in Jeans und T-Shirt herum.

»Das haben sie aber nett eingerichtet«, flüsterte Papa. »Und sieh nur, wie engagiert sich das Personal um die Bewohner kümmert.« Er wies zur Teeküche, wo eine junge Frau mit Pferdeschwanz achtgab, dass die alte Dame, die sich einen Tee zubereiten wollte, nicht gar zu viel Wasser verschüttete.

Eine Greisin mit perfekt gelegter Dauerwelle humpelte auf uns zu. »Wat niedlich, de Lüttje«, schrie sie nach Art der Schwerhörigen und zauste Fennas Köpfchen. »Wie heißt du denn, mien Deern?«

»Scheiße«, sagte Fenna.

»Och wat! So hat meine auch geheißen. Also, die Mittlere«, brüllte mir die Dame ins Ohr. Sie bückte sich zu Quasimodo, um ihm durch das dicke Fell zu fahren. Dankbar wedelte er einen Stuhl um. Um uns herum bildete sich ein Menschenauflauf. Kleine Kinder waren in einer Seniorenresidenz offenbar der Hit. Bonbons wurden aus Hosentaschen gefischt, und jemand steckte Quasimodo einen Apfelschnitz zu, den er mit einem Happs verschlang.

Ein Mann um die fünfzig kam auf uns zu. Ein Kerl wie ein Kleiderschrank, der sich als Manfred vorstellte und einer der Pfleger war.

»Lassen Sie die Lüttje ruhig hier – ist ja schön, wenn unsere Leute mal ’n büschen Abwechslung haben. Meine Kollegin passt schon auf«, meinte er, als wir ihm erklärt hatten, dass wir uns informieren wollten. Fenna saß bereits auf dem Fußboden und sortierte die Schätze, die ihr hier so unerwartet offeriert worden waren. Das lief ja wunderbar.

Manfred zeigte uns zunächst ein Zimmer, das aussah, als wäre es aus genau diesem Grund eingerichtet worden – um es vorzuzeigen. Bilder und Möbel wirkten wie aus dem Katalog. Dann begutachteten wir ein Musikzimmer mit einem verstaubten Flügel und einen Kellerraum mit Swimmingpool, in dem eine Dame im rosa Badeanzug ihre Kreise zog.

Auf dem Weg ins Büro der Residenzleiterin erklärte uns Manfred, dass im Moment leider alle Zimmer belegt seien, es aber eine heftige Fluktuation gebe. Wie zum Beweis öffnete sich eine der Flurtüren. Zwei breitschultrige Männer, die aussahen wie eineiige Drillingsbrüder von Manfred, trugen einen Sarg hinaus. »Rechts oder links zum Hinterausgang?«, fragte der, der vorn ging.

Manfred deutete den Gang hinab. »Und dran denken: nicht den Fahrstuhl, sondern die Lieferantentreppe«, mahnte er fürsorglich.

»Das finde ich schön – wie sensibel hier mit den alten Herrschaften umgegangen wird«, raunte Papa mir zu.

Ich gebe zu: Mich gruselte ein bisschen. Andererseits kam hier wieder seine pragmatische Seite zum Vorschein. Ich sah, wie er erfreut in einen der Räume blickte, wo eine Frau schwungvoll Federbetten aufschüttelte und eine andere den Teppich absaugte. »Großartig. Man braucht sich offenbar um gar nichts zu kümmern. Alles wird vom Personal gerichtet«, raunte er. Genau.

Manfred klopfte an eine Tür, an der ein Schild verhieß: *Wir sind immer für Sie da.*

Eine Frau um die fünfzig mit Kurzhaarschnitt und überschäumender Energie pries in der nächsten halben Stunde die

Vorteile des gemeinschaftlichen Wohnens im Alter. Nachdem sie uns bis zum letzten Schonkostmenü den wöchentlichen Speiseplan erklärt hatte, beschloss ich, dass es an der Zeit war aufzubrechen.

»Wie haben Sie es eigentlich geschafft, dass der öffentliche Nahverkehr Ihnen eine Bushaltestelle vor die Tür gestellt hat?«, wollte ich noch wissen, als wir im Flur standen und Papa zum Fahrstuhl vorausging.

»Ach das?« Sie lachte herzlich. »Da kommt kein Bus. Wissen Sie, es war einfach zu anstrengend, für die alten Herrschaften und natürlich auch für das Personal, ewig darüber zu diskutieren, ob jemand nach Hause fahren darf. Meist existiert dieses Zuhause ja gar nicht mehr. Nun haben wir die Haltestelle eingerichtet, und da gehen unsere dementen Herrschaften hin und sitzen ein oder zwei Stündchen auf der Bank, und dann kommen sie wieder ins Haus zurück, weil sie vergessen haben, was sie vorhatten.«

»Ach so«, sagte ich.

Wir schnappten uns Fenna und Quasimodo und kehrten zum Auto zurück. Auf dem Heimweg schwärmte Papa: »Siehst du, Amkekind, das hat gar nichts mehr mit diesen deprimierenden Altersheimen von früher gemein. Ist dir das Korkbrett mit den Zetteln aufgefallen, auf dem man sich für Freizeitaktivitäten eintragen kann? Die bieten sogar eine Schachmeisterschaft an.« Papa spielte leidenschaftlich gern Schach. »Und in den Zimmern stehen die Möbel der Bewohner, die sie von zu Hause mitbringen. Da muss man sich ja kaum umstellen. Und dieses Schwimmbad!«

Ich nickte. Es war ein Fehler, dieses Heim mit meinen jungen Augen zu betrachten. Papa sollte hier einziehen, und es war einfach klasse, dass es ihm gefiel.

»Ach, Amke«, mein Vater legte mir die Hand auf den Unterarm, »ich merke, wie dich das Ganze deprimiert. Eigentlich verstehe ich auch gar nicht, warum du dir das hier ansehen wolltest. Du bist doch noch jung und hast es gar nicht nötig, dich jetzt schon über Seniorenheime zu informieren. Wer weiß, wie es sein wird, wenn du solch eine Bleibe brauchst! Schau mich an. Ich bin fünfundsiebzig und immer noch fit und werde todsicher niemals ein Zimmer in so einem Heim benötigen.« Er lächelte mich liebevoll an. »Komm, lass uns den Vormittag einfach vergessen und lieber bei Hobbel vorbeifahren, um ihm klarzumachen, dass er die Bäume, die er schon geliefert hat, auf jeden Fall dalassen soll. Das ist ja lächerlich, dieses Hin und Her.«

So viel also zu meinem Versuch, meinem Vater den rechten Weg zu weisen. Ich verbrachte den Nachmittag im Garten und sah zu, wie Papa Löcher für seine Pflanzen grub, die Hobbel nun doch nicht abgeholt hatte. Da ich nicht sicher war, ob er Fenna dabei immer im Auge hatte, band ich ihr eine Wäscheleine um den Bauch, deren anderes Ende ich an meinem Knöchel befestigte. Dann döste ich weg. Ich schlief wie ein Stein – ungefähr sieben Minuten lang, bis Fenna hundertmal um eine von Papas Palmen gerannt war, sich festgezurrt hatte und zu jammern begann.

Erschöpft betrachtete ich sie. Ein unglückliches Bündel in einem abgeschnittenen Babypyjama, das eine Sandale und eine Socke verloren hatte. Ein vernachlässigtes Kind, würde Hertha Buskopp sagen. Seufzend wuchtete ich mich aus der Hängematte. »Das wird wunderschön!«, rief Papa und trocknete sich den Schweiß auf der Stirn. Er hatte gerade mal eine von den tausend Pflanzen in die Erde bekommen. Sein Gesicht war knallrot angelaufen.

Ich wickelte den Zwerg vom Baum und ging in Swantjes Keller zur Waschmaschine.

»Heißt das, du weißt nicht, wie man eine Waschmaschine bedient?«, fragte Peet eine Viertelstunde später ungläubig. Er saß in seiner Kajüte an dem altmodischen Schreibtisch, mit einem Stift in der Hand und einem Skizzenblock vor sich, und sah so verdammt hochnäsig aus, dass es kaum zum Aushalten war. Zweifellos konnte er Waschmaschinen im Schlaf bedienen. Und wahrscheinlich konnte er auch mit Hinweiszetteln wie: *Keine Krawatten mitwaschen!!! Wolle nicht kochen!!! Schwarze Socken nicht mit weißen Hemden!!!,* die Swantjes Fliesenwand bedeckten, etwas anfangen. Meine Waschmaschine wurde von Frau Kudrjawzew bedient, und der einzige Hinweis war mündlich gewesen: »Lassen Sie die Finger von, sonst werde ich ärgerlich!«

Ich hatte versucht, sie anzurufen, weil ich mich lieber vor ihr als vor Peet Eilers blamierte, aber sie war nicht ans Telefon gegangen. »Schön, dann geht Fenna eben nackt in den Kindergarten. Und besten Dank auch für die Hilfe«, grollte ich.

»Ist ja warm«, sagte Peet und nahm den Stift wieder auf. Unter dem Plotter mit der riesigen Papierrolle lag ein rosa Spitzenhöschen. Mann, musste das eine Liebe sein, die sogar zwischen Zeichentisch und Whiteboard nicht an sich halten konnte! Derart billig waren Axel und ich nie gewesen.

Ich packte mir den Zwerg. Man brauchte Klamotten gar nicht zu waschen. Man konnte sie auch einkaufen.

7

Fenna sah bezaubernd aus in dem Oilily-Elefanten-Pulli, den ich ihr besorgt hatte. Zufrieden hob ich sie am nächsten Morgen vor dem Kindergarten aus dem Auto. Quasimodo machte bekümmert »Wuff«. Er ahnte wohl schon, dass er seine Spielgefährtin für diesen Morgen verlieren würde.

An der Kindergartentür wurden wir von Hertha Buskopp abgefangen, die dort schmallippig wie eine Gefängniswärterin Wache schob. Sie packte Fenna, die an ihr vorbeiflitzen wollte, am Arm.

»So geht das aber nicht, Frau Eilers. Sie können hier nicht irgendwelche Kinder abladen. Wenn Ihr Schwager seine Tochter hier betreut haben will, dann muss er sie korrekt anmelden.«

Verdattert bemühte ich mich, Ordnung zu schaffen. »Aber das hier … nee, das ist *Fenna*. Sie ist zurück aus dem Urlaub. Mein Schwager betreut sein Kind zu Hause. Er ist ein sonderbarer Mensch«, vertraute ich Hertha spontan an. »Er lässt seine Kleine lieber nackt rumlaufen, als mal eben die Waschmaschine anzuwerfen.«

»Tatsächlich!« Hertha interessierte sich nicht für Peets unverantwortliches Verhalten. »Die beiden Kinder sehen sich aber erstaunlich ähnlich«, meinte sie misstrauisch.

»Ja, wenn wir sie mal zusammen dahaben, können wir sie kaum auseinanderhalten«, lachte ich.

Hertha nickte. Ich konnte sehen, dass sie mir nicht traute. »Fenna?«, fragte sie listig.

Der Zwerg reagierte zum Glück und schaute sie an. Damit gab Hertha sich geschlagen. Sie ließ die Kleine vom Haken. »Aber keine Unordnung in der Puppenecke!«, rief sie ihr nach. »Und dieses andere Kind in Ihrer Familie trägt keine Kleidung?«, fragte sie, nun plötzlich doch interessiert an Peets Familienverhältnissen. Meine Güte, hatten wir plötzlich die Stasi in Ostfriesland?

»Na, so auch nicht«, schränkte ich ein. »Er lässt sie nur an heißen … also an sehr heißen Tagen nackt rumlaufen.«

»Trotz der erwiesenen Hautkrebsgefahr?«

»Er cremt sie ein. Lichtschutzfaktor dreihundert«, stotterte ich und ärgerte mich, dass ich mich zu der Waschmaschinen-Bemerkung hatte hinreißen lassen. Das war mal wieder typisch Peet: Sogar wenn er nicht da war, brachte er mich in Verlegenheit.

Hertha Buskopp schaffte es, ihre Lippen zu einer millimeterdünnen Linie zu verengen. »Und Ihre ältere Tochter?«

»Was?«

»Sie ist wohl krank?«, kam es lauernd.

Ich hatte meine neue Identität immer noch nicht komplett verinnerlicht. Wenn ich Swantje war, dann war meine ältere Tochter natürlich Rieke. Aber die war dem Kindergartenalter seit fast zehn Jahren entwachsen. Warum fragte Hertha nach ihr?

»Nur ein bisschen«, lavierte ich.

»Dann können wir ja hoffen, dass sie bald wieder zur Schule geht.« Hertha lachte triumphierend. Da hatte sie unsere Lotterfamilie noch einmal ertappt. Ich verbiss mir die Fragen, die mir auf der Zunge lagen, und kehrte betont langsam zum Wagen zurück.

Zu Hause rannte ich sofort panisch in Riekes Zimmer. Am Nackenbissambiente hatte sich immer noch nichts geändert. Schwarze Klamotten und schwarze Bettwäsche auf dem Boden. Die Luft wie in einer Fabrik, in der eine Tonne Räucherkerzen explodiert ist. Ich riss die Vorhänge auseinander und das Fenster auf. Nein, etwas hatte sich seit meinem letzten Besuch doch verändert. Rieke hatte in krakeligen roten Kunstblutbuchstaben eine Botschaft an die Wand gemalt:

Na, wann wird hier wohl jemand merken, dass ich verschwunden bin??? Noch vor dem Weltuntergang?????

Ich sackte auf Riekes Matratze und starrte an die Wand. In mir stieg Panik auf. Langsam, langsam, versuchte ich Ruhe zu bewahren. Jetzt erst mal nachdenken. Rieke war also nicht zur Schule gegangen, was Hertha wahrscheinlich wusste, weil sie mit Riekes Lehrerin gemeinsam im Ostgroßefehner Kirchenchor sang. Wie lange war es her, dass ich mit meiner Nichte auf dem Dachboden gesessen hatte: Zwei Tage? Drei? Vier? War sie schon so lange weg?

Ich konnte nicht nachdenken, weder langsam noch schnell. Mit einem Herzschlag wie eine Dampframme rannte ich hinüber zum Boot. Ich riss die Bürotür auf und keuchte: »Sie ist weg!«

Peet sammelte die Blätter auf, die bei dem Luftstoß aufgewirbelt worden waren. »Willst du damit sagen, dass du nicht mal ein kleines Kind in den Kindergarten bringen kannst?«, fragte er genervt.

Seine Süße saß an dem zweiten Schreibtisch und tippte mit

knallig-lila Fingernägeln Zahlen in einen Laptop ein, die sie von einer Bauzeichnung übertrug. Offenbar hatte Peet sich jemanden aus dem Kollegenkreis geangelt. Nun ließ sie die Hände sinken und spitzte in genüsslicher Neugierde die Lippen.

»Ich muss mit dir unter vier Augen sprechen.« Wütend hielt ich die Tür auf. Peet folgte mir notgedrungen aufs Bootsdeck. »Sie ist weg! Rieke! Rieke ist weggelaufen!«, platzte ich heraus.

»O Gott, wäre ja furchtbar gewesen, wenn Jeanette das mitgekriegt hätte!«, sagte Peet sarkastisch.

Jeanette hieß es also, das lila Schneewittchenstiefmutterbiest. Aber das war jetzt egal. »Ich glaube, du hast es nicht kapiert«, fauchte ich ihn an. »Rieke hat … Komm mit!«

Ich schleppte ihn hinter mir her. Er musste es mit eigenen Augen sehen, um die Dramatik zu begreifen.

»O Scheiße«, sagte er, nachdem ich ihn ins Zimmer gezerrt hatte und auf die Wand deutete.

Genau! O Scheiße!

»Das kriegt man ja nie wieder ab. Klaes wird tapezieren müssen. Na, der wird sich freuen.«

»Herrgott im Himmel! Da tut er mir aber leid«, ätzte ich, fassungslos vor Wut. »Und zwischen Kleister und Farbe wird er womöglich gar noch Zeit an die Polizei verschwenden müssen, die will, dass er in Leichenschauhäusern weiße Tücher anhebt. Seid ihr hier denn alle beknackt? Siehst du nicht, was los ist?« Ich wünschte in diesem Moment sehr, ich hätte ein Glas Wein zur Hand gehabt, dass ich Peet über sein blütenweißes hochgekrempeltes Hemd hätte gießen können. Stattdessen brach ich in Tränen aus.

Eigentlich stand Peet schon in der Tür, um zu seinem Boot zurückzukehren. Nun drehte er sich wieder um. »Weinst du?«, fragte er, wohl um sicherzugehen, dass ich keine Arie sang oder

Schnitzel briet. »Du machst dir echt Sorgen«, konstatierte er, nachdem er die Stelle in seinem Gehirn konsultiert hatte, die für die Interpretation menschlicher Gefühle zuständig war.

»Aber nein. Wieso sollte ich? Kinder in diesem Alter sind ja schon so gereift, dass sie gar nichts Blödes mehr täten, was ihnen hinterher leidtun würde …« Ich sah mich plötzlich vor Riekes Grab stehen. »Sie ist seit Tagen nicht zur Schule gegangen. Das ist im ganzen Dorf rum. Nur *wir* wissen es nicht. Womöglich ist sie …«, ich versuchte das Bild von Riekes Grab durch ein freundlicheres zu ersetzen, »… mit einem blassen, pickligen Vampyr durchgebrannt, der sie zwingt, dreimal täglich einem Menschen das Blut auszusaugen.«

»Oder sie hängt bei einer Freundin ab. Und da sie einen Vater hat, der heute um fünfzehn Uhr Feierabend macht, schlage ich vor, wir überlassen ihm das Blättern in ihrem Adressbuch.«

»Er ist zu blöd dazu. Siehst du das denn nicht?«

»Schaffste dir Kinder an, musste dich auch drum kümmern.«

»Aber sie tun's nicht, Peet. Alle beide.« Ich wischte mir mit dem Ärmel über die Augen. »Ich habe Schiss. Einfach wegzugehen – das ist nicht Swantjes Art. Sie ist doch immer so besorgt. Sie hat meine Taschen auf Gras untersucht, als ich das erste Mal allein in der Disco war. Sie hat mich gezwungen, wegen der Vitamine Radieschen zu essen. Die haut doch nicht ab, ohne sich um ihre Kinder zu kümmern. Ich versteh nicht, was hier passiert.«

Peet kratzte sich die Nase. Eine Weile sagte er gar nichts. Schließlich meinte er: »Wir warten ab bis heute Abend. Entweder ist Rieke dann wieder aufgetaucht, oder Klaes hat rausgefunden, wo sie steckt.«

»Und wenn nicht, suchen wir sie.«

»In Gottes Namen.« Er wollte los. Seine Arbeit und seine Süße warteten. Aber er drehte sich noch einmal um. Einen Moment zögerte er. Schließlich sagte er: »Ist schön, dass du wieder hier bist, Amke.«

Klaes kam erst gegen sechs. Er sah völlig erledigt aus. »Frag nicht!«, murmelte er, während er sich durch die Haustür in sein Wohnzimmer schleppte. Und wie jeder, der »Frag nicht« sagt, erklärte er mir umgehend, was ich ihn nicht fragen sollte. »Hochzeitssuppe! Warum bestehen sie immer auf dieser blöden Hochzeitssuppe? Brühe mit Klößchen und Spargel. Ich könnte mich übergeben. Lass uns zumindest die Brühe selbst zubereiten, hab ich zu meinem Chef gesagt, anstatt auf diese bescheuerten Tüten …«

»Rieke ist weg!«, unterbrach ich ihn dramatisch.

»Aber nicht länger als bis zehn. Das hast du ihr hoffentlich gesagt! Weißt du, was eine echte Brühe ist? Erst mal braucht man dafür ein Huhn vom Bauern. Und zwar eines, das den Himmel gesehen und echte Würmer gefressen hat. Und dann …«

»Deine Tochter ist weg. *Weg* wie *fort und unauffindbar*!« Der hysterische Tonfall wurde bei mir langsam zur Gewohnheit. Und da ich Klaes außerdem an seinem durchschwitzten T-Shirt packte und schüttelte, bekam ich endlich seine Aufmerksamkeit.

»Was?«

»Rieke ist verschwunden.«

»Warum?«

Ungläubig stand er kurz darauf in ihrem Zimmer und starrte auf die Schrift. »Wieso macht sie das?«

»Wenn *du's* nicht weißt!«

Mein Schwager drehte sich zu mir um. Hundsmiserabel sah er aus. Übermüdet und als hätte er seit Wochen nicht geduscht.

Ein rundliches trauriges Elend. Er kratzte sich am Kopf. »Warum ist Swantje denn nur abgehauen?«

»Ich weiß es nicht.«

Klaes lehnte sich an den Türrahmen. »Was tun wir jetzt, Amke?«

Wortlos reichte ich ihm die Liste mit Riekes Klassenkameraden, die ich in Swantjes Sekretär gefunden hatte. Wir setzten uns aufs Bett und begannen zu telefonieren. Um es kurz zu machen – keiner der Jungen oder Mädchen wusste, wo Rieke sich rumtrieb. Eine Göre kicherte blöd und verbreitete die Nachricht wahrscheinlich zeitgleich zum Telefonat bei Facebook. *Rieke hat Stress mit ihrem Alten.*

»Und nun?«, fragte Klaes, als wir durch waren. Er sah mich so hoffnungsvoll an, als wäre ich das Orakel von Delphi oder zumindest die Chefin der polizeilichen Vermisstenstelle.

Peet und Jeanette kamen über den Bootssteg zu uns in den Garten. Ihre Haare waren verwuschelt, und ich konnte mir schon denken, dass ich sie mit meinem Anruf bei angenehmster Tätigkeit unterbrochen hatte. »Was ist denn *nun* schon wieder?«, wollte Jeanette genervt wissen.

Peet seufzte und küsste sie aufs Haar. »Geh nach Hause, Schatz. Ich hab so eine Ahnung, dass das hier länger dauern könnte.«

Ach was! Jeanette besaß ein eigenes Zuhause? Sie lebte gar nicht auf dem Boot? Meine Laune hob sich spürbar. Aber nur für einen Moment. Als wir auf Peets Bootsdeck saßen und ins Wasser starrten, weil uns nichts einfiel, wie wir Rieke finden könnten, versank ich wieder in finsterstes Grübeln. Ich erzählte den Brüdern von Marko, dem Vampyr mit y, aber das brachte uns nicht weiter, denn ich kannte keinen Nachnamen, auf der

Liste der Mitschüler hatte er nicht gestanden, und Peet war dagegen, den Schulrektor aus dem Bett zu klingeln.

»Warum ist Swantje nur abgehauen?«, klagte Klaes im Minutentakt, bis ich ihn so heftig in die Rippen boxte, dass er von seinem Schemel kippte. Zwei Minuten lang hielt er den Mund. Dann begann er erneut zu quasseln. Er machte sich Sorgen um das Essen, das am nächsten Tag anstand und das er todsicher in den Sand setzen würde. »Zwei Hähnchen vom Bauern kosten in einer Hochzeitssuppe vielleicht fünf Euro mehr. Dann isses frisch geschlachtet, und der Geschmack ist sofort ein anderer. Schon gut, Amke. Ist nicht wichtig. Weiß ich selbst. Ich krieg's nur nicht aus dem Kopf. Meint ihr, dass Rieke vielleicht Swantje angerufen hat und ihr nachgefahren ist?« Hoffnungsvoll schaute er uns an.

»Wo Swantje doch gar kein Telefon mitgenommen hat?«, fragte ich.

Er schlug sich enttäuscht mit der Hand gegen die Stirn. Aber er hatte in mir ein Glöckchen zum Klingen gebracht. »Was hast du eben gesagt?«

»Ob Rieke Swantje nachgefahren …«

»Nee, davor.«

»Weiß ich nicht mehr.«

Peet warf ein Steinchen aus einem Blumentopf in den Kanal. Ich grübelte. Dann hatte ich es. »Das Hühnchen!«

»Bitte?«, fragte Peet.

»Es ist eine Möglichkeit«, sagte ich und spürte Panik in mir aufsteigen.

Es war ein merkwürdiges Gefühl, nachts um elf beim Dorfschlachter zu klingeln und zu fragen, ob wir uns mal sein Kühlhaus anschauen dürften. »Ein Hühnchen, das den Himmel gesehen und einen echten Wurm gefressen hat und von einem professionellen Metzger geschlachtet wurde, schmeckt eben viel besser, und uns interessiert, wie du das hier mit dem Schlachten hältst«, versuchte Klaes unser Ansinnen plausibel zu machen, um dem Dorfklatsch über Rieke nicht noch mehr Nahrung zu geben.

Die Erklärung schien Herrn Bruns – dem Bruder von Herrn Bruns, dem der Dorfladen gehörte – auszureichen, denn er schlüpfte bereitwillig aus den Plüschhausschuhen in die Gummistiefel, zog eine Kittelschürze über den Pyjama und führte uns über seinen Hof. »Wenn ihr mir mit dem Restaurant in Aurich Schlachtware abnehmt, kriegt ihr auf jeden Fall einen guten Preis!«, versprach er.

Im Kühlraum hingen zwei Schweine an Haken, die man ihnen durch die Füße gebohrt hatte. Mir wurde ein bisschen übel. Ich ahnte, ich würde nie wieder ein Schnitzel essen können. Nur wegen Rieke trat ich über die Schwelle. Während Klaes ins Schwärmen geriet – »Mann, das sag ich immer: altmodisch geschlachtet, lang genug ausgeblutet und vorher mit anständigem Futter aufgezogen!«, – schaute ich unauffällig unter die Tische und in die Ecken.

Ängstlich hielt ich nach einem Paar schwarzer Jeans Ausschau, das irgendwo hervorlugte. Denn, das war meine Sorge, womöglich hatte Rieke sich entschlossen, vom Kunstblut auf echtes Tierblut umzusatteln, um ihren Marko zu beeindrucken. Und unerfahren, wie sie war, hatte sie sich im Kühlraum eingeschlossen und war erfroren. Ich hatte das mal in einem Krimi gesehen, wo das Opfer allerdings von einem Mörder eingeschlossen worden war.

»So ein Blödsinn. Ich weiß gar nicht, was wir hier machen«, murmelte Peet, der mir zusah.

Ich kümmerte mich nicht um ihn. »Hat eigentlich Marko in letzter Zeit bei dir Blut abgeholt?«, fragte ich Bruns.

»Komisch, dass du das sagst. Hat er nämlich wirklich. Wieso? Willste auch Blutwurst machen, Amke? Die ist so lange aus der Mode gewesen, und nun stürzen sich alle wieder auf die alten Rezepte«, freute sich Herr Bruns.

»Ja, ich habe meines von Markos Mutter, von dieser Frauuu ...« Ich ließ das letzte Wort erwartungsvoll in der Luft hängen.

»Ich dachte immer, die wäre Vegetarierin. Aber wahrscheinlich hat sie gemerkt, wie unnatürlich das ist. Völlig ungesund.«

»Gut möglich. Die Frauuuuu ... Wie heißt sie gleich noch?«

»Frau Müller?«

»Genau!«

»Sie heißt Müller«, erklärte Herr Bruns wenig überraschend.

Ich warf Peet einen triumphierenden Seitenblick zu.

»Wie teuer biste denn pro Schwein, also komplett abgehangen und zerlegt und küchenfertig?«, wollte Klaes, der mit glänzenden Augen in einen Brühkessel lugte, wissen.

Peet ging zur Tür und deutete nachdrücklich ins Freie.

»Irgendwann mach ich mein eigenes Restaurant auf und hole mir deine Schweinehälften«, versprach Klaes dem freundlichen Schlachter, als wir uns verabschiedeten. Erst auf dem Heimweg fiel ihm wieder ein, weshalb wir durch die Nacht irrten. »Außer Spesen nix gewesen«, konstatierte er entmutigt.

»Quatsch. Wir wissen jetzt, dass der abartige Kerl, der sich an sie gehängt hat, Marko Müller heißt«, widersprach ich und zückte auch schon mein Smartphone, um mich über den widerwärtigen Schnösel schlauzumachen, der sich von Hass und Verachtung ernährte und dem ich alles zutraute.

»Was hast du vor? Willst du sein Kinderzimmer stürmen

und Rieke unter seiner Bettdecke hervorziehen?«, fragte Peet belustigt.

»Wieso Bettdecke?«, fragte Klaes. Als er kapierte, was Peet meinte, blieb er so abrupt stehen, dass ich in ihn hineinlief. Dann holte er aus. Peet ist ein bisschen größer als sein Bruder, und ich glaube, auch etwas schneller. Klaes erwischte ihn wohl nur deshalb am Kinn, weil Peet mit nichts Bösem rechnete. Im nächsten Augenblick saß er auf dem Hintern.

»Das ist für deine schmutzige Phantasie, du verdammter Lumpensack«, brüllte Klaes ihn an.

»Für meine ... spinnst du?«

»Meine Tochter macht so was nicht!«

»Hä?«

Klaes stürmte davon, und Peet rieb sich verwirrt das Kinn. »Donnerwetter!«

»Recht hat er!«, sagte ich, denn der Gedanke, dass Marko Schmutzfink meinem süßen, zum Raben mutierten Spätzchen an die Wäsche ging, gefiel mir genauso wenig wie Klaes. Ich half Peet, der seinen Kiefer betastete, auf die Füße. »Und nun?«

»Jeanette würde sagen: Lasst doch der Jugend ihren Lauf.«

»Kann ich mir denken. Ihr kann es ja auch egal sein, wenn ein Hühnerblut saufender Psychopath Rieke davon abhält, in die Schule zu gehen.«

»Glaubst du wirklich, ihr könnte was zugestoßen sein?«

»Natürlich glaube ich das. Junge Mädchen verschwinden nicht einfach!«

Wir setzten uns erneut in Bewegung, aber Peet hielt nach wenigen Schritten inne. Er zog sein iPhone aus der Tasche und scrollte. Dann lauschte er. »Hier, bitte«, sagte er und reichte mir das Ding. Ich hielt es ans Ohr.

»Ich weiß, dass du das bist, Peet, ich erkenn doch deine

Nummer. Was soll der Schwachsinn?«, hörte ich Swantjes Stimme.

Ich war so froh. Mann, war ich froh! Und – Mann, war ich sauer. »Wie kannst du einfach so abhauen? Ich fass es nicht!«, brüllte ich meine Schwester an. »Hier geht alles drunter und drüber! Weißt du, dass Rieke unter die Vampire gegangen ist und Papa Palmen pflanzt und Quasimodo Herrn Bruns' Laden demoliert hat und Fenna …«

»Die Kinder haben einen Vater, und Papa ist auch *dein* Papa!«, unterbrach mich Swantje. Ihre Stimme klang so leise, als läge Norwegen noch hinter Südamerika.

»Aber Klaes ist komplett unfähig, sich um die Mädchen zu kümmern. Er …«

»Es ist doch alles in Ordnung mit Fenna?«

»Natürlich«, beruhigte ich meine Schwester hastig, denn ich hörte die Panik in ihrer Stimme. »Sie liegt in meinem Bett, und Papa hütet sie.«

»Weiß er das auch?«

»Wie meinst du das?«

»Na, Papa ist doch manchmal … ein bisschen von der Rolle. Hast du das gar nicht gemerkt?«

Natürlich hatte ich. »Fenna schläft tief und fest«, versicherte ich meiner Schwester. »Aber Rieke …«

»Ich will das gar nicht wissen.«

»Sie hat die Schule …«

»Ich will das nicht wissen. Ich bin weg, damit ich das nicht hören muss.«

»… die Schule geschwänzt, und …«

»Amke?« Ich konnte förmlich sehen, wie Swantje zitterte und Luft holte. »Soll ich dir sagen, wie eine Familie funktioniert? Man heiratet und nimmt sich vor, dass Mann und Frau arbeiten und sich gemeinsam um die Kinder und den Haushalt kümmern. Dann kommt das erste Baby, und du bist zu Hause, wegen dem Stillen und so, und dann sagt der Mann, den du geheiratet hast, dass du das alles phantastisch machst. Da legt man sich anschließend gleich doppelt gern ins Zeug, nicht wahr? In der nächsten Phase lässt der Mann den Topf auf das Ceranfeld knallen, saugt den Hamster mit dem Staubsauger ein, kauft einen 200-Kilo-Vorrat Scheuerpulver und jammert, wie kompliziert das alles ist. Und singt gleichzeitig dein Loblied, bis er dich so weit hat, dass du ihm alles aus den Händen reißt. Dann haut er ab aus deinem Leben. Und plötzlich sitzt du zu Hause, und alles kreist nur noch um Kinderkacke und Vokabeln lernen …«

Ich schaute zu Peet. Er zog bedeutungsvoll die Augenbrauen hoch, was wohl heißen sollte, dass ich ihm keine Vorwürfe machen sollte, weil er mir Swantjes Telefonnummer verschwiegen hatte.

»Klaes stellt sich stur wie ein Klotz«, ärgerte sich Swantje. »All unsere Diskussionen waren für die Katz. Keinen Handschlag hat er getan, immer nur Ausreden. Amke, er muss da jetzt durch. Er muss anfangen, für den Haushalt und die Kinder Verantwortung zu übernehmen. Sonst krieg ich mein Leben nie zurück! Ich komme nicht heim, bis er kapiert hat, was es bedeutet, eine Familie zu haben. – Sag was!«

»Puh!«

»Rieke steckt doch nicht in *echten* Schwierigkeiten, oder?«

Wieder hörte ich Panik in Swantjes Stimme, und das »Nee, i wo« flutschte mir wie von selbst heraus. Swantje war eine prima Mutter, eine Löwin, die sich für ihre Kinder das Herz aus dem Leib reißen würde. Ich sah sie förmlich vor mir, wie sie seit Wochen mit dem Handy in der Hand durch Norwegen tigerte und sich selbst verbot, zu Hause anzurufen, und wie sie das hundertste Schiffsticket, das sie heimwehkrank gekauft hatte, an reiselustige Studenten verschenkte und litt wie ein Hundehäufchen auf dem Jahrmarkt.

»Ach, ich bin so froh, dass du jetzt da bist, Amke«, flüsterte sie. »Peet ist schwer in Ordnung, aber mir ist immer mulmig, wenn er sagt, dass alles bestens läuft. Er klingt dabei so … pipapo, verstehst du? Ich glaube, er würde gar nicht merken, wenn mit den Kindern was nicht stimmt. Es stimmt doch alles mit ihnen, oder?«

Ich schluckte. Wenn ich als Unternehmensberaterin eines gelernt hatte, dann dass man seinen Klienten keinen Gefallen tut, wenn man die Lage beschönigt. Also suchte ich nach den richtigen Worten, um ihr schonend beizubringen, dass

a) ihre ältere Tochter gerade unter dem Einfluss eines Psychopathen die Schule schmiss
b) Klaes zum Kindererziehen so viel Talent wie ein Vanillekipferl besaß
c) der Wäscheberg aus ihrem Keller Ostgroßefehn zu überschwemmen drohte
d) …

Keine Ahnung, was d hätte sein sollen. Vielleicht ein Hinweis auf mein Burn-out, das irgendwie doch eine Rolle spielen musste, denn immerhin hatte ich Herrn Kretschmar meinen Wein aufs Hemd geschüttet, und eine Praktikantin steckt man auch nicht so einfach weg. Doch plötzlich drang ein Schrei durch die Nacht. Gespenstisch, hoch und voller Entsetzen.

Erschrocken ließ ich das iPhone sinken. Der Schrei kam vom Friedhof.

»Quatsch. Er kann von überall her kommen«, keuchte Peet, der mir die Straße am Kanal entlang folgte. »Nur fernsehverblödete Leute glauben, dass Schreie nachts vorwiegend auf Friedhöfen ausgestoßen werden.« Er folgte mir trotzdem an dem roten Backsteinkirchlein vorbei zum Gräberfeld. »Ach was, Swantje«, hörte ich ihn ins Handy schreien, »es ist alles bestens. Deine Schwester kuckt nur die falschen DVDs.«

Es war gut, dass er sie nach diesen Worten wegdrückte, denn im nächsten Moment hörten wir Klaes' röchelnde Stimme: »O Scheiße, es ist gebrochen … es ist gebrochen! Ich bin tot!«

Die Szene, die sich uns bot, hätte einen Oscar verdient, wenn man sie für einen Horrorfilm gedreht hätte. Ein schwarzer Engel der Verdammnis stand mit blutverschmiertem Gesicht und ausgebreiteten Armen vor einem offenen Grab. Klaes' Jammerlaute drangen aus der Tiefe der Erde. Der Engel übertönte sie mit einem höllischen Kreischen: »Aber mein Akku ist leer, Papa. Was soll ich denn machen?«

»Herrgott!«, brüllte Peet und riss sich das weiße Hemd vom Leib. Ich starrte ihn an. Wollte er das Grauen komplettieren, indem er im Schatten der Kirche eine Orgie feierte? Nein, er schnappte sich den schwarzen Engel und begann, sein Gesicht abzuwischen.

Der Engel zappelte, und ich schrie: »Peet, das ist nur Kunstblut!«

»Isses gar nicht!«, widersprach der Engel und versuchte vergeblich, sich zu befreien. Klaes, der im Grab lag, gab den klagenden griechischen Chor und verlangte nach einem Krankenwagen.

»Es ist echtes Hühnerblut«, heulte der Engel.

»Hühner –? O Herrgott, gib mir eine Sekunde, und ich dreh dem Mädel den Kragen um«, keuchte Peet und schubste mir den Engel der Verdammnis in die Arme.

»Nie hat man seine Ruhe!«, heulte Rieke, aber nur halblaut und ohne richtige Überzeugung. Ihr dämmerte wohl, dass sie ziemlichen Ärger kriegen würde.

Peet kletterte zu Klaes ins Grab, das man wohl für eine Beerdigung am kommenden Tag vorbereitet hatte. »Fass mich an und du stirbst«, keuchte sein Bruder. »Das ist gebrochen, Mann. Ich merk doch, ob in mir ein Knochen gebrochen ... Auuuu.«

»Warum schmeißt du dich überhaupt hier rein?«, schnauzte Peet ihn an.

»Weil es nachts dunkel ist vielleicht? Und weil meine Tochter aussieht, als wäre sie Jack the Ripper in die Hände gefallen. Und weil mich das als Vater vielleicht ein bisschen konfus ... Auuu ... pass auf dein Knie auf, du Idiot!«

Rieke befreite sich ängstlich aus meinen Armen. »Es ist Papa doch nicht echt was passiert?«, wisperte sie schuldbewusst.

Es dauert, bis ein Krankenwagen von Aurich in die Pampa von Ostgroßefehn findet. Vor allem, wenn man der netten Dame am Telefon erklärt, dass der Verletzte in einem Grab auf dem Friedhof liegt. Peet musste dreimal anrufen und am Ende seine Ausweisnummer angeben, ehe man den Notarzt weckte und den Wagen aus der Garage holte.

Rieke setzte sich mit mir auf eine Friedhofsbank und erklärte mir flüsternd, wie nah sie daran gewesen war, Klarheit über ihre wahre Natur zu erlangen. Von dem Grab hatte ihr Marko erzählt, der großspurig damit angab, wie wenig ihn die Gesellschaft der Toten kratzte, die natürlich nur scheinbar tot waren, aber aus Gründen der Spießigkeit in ihren Särgen gefangen.

Leider hatte er selbst gerade keine Zeit gehabt, sich den Ausdünstungen von Leid und Verderben hinzugeben, die die Untoten aussonderten und die über den Friedhof waberten wie die blauen Riesenspots einer Disco und von denen er sich über den Daumen gepeilt zwei Wochen lang hätte ernähren können. Und da hatte Rieke die Gelegenheit ergriffen. Sie hatte sich von Marko eine Flasche Hühnerblut schenken lassen – »Na, dann ess ich morgen früh eben Müsli«, hatte Marko gemuffelt – und war damit zum Grab aufgebrochen.

So ein Pech, dass sie Beschwörungsformeln murmelte, als ihr Vater an der Friedhofsmauer entlangstürzte. So ein Pech, dass er ihre Stimme erkannte und ihr stante pede die Hammelbeine langziehen wollte. Und doppeltes Pech, dass er nicht rasch genug bemerkte, wie sich der Boden vor ihm auftat.

»Als ich versucht habe, ihm zu helfen, bin ich mit dem Knöchel umgeknickt. Vielleicht hab ich mir auch was gebrochen«, flüsterte Rieke, aber wohl nur, um Mitleid zu heischen, weil ihr immer mulmiger wurde. Ich brachte sie außer Sichtweite, als der Krankenwagen kam.

»Was will Peet eigentlich mit dieser Jeanette-Schnepfe?«, erkundigte ich mich, während Peet und die Sanitäter dem Notarzt beistanden, der sich zum ersten Mal in seinem Leben in ein Grab begab und das nur äußerst ungern tat.

»Wieso? Die arbeitet mit ihm.«

»Und?«

»Und was?«, fragte Rieke, nervös, weil ihr Vater einen Schrei nach dem anderen ausstieß.

»Na, zwischenmenschlich. Peet und Jeanette!«

»Sie ist seine Tussi.«

»Warum haben sie nicht geheiratet?«

»Das tut man heute doch gar nicht mehr.«

»Einige schon. Deine Eltern zum Beispiel.«

»Peet ist für so was zu clever«, sagte Rieke.

Ich freute mich. Obwohl es zwischen mir und Peet immer

ein bisschen geholpert hatte, konnte ich nicht leugnen, dass ich immer noch sentimentale Gefühle für ihn hegte. Schließlich hatten wir Haus an Haus unsere Kindheit verbracht. Und jemanden mit Fingernägeln wie Jeanette hätte ich nicht einmal meinem schlimmsten Feind an den Hals gewünscht. Und er war wirklich ein verdammt netter Kerl.

8

An dieser Stelle ein Tipp: Auf die Sache mit dem Arztgeheimnis kann man sich in Ostfriesland nicht verlassen. »Ich war heute zum Einkaufen bei Bruns«, berichtete Peet, als ich am nächsten Nachmittag in Swantjes Garten auf den Zwerg aufpasste. »Er hat mich gefragt, ob die Sache mit Klaes und dem Grab stimmt. Der Notarzt hat nämlich seiner Schwester davon erzählt, und die ihrer Schwiegermutter, die die Nachbarin des Klempners ist, der gerade das Klo in dem Privatraum hinter Bruns' Supermarkt repariert hat. Toll, was?«

»Siehst du«, empörte ich mich, »deshalb bin ich nach Berlin abgehauen. Klatsch und Tratsch an jeder Ecke! Wenn Bruns es weiß, weiß es jeder im Dorf. Swantje wird uns umbringen, wenn sie zurück ist.«

Ich schaute zu Papa, der sich mit dem netten Gärtner aus Leer unterhielt, den ich am Vormittag mit einem Wahnsinnshonorarversprechen in unseren Garten gelockt hatte. Der Gärtner kaute skeptisch auf der Unterlippe. Wahrscheinlich war es das erste Mal, dass man ihn in Ostfriesland um einen griechisch-römischen Palmengarten bat. Er hatte einen jungen blondgelockten Gehilfen dabei, der kundig das Gelände vermaß – für mich ein beruhigendes Zeichen von Professionalität.

Worte wie »der Reiz des Herben unserer ostfriesischen Heimat« wehten zu mir herüber, und Papa sah aus, als gefiele ihm das und als überlege er ernsthaft, ob er sein Glück um jeden Preis unter Palmen suchen müsse. Diese Firma würde das Kind schon schaukeln.

Peet ließ sich mir gegenüber in den Gartenstuhl plumpsen. »Und denk dir«, sagte er, »als ich in der Apotheke war, ist mir auch noch die Hexe aus dem Kindergarten über den Weg gelaufen und wollte mir unbedingt einen Tipp zum Thema zarte Kinderhaut und Sonnenbrand geben.«

O weh. Gerade eben war ich dabei gewesen, mich so richtig schön zu entspannen. »Ekelhaft, wie aufdringlich manche Menschen sind«, murmelte ich und suchte nach einem anderen Thema, aber mir fiel nichts ein.

»Sie fand auch, dass kleine Kinder – wenn man bedenkt, wie lasch die Gesetzgebung in Bezug auf Sexualstraftäter ist – immer anständig bekleidet sein sollten. Aber natürlich muss das jeder Vater selbst entscheiden, hat sie gesagt.«

»Was geht die das denn an?«

Der Zwerg hatte Peet erspäht und kam aus dem Sandkasten zu uns. Die Kleine kletterte auf seinen Schoß, um wieder auf seinem Bein zu wippen. Quasimodo trottete hinterher. »Wuff«, grüßte er.

»Wuff«, grüßte Peet zurück und schrubbelte sein Kopfhaar. »Und denk nur, Amke – dann hat die Kindergartentante auch noch nach meiner Tochter gefragt.«

»Aber du hast doch gar keine.«

»Ich weiß. Irrerweise hat sie Stein und Bein geschworen, dass Swantje etwas anderes behauptet.«

»Die ist doch gar nicht da. Komm, Süße, Amke schält dir einen Apfel«, versuchte ich Fenna von Peets Bein zu locken, um mich davonzumachen, aber sie klammerte sich widerspenstig fest.

»Tja«, sagte Peet. »Aber das Weib behauptet felsenfest, dass sie erst vor ein paar Tagen mit ihr in diesem Garten gesessen hat.« Er musterte mich. Mein Pferdeschwanz sah genauso aus wie der von Swantje, ich war ihr auch sonst ziemlich ähnlich. »Willst du mir vielleicht etwas erklären?«

»Hör schon auf. Die Frau hat sie nicht mehr alle. Ich war dabei, als sie bei Bruns im Supermarkt randalierte. Hunde mag sie auch nicht. Sie hat Quasimodo angeschrien.«

»Wuff«, machte Quasimodo, der seinen Namen hörte.

»Scheiße«, sagte Fenna und strahlte mich an.

Peet blickte über sein Boot und seinen Kanal hinaus auf die ostfriesischen Weiden und seufzte. »Bevor du gekommen bist, hatte die Kleine einen vornehmeren Wortschatz.«

»Bevor ich gekommen bin, hat sie überhaupt nicht gesprochen.«

»Na, dann wird Swantje sich ja freuen.«

»Woher hast du überhaupt ihre Nummer?« Diesmal gelang der Themenwechsel.

»Glaubst du, Swantje schwirrt nach Norwegen ab, ohne jemanden zu haben, bei dem sie wegen der Kinder nachfragen …« Peet brach ab, und ich drehte mich zum Haus um, um zu sehen, was ihm die Sprache verschlagen hatte.

Rieke kam in den Garten. Sie trug dieses Mal zwar kein Grusel-Make-up, aber dafür war ihr Gesicht verheult, die Schultern hingen, als hätte man sie verprügelt, und ihr einziges Zugeständnis an die Zivilisation bestand darin, dass sie über ihren Pyjama ein zerknittertes T-Shirt gezogen hatte.

»Sie gehört dir«, sagte Peet, pflückte sich den Zwerg vom Bein und machte sich davon.

Rieke ließ sich neben meinem Stuhl auf den Rasen fallen. Fenna, die auf ihren Bauch kletterte, flüsterte ihr liebevoll »Scheiße« ins Ohr, und nach und nach, während Rieke mit ihrem Schwesterchen schmuste und vergeblich so tat, als wäre ihre Welt in Ordnung, erzählte sie, wie Marko ihre Wahnsinnsnacht auf dem Friedhof kommentiert hatte.

Mit jedem Wort stieg meine Wut. Was macht man mit einem Kerl, der seiner Freundin vorwirft, dass sie nicht ausreichend von Wahnsinn durchdrungen sei, um ein echter Vampyr (mit y) zu sein, und dass es megauncool sei, sich von einem Notarzt ein Pflaster zu erbetteln, weil man sich den Knöchel aufgeschrammt hatte? Wie tröstet man über die Beleidigung hinweg, man habe die Mächte der Finsternis mit seinem babyhaften Verhalten zum Gackern gebracht wie einen Hühnerhof?

»Er ist ein Idiot, vergiss ihn einfach. *Wenn* die bösen Mächte gackern, dann über ihn.«

»Du machst dich über mich lustig!«, beklagte sich Rieke.

»Niemals!« Ich hob die Hand mit den gespreizten Fingern, was hoffentlich wie eine Art Schwur wirkte.

»Niemals!«, echote Fenna und streckte ihr rundes Fäustchen in die Luft.

Rieke nahm sich noch eines der Taschentücher aus der Packung, die ich ihr gegeben hatte. Die benutzten wurden vom Wind über den Rasen geweht wie kleine Wattebäuschchen. Ich sah, dass der blonde Gärtnerjüngling, der gerade das Messband zusammenrollte, zu uns herüberschielte. Rieke hatte auch verheult noch etwas Süßes, und vielleicht war er einer von den Typen, die gern die starke Schulter anboten, wenn eine Maid in Not geriet.

»Marko sagt, ich hab nicht den Hauch einer bösartigen Aura. Ich bin einfach nur wie alle anderen«, klagte die Maid.

»Niemals!«, quietschte Fenna und schwang das Fäustchen. Rieke lächelte schief. Sie nahm ihr Schwesterchen und drückte es an sich. Ein paar Minuten kitzelte sie ihre Füße, was Fenna über alles liebte. Quasimodo rannte um die beiden herum und kläffte. Dann brachte Rieke Fenna zum Sandkasten.

»Du nimmst das nicht ernst, Tante Amke«, sagte sie, als sie zurückkehrte. »Du gehörst eben nicht zu den Eingeweihten. Ich erwarte das auch gar nicht. Wir sind nur ein kleiner Kreis, und wie es aussieht, bin ich nicht mal selbst Teil davon.«

»Deshalb braucht Marko noch lange nicht gemein zu dir zu sein. Ich kann ihn nicht ausstehen.«

»Aber ich liebe ihn«, sagte Rieke.

Ich wünschte, ihre Worte hätten ein bisschen melodramatischer geklungen. Kindlicher. Weniger ernst zu nehmen. Alle Antworten, die mir in den Sinn kamen – andere Mütter haben auch schöne Söhne, beispielsweise – verboten sich, als ich in ihr Gesicht sah. Ich schaute wie Peet über die ostfriesischen Weiden und dachte: Verdammt.

Jeanette war nicht gerade begeistert, als ich abends auf Peets Boot erschien. »Tut mir leid, wenn ich störe, aber es geht um eine dringende Familienangelegenheit«, erklärte ich.

»Familie! Herrgott, gibt's denn hier gar nichts anderes als Familie mehr?«, fragte sie gereizt.

Das war nicht besonders klug von ihr. Sie hätte sich denken können, dass jemand, der von seiner streikenden Schwägerin als Einziger die Telefonnummer in die Hand gedrückt bekommt, für Familie etwas übrighaben musste. Ich sah, dass Peet sich ärgerte.

»Störe ich, wenn es um Familienangelegenheiten geht? Oder kann ich dieses Mal bleiben?«, fragte Jeanette.

»Sicher kannst du«, sagte Peet. Na schön.

Die beiden Liegestühle waren besetzt, ich lehnte mich also gegen die Eisenreling. Da es ausgeschlossen war, vor der lila Hexe Riekes Nöte zu erörtern, suchte ich erst mal ein anderes Thema. Ich begann von Papas Magenbeschwerden zu berichten, die mir große Sorgen machten, weil Papas Schwester Edeltraud an einer Magengeschichte gestorben war, und bei ihr hatte es auch mit Appetitlosigkeit begonnen, genau wie bei Papa jetzt.

»Magenschmerzen«, sagte Jeanette und rollte mit den Augen.

Ich nickte. Das Leben von Edeltraud war ein einziges Elend gewesen, seit sie zum ersten Mal diese stechenden Schmerzen unter der Brust bekommen hatte. Das war nach einer Suppe von Großtante Gerti gewesen. »Erinnerst du dich noch an die Suppe von Tante Gerti, Peet? Sie hat sie nach dem Rezept deiner Mutter gekocht.«

»Ich erinnere mich an keine Suppe und auch an keine Tante«, sagte Peet.

»Klar, es war schließlich *meine* Tante. Jedenfalls hatten wir damals angenommen, es wären nur die Bohnen – Blähungen und so«, erklärte ich Jeanette, die mit den lila Fingernägeln auf der Lehne ihres Liegestuhls trommelte. »Man denkt ja nicht gleich das Schlimmste. Sag mal, ich langweile dich hoffentlich nicht?«

»Gar nicht«, knirschte Jeanette.

Tante Edeltrauds Leidensgeschichte verlief nicht gradlinig, es hatte Höhen und Tiefen gegeben und viele falsche Diagnosen, die ich Jeanette natürlich nicht vorenthielt. »Und dann hat sich auch noch die Verwandtschaft eingemischt. Jeder hatte schon mal von was Ähnlichem gehört, und meistens endete es grausam. Edeltraud hat sich über all die düsteren Prognosen furchtbar aufgeregt.«

»Interessiert dich das?«, fragte Jeanette Peet, als ich einen Bogen zu einem Vetter aus Amerika schlug, der Tante Edeltraud eine indianische Wurzel geschickt hatte, die sie als Tee trinken sollte und die zunächst auch eine verblüffende Wirkung gezeigt hatte. *Zunächst!*

Es stellte sich heraus, dass Peet eingeschlafen war. Jeanette stieß ihm die lackierten Krallen in die Seite, und er fuhr auf. »Ich geh dann mal, bevor's mich hier vor Spannung zerreißt«, zischte sie ihn an.

»Schon?«, fragte er schlaftrunken.

»Es ist halb eins!«

»Kann doch gar nicht sein!«

»Ist aber so!«

Wir starrten Jeanette nach, während sie vergrätzt über den Steg in Klaes' Garten stolzierte und in der Dunkelheit verschwand. »O je, ich fürchte, jetzt habe ich sie doch gelangweilt«, meinte ich bedauernd.

»Du *hast* überhaupt keine Tante, Amke. Ihr wart nur zu dritt: du, Swantje und Geerd«, sagte Peet, immer noch ein bisschen benommen, weil Jeanette ihn aus dem Tiefschlaf gerissen hatte.

»Wen interessiert Großtante Edeltraud? Ich habe mich über Marko Müller informiert.«

»Was?« Peet rieb sich mit den Handballen die Augen, stand auf, ging unter Deck und kam mit einer Tablette wieder, die er mit seinem schalen Bier runterspülte. »Du machst mir Kopfweh, Amke.«

»Marko Müller. Der sich an Rieke rangemacht hat. Marko schwänzt die Schule, er popelt in der Nase, er fährt regelmäßig in die Niederlande, um sich mit Hasch zu versorgen, er klaut Kaugummis.«

»Also ein Schwerstkrimineller.«

»Das mit den Kaugummis ist nicht sicher, aber ansonsten: Jawohl!«

Peet grinste schwach. »Amke, ich muss morgen wieder arbeiten. Hau ab.«

»Willst du etwa tatenlos dabeistehen, während der Kerl Rieke zu sich runterzieht?«

»In Ordnung. Wir machen uns auf den Weg, du schlägst ihn nieder, ich wickle ihn in einen Teppich, und dann schmeißen wir ihn gemeinsam in den Kanal. Amke, Mensch, der Junge ist wie alle in seinem Alter: ein dröger Langweiler mit strähnigen Haaren, der einen auf cool macht.«

»Außer, dass er sich von Hass und Verachtung ernährt.«

»Was?«

»Und Blut natürlich. Von echtem!«

Peet stellte sich neben mich an die Reling und rieb sich erneut die Augen. Ich gab ihm Zeit, meine Worte sacken zu lassen, und schaute dabei zu unserem Garten hinüber, dessen gepflügte Furchen im Mondlicht glänzten. Die Pflaumenbäume sahen aus wie Zwillinge, die mit den Ästen nach dem Mond greifen. Es war ein schöner Anblick. Ich musste an den blonden Lehrling unseres Gärtners denken, wie er das Messgerät zusammengerollt und die ganze Zeit zu Rieke geschielt hatte. *Das* war ein netter Junge. Fleißig und bodenständig. Einer, der sich von Snirtjebraten und Rotkohl ernährte, wie sich das gehörte, und von Hühnerblut Brechreiz kriegte. Ich begann zu lächeln und erklärte Peet, was mir für Rieke vorschwebte.

»Du willst dich für die beiden als Amor betätigen?«

»Das ist komisch, nicht?«

»Find ich auch. Ich glaube nicht an den Erfolg solcher göttlichen Bemühungen.«

»Nein, ich meine was anderes. Die Sache mit dem Pfeil, der das Herz durchbohrt. Dass man sich gerade dieses Bild als Symbol für die Liebe ausgesucht hat. Ein Pfeil steht doch für eine Wunde.« Ich drehte mich um, stützte mich mit den Unterarmen auf die Reling und schaute in das schwarze Wasser, in dem sich der Mond spiegelte. Plötzlich war mir schwer ums Herz. Peet beugte sich ebenfalls vor. Wir schwiegen.

»Es ist dir nicht gut ergangen, was die Liebe betrifft?«

Ich dachte an Axel. Ich liebte ihn. Wir hatten so verdammt schöne Zeiten miteinander verbracht. Ich mochte seinen Verstand und die Leichtigkeit, mit der er mich zum Lachen brachte. Ich mochte, wie er an seinen Fingerknöcheln knabberte, wenn er nervös war, und seine ungestüme Zärtlichkeit. Aber über alldem lagen wie ein Schatten die Praktikantin und deren Vorgängerinnen. Nein, es ist mir nicht gut ergangen, dachte ich. Dieses Arrangement, wie wir es nennen, bricht mir jedes Mal das Herz. Ich hasse die Nächte, in denen mein Platz in seinem Bett belegt ist. Jede seiner Affären ist wie einer der verdammten Pfeile des geflügelten Gottes. Es tut so weh. Ohne dass ich etwas dagegen machen konnte, stiegen mir Tränen in die Augen.

Es war unmöglich, dass Peet sie in der Dunkelheit sah. Aber er schien etwas zu merken, denn er legte mir den Arm um die Schulter und drückte mich an sich.

»Und du?«, fragte ich, nachdem ich mir meiner Stimme wieder einigermaßen sicher war.

»Ein rasanter Reinfall vor zehn Jahren – und nun bin ich vorsichtig geworden. Ich will das nicht noch mal.«

»Was machen wir denn bloß falsch, Peet?«

Er beugte sich zu mir. Einen Moment dachte ich, er würde mich küssen. Aber dann sagte er nur: »Ich weiß es nicht.«

Man soll Dinge nicht verallgemeinern. Dass es bei Axel und mir in der Liebe rumpelte, hieß ja nicht, dass Rieke keine Chance besaß. Der Gärtner-Junge war ein netter Kerl mit dem Potential, Marko auszustechen – davon war ich überzeugt. Ich würde den beiden auf die Sprünge helfen, und wie es meiner Ausbildung entspricht, plante ich meine Vorgehensweise detailliert. Als ich Rieke und Fenna morgens ins Auto packte, um die eine in der Schule und die andere im Kindergarten abzuliefern, bemerkte ich beiläufig: »Opa ist ganz schön fertig wegen des Gartens.«

Rieke ließ sich neben mir in den Beifahrersitz plumpsen und schniefte traurig in das schwarze Taschentuch, das sie jetzt ständig begleitete.

»Kein Wunder«, seufzte ich, »das ist ja auch eine Wahnsinnsarbeit.«

»Was?«, fragte Rieke.

»Der Garten.«

»Ach so.« Rieke stützte den Kopf auf die Hand und schaute deprimiert zum Fenster hinaus, wo der Fehnkanal in der Morgensonne glitzerte. Sie dachte natürlich immer noch an Marko.

»Der arme Opa«, seufzte ich. »Er sieht völlig erledigt aus.«

»Was?«

»Opa. Von der Gartenarbeit. Er wird langsam alt. Wahrscheinlich wünscht er sich, dass ihm jemand im Garten hilft.«

Rieke rieb sich ein Tränchen weg, das aber wohl kaum ihrem Großvater galt. Ich wartete einen Moment, dann sagte ich: »Vielleicht könntest *du* ja dieser Jemand sein.«

Keine Reaktion.

»Rieke?«

Keine Reaktion. Wir hatten den Kindergarten erreicht. Ich packte Quasimodos Halsband, ließ Fenna hinausschlüpfen und wartete, bis sie durch die Tür verschwunden war. Dann wurde ich deutlich: »Ich finde, du solltest Opa ein bisschen zur Hand gehen.«

»Wobei?«

»Bei der Gartenarbeit! Wie wäre es mit Montagnachmittag?«

Sie nickte.

Großartig. Der Samen war gelegt.

Als ich wieder daheim war, rief ich beim Gärtner an. Er hieß übrigens auch Hobbel, wie sämtliche Gärtner aus Ost- und Mittegroßefehn und Umgebung, war aber nur über sechs Ecken mit dem anderen Hobbel verwandt, wie er mir versicherte. Dass mein Vater inzwischen Interesse an einem mit Natursteinen gepflasterten Plätzchen zwischen Kletterhortensien und Kirschlorbeer zeigte, bewies mir, dass ich mit ihm einen guten Griff getan hatte. Ich fragte nach seinem Lehrling. Der Junge war sein Sohn und damit ebenfalls ein Hobbel.

»Hauke Hobbel, Hauke nach seinem Opa.«

»Wie alt ist er?«

»Sechzehn. Warum?«, fragte Hobbel senior verwirrt.

»Er machte auf meinen Vater einen so positiven Eindruck – so engagiert und kenntnisreich. Wissen Sie, mein Vater ist pensionierter Lehrer. Er mag junge Leute, und ich glaube, an Hauke hat er einen Narren gefressen. Er schwärmt schon den ganzen Vormittag von ihm. Denken Sie, es wäre möglich, dass Hauke ihm bei den Vorarbeiten ein bisschen zur Hand geht? Das würde ich mich etwas kosten lassen, denn der neue Garten soll ja auch ein Wohlfühlprojekt sein.«

Hobbel senior war verständlicherweise nicht abgeneigt. Wir einigten uns auf ein Stundenhonorar in Höhe des präsidialen Ehrensoldes und vereinbarten einen Termin.

»Wenn das mal gutgeht«, sagte Peet, dem ich kurz darauf berichtete, wie mein genialer Plan, Rieke wieder glücklich zu machen, voranschritt. Er saß vor einem Zeichenblatt, auf dem er, altmodisch, wie er war, mit der Hand Entwürfe für ein Haus skizzierte. Das, an dem er gerade arbeitete, erinnerte mich wegen des spitz zulaufenden Endes an ein Schiff, was ja auch Sinn machte hier in Ostfriesland, aber trotzdem ein bisschen fremd wirkte. Ob der Innenarchitekt die Wände mit Rettungsringen dekorieren und die Bewohner dazu verdonnern würde, in Hängematten zu schlafen? »Du hast eine beunruhigende Neigung, anderer Leute Leben durcheinanderzubringen, Amke Hinrichs.«

»Zu optimieren«, erklärte ich übermütig. »Das ist schließlich mein Beruf. Rieke ist nicht blöd. Die hat im Handumdrehen raus, dass Hauke Hobbel …«

»Wer?«

»So heißt der Prinz auf dem Schimmel. Sie wird sofort merken, was für ein Schatz er ist – gemessen an Marko mit dem Hühnerblut.«

Peet lächelte. »Du hast 'nen Knall.«

»Nein, ich habe ein Diplom in Betriebswirtschaft und zwölf Jahre Berufserfahrung.« Ich spürte bis in die Fingerspitzen, dass ich auf dem schnurgeraden Weg war, die Probleme meiner Familie zu lösen. In mir pulsierte die alte Leidenschaft. Keine Spur mehr von Burn-out.

»Tschau, Jeanette. Ich wollte nicht stören, es ging nur um … ach, das wird dich gar nicht interessieren«, rief ich zum Abschied in die Abstellkammer neben der Treppenstiege, in der Peets Zeichnerin gerade etwas kopierte.

Papa war sofort einverstanden, als ich ihm Hauke schmackhaft machte. »Man muss junge Menschen unterstützen, wenn sie sich für eine Sache ins Zeug legen«, fand er, ganz der Pädagoge, der er einmal gewesen war. Und dass Rieke ebenfalls in seinem Garten mit anpacken würde, gefiel ihm doppelt gut. »Das ist ja wie früher. Weißt du noch, wie wir drei, Swantje, du und ich, Erdbeeren geerntet haben?«, strahlte er. »Übrigens: Dieser Gartenbauer hatte eine richtig gute Idee, wie man das herbe Ostfriesische mit dem leichten südlichen Flair der Toskana verbinden kann.«

»Im Ernst?«

Er wollte mir das genauer erklären, und später wünschte ich mir, ich hätte ihm zugehört, aber leider war ich zu sehr mit Hauke Hobbel und meinem Triumph beschäftigt.

Am Abend rief Axel an: »Amke, du musst endlich wieder raus aus diesem Kaff. Dein Burn-out ist doch schon besser, oder? Mensch, ich vermisse dich, ich kann dir gar nicht sagen, wie. Hier im Büro, aber vor allem … du weißt schon.« Er schickte mir ein Küsschen durchs Handy. »Lass uns nach Florida abhauen! Weißer Strand, Sonne bis zum Abwinken. Wann können wir los?«

In der vergangenen Nacht hatte ich noch mit der Liebe gehadert, jetzt schlug meine Stimmung sofort wieder um. Die Praktikantin verblasste, während vor meinem inneren Auge Bilder auftauchten. Ich sah uns beide im Sonnenuntergang schwimmen, wie wir es immer in Florida machten. Rotes Licht, das sich in den Wellen brach, und Küsse im salzigen Wasser. »O

Mann, tut es gut, von dir zu hören!«, brach es aus mir heraus. Ich ließ mir von Axel berichten, wie die Geschäfte liefen. Dann erzählte ich ihm von Riekes Vampyrexperiment einschließlich Klaes' Abstecher ins Grab.

»Peet?«, fragte er.

»Was? Nein, Swantjes Mann heißt Klaes. Das ist ein komischer Name, aber hier in Ostfriesland heißen alle ...«

»Ich meine den anderen. Wer ist denn da mit dir auf dem Friedhof gewesen?«

Ich zögerte kurz. »Ach so. Das ist sein Bruder. Früher konnte ich ihn nicht ausstehen. Aber im Grunde ist Peet ein patenter Kerl. Patenter jedenfalls als der Rest meiner Familie. Du, es gibt noch einiges, was ich vor unserem Urlaub erledigen muss. Und zwar die Sache mit dem Garten«, zählte ich auf, »dann Rieke mit Hobbel junior verkuppeln ... Marko den Pflock ins Herz stoßen ...«

»Warum tust du dir das überhaupt an?«

»Was?«

»Na, das mit dem Friedhof beispielsweise. Ist doch bestimmt megapeinlich gewesen.«

»Ach, weißt du ...« Ich musste kichern, weil ich daran dachte, wie Rieke ihren Vater bei seinem Abtransport vorsichtshalber mit Weihwasser bespritzt hatte und wie Klaes, als man ihn gerade in den Krankenwagen schieben wollte, sich beleidigt von der Bahre erhob und von dannen humpelte, weil er das blöde Gequatsche des Notarztes über den ersten belegten Fall einer Auferstehung aus dem Grabe nicht mehr ertragen konnte.

»Überlass den ganzen Quatsch doch diesem Peet«, nörgelte Axel.

»Das geht nicht. Swantje ist *meine* Schwester. Bevor sie nicht zurück ist, kann ich nicht fort, keine Chance.«

Axel brummte etwas. »Was willst du denn konkret machen?«

»Ich dachte, ich schlage ihr eine Ehetherapie vor. Es bringt ja nichts, wenn sie beleidigt in Norwegen ihre Zeit verbummelt, statt die Probleme mit Klaes anzugehen.«

»Dann treib das mal voran! Du, ich hab echt Sehnsucht nach Florida. Und nach dir natürlich.«

»Klar doch. Ich hab alles im Griff«, versicherte ich. Einen Moment dachte ich an Peets Worte: *Ich will das nicht noch mal.* Ich wollte auch nicht, dass mir noch einmal weh getan wurde. Darüber würde ich mit Axel sprechen müssen. Und das mache ich in Florida, nahm ich mir vor. Florida ist der richtige Ort dafür.

Aber erst einmal startete ich in die nächste Phase meines Familienrettungsplans. Mit der Situationsanalyse hatte ich richtig gelegen, die Konzeptentwicklung hatte ebenfalls geklappt – jetzt musste ich meine Kunden coachen, damit sie den rechten Pfad verinnerlichten. Das ist erfahrungsgemäß die aufwendigste Phase bei einer Unternehmenssanierung.

Ich nahm mir zunächst Klaes vor, den ich für das schwierigste meiner Schäfchen hielt. Er hatte sich zwei Tage krankschreiben lassen, um sein Humpelbein auszukurieren, und saß im Wohnzimmer, wo er eine japanische Zeichentrickserie anschaute, in der bizarr aussehende Frauen mit merkwürdiger Kopfbedeckung und riesigen Glupschaugen auf Wölfen ritten. Schön, dass er seine Zeit wenigstens nicht sinnlos vertat.

»Wie sieht's aus, Schwager?«, fragte ich fröhlich.

»Du störst.« Klaes drehte den Ton lauter.

»Wobei denn?«

»Prinzessin Mononoke kann die Tiergötter nicht retten, wenn du ständig dazwischenquatschst.«

»Boah – Katastrophe!« Ich nahm ihm die Fernbedienung

weg, schickte Prinzessin Mononoke mitsamt Tiergöttern ins japanische Nirwana und schaltete auf meinen verständnisvollen Kundenton um. »Klaes, Mann, du solltest dich mal ankucken! Weißt du, wie du aussiehst?«

Er zuckte uninteressiert mit den Schultern.

»Das geht doch so nicht weiter. Komm, lass uns reden.«

»Worüber denn?«

Zum Beispiel über den titanicgleichen Untergang deiner Ehe oder die Tatsache, dass deine Tochter den harten Boden eines Grabes ihrer bequemen Matratze vorzieht?, hätte ich gern gesagt, aber ich verkniff es mir. Ich wäre auch gar nicht dazu gekommen, denn Klaes polterte plötzlich los:

»Diese Schnösel! Diese gottverdammten, geldgeilen Ignoranten. Weißt du, was die vorhaben? Tiefkühlgemüse! Ich buchstabier dir das mal: T-i-f-k–«

»E.«

»Was?«

»Mit ie. Spielt keine Rolle. Klaes …«

»*Seefkes feinstes Leipziger Allerlei mit besten Gartenkräutern* … Ich könnte kotzen, Amke. Ich bin Koch. Ein Mann, der mit Leidenschaft am Herd steht. Ich brenne für das, was ich tue. Meine Granatapfelsoße zum Beispiel: Ich entkerne die Granatäpfel, ich zerdrücke sie per Hand in einer Schüssel, ich sammle den Saft und erhitze ihn in einer Pfanne und … Amke …«

Seine Augen begannen plötzlich zu glänzen. »Weißt du, worin das Geheimnis liegt? In einem Spritzer *Crema di Balsamico*. Nur ein Hauch. Du kannst das nicht abmessen, es geht um den perfekten Schwung aus dem Handgelenk, den man erst im Laufe vieler Jahre lernt.« Er packte die Fernbedienung und kippte sie einmal sanft, um es mir zu demonstrieren. »Man muss unbedingt den richtigen Zeitpunkt erwischen. Eine Sekunde zu früh oder zu spät …« Sein Schweigen deutete an, dass die Apokalypse dagegen ein Dreck wäre.

Für mich stand vor allem fest, dass sein Chef und seine Kollegen ihn hassen mussten. Wahrscheinlich gab er jedes Mal quiekende Klagelaute von sich, wenn sie ihn zwangen, etwas in die Mikrowelle zu schieben.

Klaes ließ sich in die Sofakissen zurückfallen. »Ich kann nicht mehr, Amke. Fertigsoßen aus Plastikeimern! Mir raubt das den Schlaf. Ich träume von Knorr-Männchen, die mich um Tiefkühltruhen jagen. Letztens bin ich deswegen aus dem Bett gefallen.« Er zeigte mir seine Wade, auf der sich ein fetter Bluterguss abzeichnete.

»Das ist von dem Sturz ins Grab.«

»Welches Grab?« Klaes brauchte einen Moment, um von der beruflichen Tragödie in sein heimisches Desaster zurückzufinden. »O Mist, Rieke! Sag mal, hast du kapiert, was sie auf diesem verdammten Friedhof wollte?«

»Deine Tochter trinkt Hühnerblut«, erklärte ich bedeutungsvoll.

»Das ist ja widerlich!«

»Und gefährlich. Überleg mal, was da alles an Keimen drin sein kann. Ich sage nur: Rinderwahnsinn!«

»In Hühnerblut?«

Ich korrigierte mich: »Vogelgrippe!«

»Scheiße, ja«, sagte Klaes. »Warum macht sie das?«

»Du könntest sie fragen.«

»Ich?« Er blickte mich so überrascht an, als hätte ich ihn aufgefordert, sich beim Ballettunterricht anzumelden.

»Klaes, Mensch – ist dir eigentlich klar, wie viel Einfluss du als Vater auf Rieke hast? Väter sind für ihre Töchter so was wie Leitsterne während des verwirrenden Vorgangs des Erwachsenwerdens. Sie sind die Pflöcke, die im Moor der Pubertät den Weg markieren. Bojen in trügerischen Gewässern …« Mir flogen die Bilder nur so zu, ich war selbst gerührt. Auch Klaes schien beeindruckt. »Rieke hört auf mich?«, vergewisserte er sich.

»Vielleicht nicht immer, und möglicherweise zeigt sie es nicht offen. Aber … ja. Ich weiß heute noch, was mir mein Vater beispielsweise über Jungs erzählt hat.«

»Was denn?«

Dass sie mit Taschenmessern obszöne Bilder in die Schulpulte ritzten und mit Mädchen nur Schlimmes im Sinn hatten. Aber das behielt ich für mich. Stattdessen senkte ich meine Stimme zu einem geheimnisvollen Murmeln: »Das Gespräch ist der Schlüssel, Klaes. Sprich mit Rieke … sprich mit Swantje … Spriiiiich …«

Klaes nickte benommen. Nach einem magischen Moment der Stille sagte er: »Vor allem rede ich aber mit dem Idioten von der Wache in Aurich. Ich habe von denen einen Anruf bekommen, dass eine anonyme Anzeige wegen Störens der Totenruhe eingelaufen ist. Als ob Rieke die Ruhe eines Toten stören könnte, der noch in der Leichenhalle aufgebahrt ist. Ihr seid doch bescheuert, hab ich gesagt.«

»Und darüber sprichst du jetzt mit Rieke«, murmelte ich, um ihn wieder aufs Thema zurückzubringen.

»Nee, aber mit Swantje. Die muss ihr mal richtig den Kopf waschen. Wenn sie zu Hause geblieben wäre, dann hätten wir diesen ganzen Stress jetzt gar nicht.«

Ich holte Luft, beherrschte mich aber. Bei gewissen Kunden erwartet man besser keine raschen Erfolge. Beharrlichkeit ist mein zweiter Vorname. Ich ließ Klaes allein, um ihm Zeit zum Nachdenken zu geben.

Mit Rieke lief dafür alles umso besser. Als sie am Montagmittag aus der Schule kam, ging sie – nach einem kleinen Stupser meinerseits – rüber in den Garten und fragte den jungen Hobbel, was denn so anläge. Man konnte ihm ansehen, dass er über die gut gebaute Gesellschaft mit dem knospenden Busen begeistert war.

»Siehst du«, sagte ich aufgedreht zu Peet, der das schöne Maiwetter wieder nutzte, um auf dem Vordeck zu arbeiten, »alles läuft wie am Schnürchen. Ich weiß, dass du skeptisch bist. Ist ja auch nicht dein Arbeitsgebiet: Unternehmensoptimierung. Aber es gibt in meinem Beruf ein Konzept, das praktisch nie versagt: Situationsanalyse – Konzeptentwicklung – Coaching ...«

»Merkst du eigentlich, wenn du störst?«, fragte Peet, der seinem Schiffshaus-in-Planung gerade einen Schornstein verpasste. Er zwinkerte mir zu, wohl um anzudeuten, dass er es nicht gar so schroff meinte, wie es klang. Ein Bild zu malen und jemandem zuzuhören schloss sich ja auch nicht aus. Ich hatte das früher vor dem Fernseher immer gemacht: gemalt und gleichzeitig nicht nur zuge*hört*, sondern sogar zuge*kuckt*.

Aufgeregt packte ich seinen Arm. »Hast du gesehen? Rieke hat ihn angelächelt. Da ist was zwischen den beiden. Da springt gerade ein Funke über.«

Peet entfernte meine Hand und zog mit Hilfe seines Lineals ein paar Linien.

»Schiffsschornsteine sehen anders aus – rund«, gab ich ihm einen Tipp.

»Ich plane auch kein Schiff, sondern ein Haus.«

»Sieht gut aus.«

»Ich weiß, dass es gut aussieht.«

»Klar. Ich wollte dir nur Feedback geben.«

»Danke«, sagte Peet. Dann machte er sich wieder an die Arbeit. Er klemmte, wenn er nachdachte, immer noch die Zunge rechts im Mund zwischen die Zähne. Mann, was hatten Swantje und ich darüber gelacht, als ich gerade so sauer auf ihn gewesen war.

Ich lehnte mich zurück, um ihn nicht zu stören. Als Jeanette aufs Deck kam, um ihm irgendeine Kopie zu bringen, legte ich den Zeigefinger über die Lippen, zum Zeichen, dass der Maestro nicht angesprochen werden durfte. So ein Schiffshaus kreierte sich schließlich nicht von selbst.

»Ist das das Fax?«, fragte Peet.

Jeanette reichte ihm das Blatt, und ich legte hinter seinem Rücken noch einmal den Finger auf die Lippen. Ihre Augen funkelten zornig, und sie gab ihm noch ein paar überflüssige Erklärungen, aber dann blieb ihr nichts anderes übrig, als wieder abzuziehen.

Der junge Hobbel hatte sich mittlerweile Papas motorisierten Pflug ausgeliehen und begann, die Rasenfläche um die Pflaumenbäume herum zu pflügen, was mir einen Stich versetzte, aber zu sehen, wie Rieke eifrig fragte, ob sie auch mal dürfe, und wie er sich direkt hinter sie stellte, während er ihr zeigte, welchen Knopf sie drücken musste, um den Pflug in Gang zu setzen, machte den Verlust des letzten Rasenstücks wieder wett.

»Schau mal, wie nah sie einander schon sind«, flüsterte ich Peet zu.

»Was?«

»Rieke und der Hobbel. Wenn er Schneid hat, küsst er sie jetzt.«

Peet blickte von seinem Schiffshaus auf.

»Oder er beißt sie in den Nacken, das würde ihr noch besser gefallen«, kicherte ich.

»Ich würde eher sagen, er schmeißt sie gleich vom Grundstück, weil sie ihn bei der Arbeit stört!«

»Quatsch, Peet. Ich sehe doch, wenn sich ein junges Glück anbahnt.«

Er gab ein Stöhnen von sich. »Amke, all das ist wahnsinnig spannend, aber mein Kunde hat seine Vorstellungen geändert, und er möchte heute Nachmittag eine Skizze, nach der er beurteilen kann, ob ich seine Idee ...«

»Er tut es schon wieder. Sieh nur!«

Widerwillig blickte Peet zu Papas Garten, wo Hobbel junior jetzt den Pflug abgestellt hatte und Rieke in der Benutzung eines Spatens unterwies, indem er sich nach bewährter Methode hinter ihr aufbaute und ihre Hände auf dem Stiel platzierte.

Peet schüttelte den Kopf. »Das geht schief.«

»Quatsch. Wenn Rieke das Umärmeln nicht recht wäre, hätte sie sich längst vom Acker gemacht.«

»Ich meine deine ganze Aktion. Warum lässt du die Leute nicht einfach selbst herausfinden, was sie wollen?«

»Aber genau darin liegt doch ihr Problem, Peet. Sie wissen es nicht. Glaub mir, ich führe seit über zwölf Jahren Unternehmen aus der Krise.«

»Menschen sind aber keine Unternehmen.«

»Klar sind sie das. Sie sind wie kleine, kaputte Schiffe, die orientierungslos auf dem Ozean des Lebens umherirren.«

»Wenn du es sagst ...« Peet nahm einen Radiergummi zur Hand und radierte die letzten Linien wieder fort. »Hast du Fenna eigentlich schon vom Kindergarten abgeholt?«

»O Mist!« Hastig sprang ich auf und lief über die kleine Brücke ans Ufer und zu meinem Auto. Erst als ich vor dem Kindergarten parkte, merkte ich, dass Peet mich eine Stunde zu früh auf den Weg geschickt hatte.

Das unverhoffte Zeitfenster, das mir Peets Irrtum bescherte, nutzte ich, um bei Herrn Bruns für ein Linner einzukaufen – ein Zwischending von Lunch und Dinner, weil man um vier Uhr nachmittags ja schlecht zum Mittagessen bitten konnte. Der Plan dahinter: den Kontakt zwischen Rieke und dem jungen Hobbel unauffällig zu vertiefen. Ich deckte den Gartentisch mit Swantjes bester weißer Tischdecke und holte das gute Geschirr heraus, das wir Papa zum fünfzigsten Geburtstag geschenkt hatten. Leider dauerten die Vorbereitungen dann aber doch bis kurz vor sechs, und Hobbel junior konnte nicht zum Essen bleiben, weil sein Vater ihn in der Gärtnerei zurückerwartete. Riekes offensichtliches Bedauern nahm ich aber frohen Mutes zur Kenntnis.

Dass Peet und Klaes zum Essen kamen, war eingeplant. Doch leider hängte sich auch Jeanette an die beiden dran, und da Papa ein gastfreundlicher Mensch ist, lud er sie sofort ein. Ich sorgte aber dafür, dass sie den Stuhl bekam, der am weitesten von Peet entfernt war. Da ich ihm zudem noch den Zwerg in die Arme drückte und Fenna auf ihrer gewohnten Form der Freizeitgestaltung bestand, nämlich auf seinem Bein zu wippen, wodurch er sich nicht von seinem Platz wegbewegen konnte, ging die Sache in Ordnung.

Papa war an diesem Frühsommerabend in bester Laune und erzählte von dem Garten, den er mit dem neuen Gärtner Hobbel in einer Art plante, die seinen Vorstellungen noch viel präziser entsprach als das, woran er bisher gedacht hatte. Das freute mich, aber leider hörte ich ihm auch dieses Mal nicht genau zu, denn Rieke erzählte mir gerade mit glänzenden Augen, dass Hobbel junior nicht nur eine Menge von Gärten verstand, sondern auch total süß war.

Na bitte. Ich sandte beredte Blicke zu Peet.

»Weißt du«, flüsterte mir Rieke zu. »Hauke hat davon natürlich keine Ahnung, aber er hat auch so was Finsteres, also nicht wirklich finster, sondern … tragisch. Düster. Er hat mir gesagt, wenn sein Vater ihn anmeckert, saugt er das förmlich mit der Haut auf, es wird Teil seines Wesens.«

»Donnerwetter«, wisperte ich zurück.

»Kann ja sein, dass Hauke auch ein Vampyr ist und es nur nicht weiß.«

»Mit i oder y?«

»Mensch, Tante Amke, du hörst aber auch nie zu!« Rieke erklärte mir noch einmal, dass Vampire mit i Freaks waren, die zu Vampirpartys gingen. Weil der junge Hobbel aber noch nie auf einem Vampirevent gewesen war und nicht einmal *Twilight* gelesen hatte, konnte es sich bei ihm also nur um einen echten Vampyr handeln.

»Mit y!«

»Sag ich doch.«

Ich sah, wie Jeanette gelangweilt zum Himmel starrte. Peet war mit dem Zwerg beschäftigt, der auf seinen Schoß geklettert war, und Klaes nervte mit seinen Kochkünsten. »Höchstens zwei Stunden, auch im Wasser«, erklärte er Jeanette gerade. »Danach verliert jede rohe Kartoffel ihr Aroma. Wenn sie braun geworden ist, ist es längst zu spät.«

Ich lehnte mich zufrieden zurück. Es begann zu dämmern. Hinter dem Kanal versank die Sonne über den beinahe schwarzen Feldern. In meinem Glas schwappte ein Rest Rotwein, und mir war so wohlig zumute wie schon lange nicht mehr.

9

»Natürlich kann Fenna sprechen«, erklärte mir Swantje am nächsten Tag, als sie anrief, um sich nach ihren Schätzchen zu erkundigen. »Sie tut es bloß nicht. Warum weint sie?«

»Wenn ich das nur wüsste.« Ratlos betrachtete ich meine Nichte, die heulend neben mir stand und mich mit Jammerblicken zu erweichen versuchte, nur hatte ich leider keine Ahnung, was sie von mir wollte.

»Sie will einen Apfel«, erklärte Swantje.

»Wie kommst du *darauf*?«

»Das hört man doch.« Swantjes Stimme zitterte ein bisschen. »Die Äpfel liegen in dem Metallkorb auf der Wohnzimmerkommode.«

»Woher willst du das wissen?«

»Weil Klaes sie immer dort hinlegt.«

»Ich dachte, er kümmert sich nicht um den Haushalt.«

»Äpfel einkaufen ist doch nicht dasselbe, wie sich um den Haushalt zu kümmern«, sagte Swantje, und da hatte sie natürlich recht. Ich legte auf, ging ins Wohnzimmer und fand die Äpfel. Fennas Tränenstrom versiegte, und sie lachte mich an. »Du bist ein komisches Kind«, sagte ich zu ihr. »Du könntest auch einfach Apfel sagen, wenn du einen Apfel haben willst.«

»Niemals!«, rief Fenna. Sie hatte das Wort inzwischen zu ihrer zweiten Lieblingsvokabel gemacht und benutzte es bei jeder sich bietenden Gelegenheit. Immer mit mindestens einem Ausrufezeichen in der Stimme. Vielleicht würde sie mal Politikerin werden.

Es war Samstagvormittag. Dass der Kindergarten geschlossen hatte, verkomplizierte mein Leben enorm. Fenna und ihr Kumpel Quasimodo folgten mir auf Schritt und Tritt. Was ich einräumte, räumten sie wieder aus, was ich sauber wischte, bekleckerten sie. Fenna baute aus Swantjes Trockentüchern Gebirge und stieg in den Eimer mit dem Wischwasser, bis ich sie entnervt in ihr Kinderzimmer trug. Ich begann zu ahnen, welchen Teil ihres Lebens Swantje weniger erfüllend fand.

»Spiel schön!«, sagte ich, als ich sie inmitten der Legoklötzchen zwischen Feenbett und Kleiderschrank abgesetzt hatte. Erstaunlicherweise gehorchte sie. Ich sah ihr noch einen Moment zu, wie sie auf einem Legoelefanten einen Turm aus Vierersteinchen baute und Quasimodo die Augen für ein Nickerchen schloss. Dann machte ich mich daran, das Wohnzimmer zu feudeln. Ohne Fenna ging das ruckzuck, und ich schaffte es anschließend sogar noch, die riesigen Fenster zu putzen, mitsamt Sprossen. Donnerwetter. Frau Kudrjawzew wäre beeindruckt gewesen!

Während ich dastand und die Fenster und mich selbst bestaunte, kroch mir plötzlich ein merkwürdiger Geruch in die Nase. Einen Moment lang ignorierte ich ihn. Wer von den Flügeln des Erfolgs getragen wird, schaut nicht gern in hässliche Niederungen, und etwas ließ mich ahnen, dass mich enorm hässliche Niederungen erwarteten. Ich trat vorsichtig in den Flur und hoffte immer noch das Beste, doch dann identifizierte ich den Gestank als brennendes Plastik und stürzte in die Küche.

»Fenna!« Meine Nichte saß auf dem Fußboden und betrachtete argwöhnisch den Backofen, aus dem schwarzer Rauch quoll. Ich wollte sie packen, rutschte dabei auf etwas Glitschigem aus und verbrannte mir die Hand an der Backofentür, an der ich mich reflexartig abgestützt hatte. Aber Schmerz zählt nicht, wenn es um Leben oder Tod geht. Ich packte Fenna und rannte mit ihr ins Freie, gefolgt von Quasimodo, der sich viel zu spät bequemte, ein alarmierendes Gebell auszustoßen.

Atemlos standen wir vor dem Küchenfenster, hinter dessen Scheibe es mittlerweile aussah wie im Vorhof der Hölle, nur ohne Teufelchen mit Mistgabeln. »Scheiße«, sagte Fenna, womit sie bewies, dass sie ihr neu erworbenes Vokabular auch in einem sinnhaften Kontext verwenden konnte.

»Scheiße, ja. Du bleibst hier stehen und rührst dich nicht von der Stelle«, befahl ich ihr. Sicherheitshalber nahm ich einen Zipfel ihres T-Shirts und stopfte ihn Quasimodo ins Maul, als Hinweis, was ich von ihm erwartete. Schweiß stand mir auf der Stirn und lief mir den Rücken hinunter. Meine Hand brannte wie verrückt.

Ich kehrte ins Haus zurück, riss das Fenster auf, angelte mit einer metallenen Spaghettizange aus dem Herd, was dort kokelte, warf es ins Waschbecken und drehte den Wasserhahn auf, um meine Brandwunde zu kühlen. Bei dem Ding, das im Becken zischte, schien es sich um den Legoelefanten in Gesellschaft eines nicht mehr zu identifizierenden weiteren Plastikgegenstandes zu handeln, und wenn ich die leere Mehltüte auf dem Fußboden und die verkleckststen Eierschalen richtig deutete, hatte Fenna einen Legokuchen gebacken.

Mit einem nassen Handtuch um die verbrannte Hand und eitriefenden Sandalen kehrte ich zu meinen Schützlingen zurück. Quasimodo hatte den T-Shirt-Zipfel losgelassen, aber der Zwerg war glücklicherweise trotzdem an seinem Platz geblieben.

»Quasimodo, du bist als Zwergenwachhund ein Versager«, begann ich meine Strafpredigt.

»Wuff«, stimmte der Hund mir treuherzig zu.

»Und dich, mein Herz, schicke ich nach Norwegen«, drohte ich dem Zwerg.

»Niemals!«, rief Fenna, was mir geschmeichelt hätte, wenn ich hätte annehmen können, dass sie wusste, was Norwegen ist.

»Amke, stimmt was nicht?«, rief mein Vater über die Hecke.

»Niemals!«, brüllte Fenna zurück.

Mein Vater lächelte und warf ihr ein Kusshändchen zu.

Ich hatte nun eine verrußte Küche zu reinigen, also brachte ich den Zwerg zu Rieke hinauf. Die verhinderte Vampyrin mit y lag in ihrem schwarzen Paradies auf dem Bett und simste eifrig.

»Die Küche? Echt?«, fragte sie geistesabwesend, als ich ihr die Situation erklärte. Sie rückte bereitwillig beiseite, damit der Zwerg sich neben sie kuscheln konnte. Quasimodo streckte sich auf dem Teppich aus.

»Ich brauche wenigstens eine Stunde. Solange musst du Fenna hüten!«

»Klar. Weißt du, Amke, dass Hauke fünfhundertsechsundzwanzig Freunde bei Facebook hat?«, fragte Rieke mit einem verträumten Lächeln.

»Ist ja der Wahnsinn!«

»Nicht? Moment, ich muss mal eben …« Sie begann wieder zu tippen, und ich machte mich leise davon.

Zur Information: Legos, in Mehl und Ei gewendet, bei 180 Grad zwanzig Minuten sanft geschmort – das stinkt nicht nur bestialisch. Die schwarzen Ausdünstungen lassen sich auch in sämtlichen Ritzen nieder und können nur mit intensivem

Schrubben beseitigt werden. Swantjes niedliche Seidenschmetterlinge, die im Sprossenfenster hingen, mussten in den Müll, die diversen Topflappen, die wir als Kinder gehäkelt hatten, ebenfalls.

Dreieinhalb Stunden später blitzte die Küche wieder. Ich war hundemüde, als ich auf den Küchenstuhl sank, aber auch ein bisschen stolz. Im Grunde erledigte ich Swantjes Job gar nicht schlecht.

»Fenna? Wieso Fenna?«, fragte Rieke, nachdem ich mich ins erste Stockwerk geschleppt hatte, um mich zu erkundigen, was meine beiden Nichten essen wollten.

Körperliche Arbeit, wenn sie darin besteht, einen Schmierfilm von Fenstersprossen, aus Herdknopfrillen und aus den Fugen eines Fliesenspiegels zu schrubben, kann auch den Geist lähmen. Ich schaute mich wie eine Idiotin im Zimmer um. »Wo ist deine Schwester?«

Zerstreut blickte Rieke von ihrem Smartphone auf.

»Wenn du dich erinnerst: Ich habe sie hier bei dir abgesetzt. Damit du auf sie aufpasst. Fenna. Deine Schwester. Ein kleines Ding mit einem Dino auf dem Shirt und einem struwweligen Stinkehund an den Hacken. Du solltest sie hüten.«

»Sie war hier«, sagte Rieke.

Na, da hatten wir ja eine Grundlage, auf der wir aufbauen konnten. »Und wo ist sie nun?«

»Sie muss irgendwann rausgegangen sein. Keine Ahnung.« Ich legte mich auf den Boden, um unter dem Bett nachzusehen, aber es war so niedrig, dass weder Fenna noch Quasimodo darunter Platz gefunden hätten.

»Du, sie ist sicher zu Opa rüber«, stammelte Rieke.

Noch machte ich mir keine Sorgen. Wenn nicht zum Opa,

dann war Fenna zu ihrem Onkel Peet gewandert, bei dem man so prima malen und auf dem Bein wippen konnte.

Aber Peet war gar nicht da. Jeanette, die gelangweilt Zahlen in den Laptop übertrug, erklärte uns nach intensiver Nachfrage, dass er auf Kundenbesuch war. »Wieso? Ist irgendwas schiefgegangen?«, fragte sie uns, und man merkte ihr an, wie sehnlich sie uns genau das wünschte.

»Quatsch!«, sagten Rieke und ich wie aus einem Mund.

»Versuchen Sie bitte, ihn zu erreichen, und sagen Sie ihm, er muss mich dringend anrufen.«

»Er ist im Moment furchtbar beschäftigt«, erklärte Jeanette hämisch.

»Und ich habe etwas furchtbar Wichtiges mit ihm zu besprechen. Es wird ihn interessieren, und Sie machen sich unbeliebt, wenn Sie es ihm nicht ausrichten!«

»Blöde Kuh!«, kommentierte Rieke, als wir wieder von Bord waren. Damit hatte sie eine Eins-a-Beschreibung geliefert, aber das half uns nicht weiter. Wir mussten Fenna finden.

Papa wusste auch nichts vom Zwerg, und mir lag plötzlich ein Bleigewicht im Magen, als ich zum Kanal schaute. Aber von Quasimodo war ebenfalls nichts zu sehen, und ich sagte mir, der Hund wäre Fenna sicher hinterhergesprungen, wenn sie ins Wasser gefallen wäre. Außerdem hätte er wie der Teufel gebellt, und schwimmen konnte er auch, und ganz bestimmt wäre er nicht einfach von der Bildfläche verschwunden. Ich kaute nervös auf meiner Lippe.

Frau Witte, die in ihrem Garten Flieder schnitt, erzählte uns, dass sie Fenna durch den Garten hatte wandern sehen und dass sie sie mit einem Keks und Quasimodo mit einem Stück Bratwurst versorgt hatte.

»Und dann?«, fragte Papa.

»Ich weiß nicht. Sie sind wieder zu euch rübergegangen.«

Rieke und ich machten uns auf den Weg und suchten die Straße ab, jede in eine andere Richtung. Keine Spur von Fenna oder Quasimodo. Ich rannte zum Laden von Herrn Bruns, der für Fenna und den Hund dem Paradies wohl am nächsten kam – aber auch hier erntete ich nur ein bedauerndes Schulterzucken.

Schweren Herzens rief ich vom Supermarktparkplatz aus bei Klaes an, der seit heute wieder arbeitete.

»Was?«, hörte ich ihn schreien.

»Schütt's doch einfach zusammen, du Korinthenkacker. Du machst mich fertig«, brüllte jemand entnervt im Hintergrund. Wahrscheinlich hatte ein Restaurantbesucher eine Knorr-Rahmsoße mit Dosenkartoffeln und Tiefkühlkarotten bestellt, und Klaes weigerte sich, das zu kochen.

War jetzt aber unwichtig. »Fenna ist weg!«

»Wieso ist sie weg?«, wollte Klaes wissen und bellte, bevor ich antworten konnte: »Nein, verdammt! Ich habe die Pilze *nicht* aus der Truhe geholt, sondern vom Markt, und dazu stehe ich auch! – Wo ist Fenna denn hin?«

»Keine Ahnung«, sagte ich kläglich. »Wohin läuft sie denn, wenn …?« Wenn sich niemand um sie kümmert? Ich schaffte es nicht, die Worte auszusprechen. Mein Gewissen war rabenschwarz. Auch wenn Rieke ihr Schwesterchen hätte hüten müssen, war doch *ich* die Erwachsene.

»Zu Peet.«

»Der ist aber nicht da.«

»Dann setzt die Preise rauf!«, platzte es aus Klaes heraus. »Wenn die Leute gefriergetrocknete Pilze in Chemiepampe wollen, können sie sich das zu Hause zusammenpanschen …

Nein, ich habe durchaus keine Allüren! Ich spreche nur aus, was jeder verdammte Mensch in dieser Küche weiß. Und mit Anstand hat das auch was zu tun, wenn ich das mal sagen darf! – Sorry, Amke. Was hast du gesagt?«

»Dass wir seit zwei Stunden nach Fenna suchen.«

»Kuck mal bei Peet nach.«

»Der ist nicht da.«

»O Mist …«

»Mach dir aber keine Sorgen. Sicher ist sie bei irgendwelchen Nachbarn. Ich ruf dich an, sobald wir sie wieder eingefangen haben.« Klaes war im Moment keine Hilfe, das war mir klar. Ich kehrte nach Hause zurück.

Für mich stand jetzt fest, dass wir professionelle Unterstützung brauchten. Ich rief bei der Polizei an und schilderte die Situation.

»Hier in Ostfriesland verschwinden keine Kinder«, beruhigte mich eine sonore Stimme von der Polizeiwache.

»Jetzt aber doch!«

Der Mann lachte herzlich. Wahrscheinlich dachte er, ich sei eine Touristin, die mit den Gepflogenheiten des Landes nicht vertraut war. Natürlich verschwanden zwischen Lübbertsfehn und Stapelermoor keine Kinder – das war ja eine lächerliche Idee! Ich nötigte ihn trotzdem, in sämtlichen angrenzenden Polizeistationen anzurufen, und ließ mir außerdem seinen Namen geben, was nicht nett war, aber die Wahrscheinlichkeit erhöhte, dass er die Anrufe wirklich tätigen würde.

Dann kehrten Rieke, Papa und ich auf die Straße zurück und begannen an den Türen zu klingeln. Um es kurz zu machen: Kinder verschwinden in Ostfriesland tatsächlich nicht so einfach.

Der Nachbar zwei Häuser weiter, Gernot Hansen, war gegen Mittag von Fenna in seiner Garage aufgesucht worden, hatte sie zu einer Limonade und Quasimodo zu einem Napf Wasser eingeladen und beide dann wieder zu uns nach Hause gebracht. »Ich hab sie dir in den Garten gesetzt, Geerd. Hast du das nicht gemerkt?«

Mein Vater schüttelte den Kopf. »Ich muss völlig in Gedanken gewesen sein.« Er sah todtraurig aus, und ich klopfte ihm tröstend auf die Schulter.

Fenna war danach offenbar sofort erneut aufgebrochen. Bei Willers im Sanitärladen wurden wir zum zweiten Mal fündig. Frau Willers hatte ihr einen Bonbon zugesteckt, aber da sie kurzsichtig war, hatte sie Fenna nicht erkannt. Und für Herrn Willers sahen Kinder sowieso alle gleich aus. »Hunde auch«, erklärte er uns. Ach ja, das Kind war in Begleitung eines Hundes gewesen.

Leider war Frau Willers davon ausgegangen, dass Fenna die Enkeltochter von Frau Speckmann war, daher hatte sie sie rüber in Speckmanns Garten gebracht und sie auf die kleine Schaukel gesetzt und ein bisschen angeschubst, weil Fenna so niedlich lachte. Die Tür zur Küche war offen gewesen, und Frau Willers hatte Frau Speckmann singen hören, doch da sie ihr die Sache mit dem Hering noch nicht verziehen hatte, war sie nicht hineingegangen.

»Was für ein Hering?«, fragte Papa. Während Frau Willers umständlich zu erzählen begann, lief ich zu Speckmanns. Rieke, die mir folgte, fragte bang: »Da wird sie doch jetzt sicher sein, oder?«

War sie aber nicht. Offenbar hatte sie es aus der Schaukel rausgeschafft, war in die Küche gelaufen und hatte dort ihre Fingerchen in einer Schüssel Stracciatella-Paradiescreme versenkt. Frau Speckmann war darüber ziemlich ärgerlich. Sie hatte Fenna zwar gar nicht gesehen, nur das Gemansche in ihrer Puddingschüssel, aber die würde sie nun wohl in den Müll entsorgen müssen, vor allem, weil der Köter mit seiner Schnauze sicher auch im Pudding gewesen war. Sie hatte ein Haar von ihm gefunden.

»Fenna ist erst drei«, verteidigte Rieke ihre Schwester.

Aber das konnte Frau Speckmann nicht besänftigen. Egal. Sie war immer schon eine doofe Nudel gewesen. Früher, wenn wir *Raumschiff Enterprise* gespielt hatten, hatte sie herzlos alle Bälle annektiert, die über ihrem Grundstück abgestürzt waren. Wir hatten sie hinter ihrem Rücken immer Klingonenfresser genannt.

»Wir könnten bellen«, schlug Rieke vor, als wir wieder nach draußen kamen. »Darauf reagiert Quasimodo. Im Ernst. Das macht ihn halb verrückt. Damit hab ich ihn früher immer geärgert. Wenn er antwortet, haben wir sie.«

Sie begann sofort loszubellen, leider ohne Erfolg. Ich bellte halbherzig mit, aber auch darauf folgte keine Reaktion. Vielleicht stand Quasimodo hinter einer Ecke und lachte sich scheckig. Ich spähte zum nächsten Haus. Es handelte sich um einen alten Gulfhof, in dem früher zwei Schwestern gewohnt hatten, die wir verdächtigten, Hexen zu sein, weil es aus ihrer Küche zu jeder Jahreszeit nach Lebkuchen roch.

Klaes, der schon als Kind ein Vielfraß gewesen war, hatte sich von ihnen leichtsinnigerweise ins Haus locken lassen, und Swantje, der dicke Donatus von der Autowerkstatt und ich hatten todesmutig das Schwein der Schwestern, das wir im Verdacht hatten, ein verzauberter Räuber zu sein, aus dem Stall gelockt und am Schwanz gezogen, bis es quiekte, und dann, während die Hexen es einzufangen versuchten, Klaes von dem Teller mit Weihnachtsplätzchen weggezerrt.

Klaes war uns dafür nicht dankbar gewesen. Und um die Hexen hatten wir danach einen noch größeren Bogen gemacht. Inzwischen waren die Schwestern verstorben, und jemand von auswärts hatte das Haus gekauft, das wusste ich von Papa.

Wir klingelten.

Ohne zu übertreiben: Ich erkannte Hertha Buskopp an ihrem Stechschritt, noch bevor sie öffnete. Ihre Augenbrauen schnellten in die Höhe, als sie uns erblickte.

»Es geht um Fenna«, erklärte Rieke, bevor ich sie daran hindern konnte.

»Wieso? Was ist denn mit ihr?« Hertha sah aus, als riebe sie sich heimlich die Hände in Erwartung einer Katastrophenbotschaft. Ich hätte am liebsten wie bei Jeanette »Gar nichts« gesagt, aber Angst macht demütig, und inzwischen hatte ich eine Heidenangst um mein Patenkind. Ich holte Luft, um die Sache zu erklären, doch Hertha war schneller.

»Warum haben Sie denn gerade gebellt?«

»Bitte?«, fragte ich, kämpfte gegen mein Erröten und versuchte gleichzeitig so zu schauen, als wäre Hertha ein bisschen plemplem. Dann imitierte ich einen Hustenanfall, damit sie kapierte, was in Wirklichkeit los war. *Ich habe eine Erkältung, wie kann man das denn mit einem Bellen verwechseln?*

Hertha glaubte mir nicht. Sie hatte gehört, was sie gehört hatte. »Was ist denn nun mit Ihrer Tochter?«

»Tante Amke hat gar keine. Wir suchen Fenna! Meine Schwester«, erklärte Rieke, das Plappermaul.

Tante Amke? In Herthas Gehirn begann es offensichtlich zu rattern. Glücklicherweise kam in diesem Augenblick mein Vater die Straße heraufgelaufen. Er wedelte mit den Armen, ein aufgeregter Mann von fünfundsiebzig Jahren.

»Hast du sie?«, schrie ich.

»Der Postbote«, rief er zurück.

»Wird Opa langsam komisch? Wie kann er jetzt an Post denken?«, fragte Rieke, die ganz elend vor schlechtem Gewissen war.

Ich seufzte.

»Der Postbote hat das Kind gebracht«, rief er.

»Ist Ihre Tochter verlorengegangen?«, wollte Hertha wissen.

»Nicht meine! Ich bin nur die Patentante«, imitierte ich Riekes leicht genervten Tonfall. »Fenna war bei mir zu Besuch, ich habe sie zurückgebracht und … Na ja, offenbar hat sich schon alles aufgeklärt.« Ich packte Rieke am Arm und zog sie Papa entgegen.

»Wieso war Fenna bei dir zu Besuch?«, fragte Rieke.

Ich brauchte nicht zu antworten. Papa sprudelte überglücklich heraus, dass der Briefträger Fenna in der Nähe des Baumarkts entdeckt hatte, es gefährlich fand, wenn ein kleines Kind mit seinem Hund allein spazieren ging, und sie einfach mitgenommen hatte. »Wo sie ungefähr hingehört, wusste er ja«, sagte Papa.

Nachdem ich Fenna geküsst, geknuddelt und tausendmal vor einer Wiederholung solcher Alleingänge gewarnt hatte, rief ich bei der Polizeistation an. Ich hatte denselben Wachmann wie beim letzten Mal am anderen Ende der Leitung. Er gackerte durchs Telefon und war kein bisschen überrascht, als er hörte, dass Fenna wohlbehalten wieder aufgetaucht war. »Dass Sie auch denken, hier in Ostfriesland würden Kinder verlorengehen!«

An diesem Abend wurde ich von tiefer Müdigkeit erfasst. Als Jo gegen zehn Uhr anrief, um sich zu erkundigen, wie meine Genesung voranschritt, kriegte ich kaum den Mund auf. Und was ich sagte – über Fenna, den Briefträger, das Hexenhaus und Legokuchen –, verwirrte sie.

»Chakra!«, sagte sie, und ich sagte brav: »Hussa!«, und sie sagte: »Was redest du denn immer?«

Wir hatten dieses Mal eine klare Verbindung, und so konnte ich jedes Wort verstehen, als sie mir den tantrischen Hinduismus und die Chakra-Theorie erläuterte, die ihr Leben seit ein paar Monaten komplett auf den Kopf gestellt hatten. »In deinem Körper befinden sich Energiezentren, die mittels verschiedener Kanäle deinen stofflichen Körper mit deinem Astralleib verbinden, wobei sich die sieben Hauptchakren an deiner Wirbelsäule entlang …«

All das war hochinteressant, nur brachten meine Energiezentren, wo auch immer sie sich befanden, momentan nicht einmal genügend Energie auf, um Jos Redeschwall folgen zu können. Ich sagte ihr das.

»Klar, Amke. Du bist eben komplett ausgebrannt«, meinte sie besorgt.

»Unsinn! Ich hatte nur einen langen Tag.«

»Das ist der typische Kommentar von ausgebrannten Leuten. Weißt du was? Geh mal raus in den Garten!«

Ich stand gehorsam auf, merkte dann aber, dass ich mich bereits im Garten befand. Ich sagte ihr das.

»Schön. Dann setz dich auf den Rasen, im Yogasitz, kapiert? Und jetzt versuchst du dich zu konzentrieren und atmest tiiiiief …«

»Hier gibt es keinen Rasen mehr.«

»Von mir aus auch in die Beete – ist doch völlig egal! Wir machen jetzt eine einfache Yogaübung. Konzentriere dich auf deine Kundalini-Kraft. Die Kundalini-Kraft befindet sich momentan zusammengerollt wie eine Schlange in deinem untersten Chakra, das ist das Wurzelchakra, und du musst es dir vorstellen wie …«

Ich klemmte mein Handy in den T-Shirt-Ausschnitt, ging zur Ackerfläche und streckte mich auf den weichen Erdkrumen aus. Am Himmel standen die Sterne und zwischen ihnen ein eingedellter Mond, der aussah, als hätte er ebenfalls einen schweren Tag gehabt. Jos Stimme säuselte an mir vorbei. »… Blockade lösen … atmen – ganz gleichmäßig …«

Ich war so müde … müde … müde …

Jemand beugte sich über mich. Es war Peet, der wohl von seinem Kunden zurückgekommen war. »Alles in Ordnung mit dir?«, fragte er. »Jeanette hat gesagt, dass du mich erreichen wolltest.«

»Bestens«, murmelte ich. »Ich mache gerade Yoga.«

»Muss man dabei nicht sitzen?«

»Ich bin schon bei den Fortgeschrittenen – die dürfen liegen bleiben.«

»Aha!«

»Atmest du auch richtig? Wer spricht denn da?«, tönte es undeutlich aus dem Smartphone.

»Hussa«, sagte ich und schloss die Augen.

Peet zog das Smartphone mit spitzen Fingern aus meinem Ausschnitt, erklärte Jo, dass die Yogastunde beendet sei, und zwang mich, hinauf in mein Bett zu gehen. »Fenna war verschwunden?«, fragte er, während ich fröstelnd und ohne mir den Jogginganzug auszuziehen, in den ich mich gemummelt hatte, unter die Decke kroch.

»Der Briefträger hat sie wieder eingefangen.«

»Ein Hoch auf die ostfriesischen Briefträger. Du siehst aus, als wäre eine Elefantenherde über dich hinweggetrampelt.«

»Quatsch.«

Er stopfte die Decke um mich herum fest. »Amke?«

»Was denn?«, murmelte ich, fast schon eingeschlafen.

»Du übernimmst dich.«

»Ich brauche nur ein bisschen Schlaf. Das ist alles … echt, das ist …«

Keine Ahnung, ob er mir antwortete. Ich schlief, bevor er das Zimmer verlassen hatte.

Tatsächlich fühlte ich mich am nächsten Morgen erfrischt und wie neugeboren. Mein Chakra hatte sich praktisch in Luft aufgelöst, falls es überhaupt je mein Problem gewesen war. So ganz hatte ich Jos Erläuterungen nicht kapiert. »Hussa!«, rief ich der Sonne entgegen und ging in die Küche, um das Frühstück für die Familie zuzubereiten. Ein leises Stimmchen warnte mich. Bisher hatte dieses Burn-out ja die Angewohnheit, mich in Wellen heimzusuchen. Aber ich ignorierte es.

Es war Sonntag, und Klaes hatte seinen freien Tag und ließ sich gern mitsamt seinen Töchtern verwöhnen. Auch Peet kam zu uns herüber. Wir saßen um den gedeckten Tisch, Schmetterlinge flatterten über den Acker, am Hang zum Kanal harrten ostfriesische Gewächse wie Rhododendren ihrer Pflanzung. Sie würden wunderbar anwachsen.

»Hauke schaut heute noch mal vorbei«, erwähnte Rieke beiläufig.

Alles lief wie geschmiert. Ich betrachtete meine Nichte wohlgefällig. Rieke hatte sich kaum geschminkt. Der schwarze Trauerrand, der wie ein Schatten um ihre Augen lag, rührte alterspassend von zu wenig Schlaf, und der wiederum hatte seine Ursache, wie ich hoffte, in sehnsuchtsvollem nächtlichem Handy-Liebesgeflüster. Wie ich ihn liebte, diesen Pflanzen verbuddelnden Naturburschen!

»Wie wär's, wenn du uns einen Kuchen backst«, schlug ich Klaes vor, denn ich wollte, dass Hauke sich bei uns wohlfühlte.

»Mach ich«, stimmte er friedlich zu. Und dann ließ er die Bombe platzen.

Es war ein Zufall, dass Swantje just an diesem Sonntag anrief. Sie erzählte mir von den langen Spaziergängen, die sie unternahm, um ihren Kopf frei zu bekommen. »Du, ich hab zu Hause gelebt wie in einem Hamsterrad. Immer nur Hektik. Ich weiß, das kannst du dir nicht vorstellen. Wenn man keine Kinder hat, denkt man ja, das Hausfrauenleben läuft wie in der bescheuerten Werbung ab, wo die Familie dir jubelnd am Hals hängt, weil du einen neuen WC-Duftstein ins Klo gehängt oder eine Tütensuppe angerührt hat. So ist das aber in Wirklichkeit nicht. Mit den WC-Steinen, meine ich. Und auch nicht mit der Suppe, wobei ich zugeben muss: Manchmal koche ich welche, nur um Klaes eins auszuwischen.«

»Und was sagt er dann?«, fragte ich interessiert.

»Gar nichts. Ich hab das nur gemacht, wenn er im Restaurant gegessen hat«, gestand Swantje, die Superliebe. Ja, es war schon richtig, dass sie durch die norwegischen Wälder stapfte, um ihren Standpunkt zu finden.

»Und wie geht es den Kindern?« Sehnsucht schwang in ihren Worten mit.

»Prächtig. Rieke hat sich verliebt«, sagte ich und überging elegant das Verschwinden von Fenna, das sie nur aufgeregt hätte.

»Und Klaes?« Auch beim Thema Ehemann hatte Swantje es schwer, so zu tun, als wäre sie desinteressiert. Was für ein Jammer, dass ich nun meinerseits die Bombe hochgehen lassen musste, aber was blieb mir anderes übrig? Sie hätte es ja sowieso erfahren. »Er hat seine Arbeit hingeschmissen.«

»Was?«, fragte Swantje nach einer unheilvollen Pause. Ich spürte durchs Telefon, wie die Ruhe und die gute Laune, die sie in Norwegens Wäldern getankt hatte, aus ihr herausflossen. »Ist er bescheuert?«

Genau das hatte auch Peet seinen Bruder beim Sonntagsfrühstück gefragt. Klaes hatte nur mit den Schultern gezuckt. Er hatte sein Joch abgeworfen und würde nie wieder Tiefgekühltes oder Vorgekochtes aufwärmen, und damit basta. »Ein Mann muss tun, was ein Mann tun muss!« Mit diesen Worten war er aufgestanden und hatte sich seinerseits auf einen Spaziergang begeben. Nein, etwas hatte er uns vorher noch zum Nachdenken gegeben. Mit einem ironischen Unterton, der völlig daneben war, meinte er: »Wenn ich nicht mehr arbeiten muss, kann *ich* ja die Kinder hüten. Dann wird Swantje schon sehen, wie es ist, wenn man sich im Arbeitsleben abkämpft.«

»Wie kann er das tun? Wie kann er einfach kündigen?«, fragte meine Schwester fassungslos. »Ist ihm nicht klar, dass man seine Geldkarte rüberschieben muss, wenn man in den Supermarkt geht? Und wie dunkel es ist, wenn der Strom abgeschaltet wird? Der ist ja … meschugge! Vielleicht hat er einen neuen Job in Aussicht?«, erkundigte sie sich bang.

»Ich glaube, er stellt sich vor, dass ihr beide für ein Weilchen die Rollen tauscht. Du gehst arbeiten, und er versorgt die Familie.«

»Klar, das wird wunderbar funktionieren, er ist ein Genie bei der Hausarbeit! Er wäscht seine Unterhosen im Geschirrspüler, wenn man ihn lässt. Kennt er überhaupt die Namen der Kinder?« Swantje machte ein Geräusch, als würde sie gegen irgendetwas trommeln. »Natürlich kann ich arbeiten gehen, aber nur halbtags. Ich hab das sogar schon mit dem Radiologen in Leer abgesprochen. Nur kann eine Familie von so einem Minigehalt nicht leben. Amke, Klaes hat keine Ahnung von Zahlen. Der Mann weiß überhaupt nicht, wie viel Geld wir im Monat verbraten. O Gott – hat er wenigstens das Kindermädchen entlassen?«

»Wen?«

»Das Mädchen aus Hüllenerfehn, das ich engagiert habe, um auf die Kleine aufzupassen, während ich weg bin.« Pause. »Sag nicht, sie war gar nicht da!«

»Du hattest ein Kindermädchen engagiert?«

»Ja, hast du denn gedacht, ich überlasse meine Süße einfach ihrem Schicksal? Amke …«

Ich hörte die Alarmsirenen aus Norwegen über die Nordsee bis nach Ostgroßefehn schallen. »Ach, das *Kindermädchen*«, improvisierte ich rasch. »Das haben wir wieder weggeschickt. Jetzt, wo ich hier bin, kann ich ja selbst nach den Mädchen schauen.«

»Ehrlich?« Ein Stoßseufzer. »Was hast du eigentlich damit gemeint: Rieke ist verliebt?«

»Nur das Übliche. Sie hat sich in einen netten Kerl verknallt, der für Papa den Garten in Ordnung bringt.« Ich befand mich wieder auf festem Boden.

»Und wie geht es Fenna?«

Ich sah aus dem Fenster. »Spielt gerade mit Peet Auf-dem-Bein-Wippen.«

»Vermisst sie mich?«

»Nö.«

»*Überhaupt* nicht?«

Was war ich für ein Affe! »Natürlich vermisst sie dich! Aber wir schaffen es, sie bei Laune zu halten. Du solltest nur nicht mehr allzu lange wegbleiben.«

»Ich bin so froh, dass du da bist«, gestand mir Swantje. »Am liebsten würde ich sofort ins Flugzeug steigen. Aber dann ist es aus. Das ist dir doch klar, oder? Wenn ich jetzt nach Hause käme, wäre ich nicht nur für Kinder und Haushalt und Job zuständig, sondern auch noch für Klaes' gute Laune. Ich müsste ihn vor der Arbeit zum Arbeitsamt karren und ihm hinterher den Nacken kraulen. Du, ich glaube, das klingt jetzt gemein. In Wahrheit ist Klaes der Mann meines Lebens. An unserem letzten Hochzeitstag hat er einen Ballon gemietet und rote Rosen aus den Wolken geworfen. Das war ein bisschen unglücklich, weil ich ja neben ihm stand und die Rosen nach unten fielen, was symbolisch betrachtet … Ach, egal. Ich darf nicht immer nur nörgeln. Das mit den Rosen und dem Ballon war einfach süß, und ich vermisse ihn. Aber Peet hat recht: Klaes muss lernen, Verantwortung zu übernehmen, und zwar echte Verantwortung. Das siehst du doch auch so, oder?«

Ich betrachtete meine Hand, um die ich einen riesigen Verband gewickelt hatte, und seufzte still. »Bleib in Norwegen, halte durch!«

»Hm«, sagte Peet, der sich für das Frühstück bedankte, indem er mich zu einer Tour zum Bauplatz des Schiffshauses einlud, das er gerade plante. »Ich sehe das ähnlich wie Swantje. Jemanden wie Klaes muss man ins kalte Wasser stoßen. Der hat doch keinen Schimmer, was es bedeutet, Hausmann zu sein.«

Der Bauplatz lag auf einem schattigen Grundstück in der Nähe des Deiches von Greetsiel. Hasen sprangen herum, wo einmal das Haus errichtet werden würde. Malven blühten vor einer wild wuchernden Hecke. Am Himmel schwebte in großer Höhe ein Flugzeug, das vermutlich nach Bremen wollte. Ich ließ mich auf einer halbverrotteten Bank nieder. »Schön ist es hier.«

»Ja, der Bauherr ist ein Glückspilz.« Peet setzte sich neben mich und streckte die Beine aus. Im Gegensatz zu Axel, der immer die neuesten Modetrends kannte, lief Peet grundsätzlich in Jeans und Hemden herum. Ich fragte mich, wie er es schaffte, trotzdem gut auszusehen. Soweit ich mich erinnerte, hatte es in seiner Schlafkoje nicht einmal einen Spiegel gegeben.

»Woran denkst du?«, wollte er wissen.

»An Zeitfenster.«

»Ach was!«

»Wirklich. Ich habe einmal gelesen, für alles gibt es ein Zeitfenster. Fremdsprachen lernen, Musikalität, Vorliebe für gesundes Essen …«

»Und?«

»Wir haben eines verpasst. Erinnerst du dich an den Sommer, als wir beide mit Swantje und Klaes zusammen den Rettungsschwimmer gemacht haben und Swantje immer so getan hat, als würde sie ertrinken, damit Klaes sie rettet?«

»Klar. War ganz schön affig.«

»Kann sein. Aber ich glaube, damals stand ein Zeitfenster offen. Für uns beide, meine ich. Der Rest der Dorfjugend war im Urlaub – es war also niemand da, der uns hätte in die Quere kommen können.«

»Und woran ist es gescheitert?«

»An dir. Du hast es witzig gefunden, mir einen Frosch auf den nackten Rücken zu setzen.«

»Und Amor hat sich vor Schreck in den Fuß geschossen?«

»Muss wohl so gewesen sein. In diesem Moment hat sich das Zeitfenster jedenfalls wieder geschlossen.«

»Manchmal hat man Pech«, sagte Peet.

10

Ich testete Klaes' Fähigkeiten, sich um Haushalt und Kinder zu kümmern, gleich am nächsten Tag, indem ich zu einem Einkaufsbummel nach Aurich fuhr. Vorher legte ich Peet noch ans Herz, ein Auge auf die Familie zu haben, und übergab Klaes, der sich des Wäscheberges annehmen wollte, die Bedienungsanleitung für die Waschmaschine, die ich in einer Schublade gefunden hatte. Dann fuhr ich los.

Die Ruhe in dem kleinen ostfriesischen Kreisstädtchen war herrlich. Ich kaufte mir ein Eis, schlenderte, erklomm den Sous-Turm, stieg wieder hinab und bewunderte den Brunnen mit der riesigen Marmorkugel … Dann rief ich kurz bei Peet an, um zu fragen, ob alles nach Plan lief, ob also Klaes die kleine Fenna zum Kindergarten gebracht hatte und ob in Riekes Zimmer das Rollo hochgezogen war.

»Entspann dich«, sagte er. »Er kriegt's schon hin.«

Na schön. Ich ging zu Family und kaufte zwanzig T-Shirts in groß und in klein, für den Fall, dass Klaes die Waschmaschinengebrauchsanweisung nicht lesen konnte. In der Schule war er keine besondere Leuchte gewesen. Dann rief ich erneut bei Peet an. Ich hörte leise Stimmen und fragte, ob er Besuch habe.

»Nicht dass ich wüsste.«

»Was ist denn das für ein merkwürdiges Motorengeräusch?«

»Motoren?«

»Ich hör das doch!«

»Tschüs«, sagte Peet und legte auf.

Nachdem ich die Innenstadt einmal längs und einmal quer durchmessen hatte, versuchte ich Jo zu erreichen, aber sie ging nicht ans Handy. Also kaufte ich bei Silomon in der Kinderabteilung zwei Jeans und elf dünne Pullover. Auch ein Sommer hat ja seine kalten Tage. Ich begann gerade nach Strickjacken zu suchen, als Axel anrief.

»Und? Wann können wir los?«, fragte er gespannt. Nachdem ich ihm etwa zehn Minuten die aktuelle Lage geschildert hatte, unterbrach er mich. »Klar, Familie ist ätzend. Aber das ist doch nicht *dein* Problem, Amke. Die sind schließlich erwachsen!«

»Ach, du verstehst das nicht. Wahrscheinlich weil du deine eigene Familie nie besuchst.«

»Wenn du über Supermans Kryptonenblick verfügen würdest, könntest du sehen, dass ich gerade jetzt drei Kreuze schlage!«, sagte Axel und lachte. »Soll ich dich da rausholen, mein Star? Ich sag nur: *Floridaaaaaa*!«

»Ich kann jetzt nicht weg. Ehrlich. Erst muss ich sicher sein, dass Klaes die Sache mit der Waschmaschine geschnallt hat. Swantje wird irre, wenn sie ihre Familie nach ihrer Heimkehr neu einkleiden muss.«

»Kann das nicht dieser … wie heißt er gleich … machen?«

»Wer?«

»Der Bruder?«

»Ach, Peet. Ja, der ist sensationell, was Waschmaschinen angeht. Ich glaube, der weiß alles darüber. Hat er natürlich nicht direkt gesagt, aber …«

»Toller Hecht, was?«

»Bitte?«

»Das war ironisch gemeint. Ein Waschmaschinenfreak! Ihr habt schon extreme Typen in Ostfriesland.«

»Das stimmt. Du, ich muss weiter«, sagte ich und drückte ihn weg.

Anschließend kaufte ich bei Esprit noch ein paar hypermoderne, hyperknappe Shirts, wie Rieke sie gern trug, denn es wäre ja jammerschade – für den Fall, dass Klaes an der Waschmaschine scheiterte –, wenn Hauke ihr den Laufpass gäbe, weil sie ihn mit ihrer Vampirskluft vergraulte. Ich hatte so eine Ahnung, dass mein Gärtnerlehrling auf bodenständige Lieblichkeit abfuhr.

Den Sattelschlepper, dessen dröhnendes Motorengeräusch ich durch Peets Handy vernommen hatte, war bei meiner Rückkehr bereits verschwunden. Aber wer schon einmal in der Wüste war und eine Fata Morgana gesehen hat, wird trotzdem wissen, wie ich mich fühlte, als ich aus dem Küchenfenster in unseren Garten schaute.

Ich ließ die Müslischüssel fallen und erstarrte zwischen in Milch schwimmenden Haselnuss-, Krokant- und Schokostückchen. Ungläubig rieb ich mir die Augen. Dann wankte ich zum nächsten Stuhl. Irgendwann wagte ich einen zweiten Blick in den Garten. Aber ich hatte richtig gesehen: Dort stand das Kolosseum.

Natürlich nicht das echte. Das hätten die Italiener ja gar nicht rausgerückt, wo wir ihnen mit unserem uncharmanten Hang zum Geiz bereits die gute Laune verdorben hatten. Aber in der Ecke zwischen Frau Wittes Grundstück und dem Kanal befand sich eine Miniaturversion. Sie war etwa drei Meter hoch und nach vorne hin offen – ein halbrundes Miniamphitheater mit vier Sitzreihen, hinter denen Plastiksteine mit herausgebrochenen Fensterchen ein römisches Ambiente erzeugen sollten. Ich ging hinaus, um mir die Scheußlichkeit aus der Nähe anzusehen.

Papa, der mit Frau Witte auf ihrer Terrasse ein Tässchen Kaffee genoss, schlenderte zu mir herüber. »Phantastisch, oder?« Seine Stimme leuchtete vor Glück. »Genau so habe ich mir das vorgestellt, Amke. Wenn erst einmal alles bepflanzt ist … Ich fühle mich jetzt schon wie im Urlaub. Du hast das ja gar nicht mitbekommen, weil es vor deiner Geburt passiert ist, aber ich habe im Sommer '76 mit deiner Mama und Swantje eine Reise nach Rom gemacht. Und als wir auf den Steinen des Kolosseums gesessen haben, hat Mama mir verraten, dass wieder etwas Kleines unterwegs ist. Du glaubst gar nicht, wie wir uns gefreut haben. Wir wollten doch immer mindestens zwei Kinder.«

Papa legte mir den Arm um die Schultern. Und mir kamen die Tränen. Vor Rührung, weil mein Vater so glücklich war, vor Bedauern, weil meine Mutter ihm das frohe Ereignis nicht in heimischer Natur mitgeteilt hatte, aus Verzweiflung, weil ich leichtfertig nach Aurich gefahren war und das Verhängnis seinen Lauf hatte nehmen lassen, und ein bisschen auch aus Wut über Peet.

Papa tätschelte mir tröstend den Arm. »Morgen kommt Meister Hobbel mit seinem Sohn und pflanzt die Rhododendronsträucher ein. Keine Sorge, Schatz. Ich weiß, wie sehr du diese Gewächse liebst. Es soll auch dir gefallen.«

»Aber ob dann alles zusammenpasst?«, fragte ich mit brüchiger Stimme.

»In einer Familie muss man immer Kompromisse eingehen.« Mein Vater küsste mich aufs Haar. Er war ein so lieber Mensch.

Nur verlor er leider den Bezug zur Wirklichkeit. Es schritt vielleicht langsam voran, aber es war an der Zeit, dass jemand begann, ihn an die Hand zu nehmen. Ich fühlte mich, als senkte sich eine Zentnerlast auf meine Schultern.

Die Zukunft, in die ich jetzt blickte, war düster. Es war sinnlos, dass ich mich abstrampelte. Mein Vater wurde sonderbar, und der Rest meiner Familie tat, was er wollte. Ich war wie ein unsichtbarer Geist, der zwischen ihnen umherirrte und fallende Tassen auffangen wollte, aber jedes Mal ins Leere griff. Ich würde Klaes nicht davon abhalten können, seine Beziehung zu ruinieren. Meine arme Schwester würde zurückkommen und ihn ertragen und dabei kreuzunglücklich werden. Rieke ... Ich hatte keine Ahnung, was Rieke tun würde, aber Hühnerblut würde uns wahrscheinlich irgendwann nur noch ein müdes Lächeln entlocken.

Ich nahm meine Hängematte von dem Gartenstuhl, auf dem der Sattelschlepperfahrer sie abgelegt hatte, befestigte sie zwischen zwei Birken in Klaes' Garten und legte mich hinein.

Burn-out. Plötzlich war er wieder da, der schreckliche Begriff. Ich starrte in den strahlend blauen Himmel und begriff, dass ich mein Burn-out niemals losgeworden war. Ich hatte es nur mit Geschäftigkeit übertüncht. Ich hatte wie ein Hamster im Rad gestrampelt und war in Wirklichkeit keinen Millimeter vom Fleck gekommen. Mein Vater rief mir etwas zu, aber ich war zu erschöpft, um ihm zu antworten.

Klaes kam irgendwann vorbei, um mir zu verkünden, dass er mit dem Sortieren der Wäsche fertig sei. Er hatte sich ein Farbsystem ausgedacht und im Keller vierzehn Berge aufgetürmt. Sobald er für jeden Farbton und für jede Fasermischung das passende Waschmittel erstanden hatte, wollte er sich die Berge vornehmen. Nur nach Bunt, Weiß und Wolle zu sortieren – das war doch Pfusch!

»Wunderbar«, sagte ich.

Wenig später fuhr Meister Hobbel mit seinem Sohn vor, und sie begannen die Rhododendren einzupflanzen. Kolosseum und Rhododendron – ein Ambiente wie in der Geisterbahn.

Rieke gesellte sich auf ein Schwätzchen zu Hauke, und Hobbel senior freute sich darüber, weil er mit jeder Stunde, die nutzlos verstrich, seine Rechnung klettern sah. Ich hatte nicht die Kraft, etwas dagegen zu unternehmen.

»Ich bin so müde«, sagte ich zu Peet, als der nach Feierabend bei mir vorbeischaute.

Er streckte sich neben meiner Hängematte im Gras aus. »Macht dich das fertig?«, fragte er mit einem Blick auf das Kolosseum.

»Ja, ich weiß nicht, was mit meinem Vater passiert.«

»Er wird ein bisschen wunderlich.«

»Und das macht mir Angst. Wo wird das enden?«

»Im Moment ist er jedenfalls glücklich.«

»Aber wie soll es weitergehen?«

»Ich weiß, dass Swantje mit ihm beim Arzt war und dass er Tabletten nimmt. Gerade jetzt ist er glücklich, Amke. Das ist doch was wert.«

»Und später?«

»Was wissen wir schon von unserem *Später*?«

»Ich bin so müde.«

»Ich weiß«, sagte Peet.

»Muss ich nicht etwas unternehmen?«

»Nicht gerade jetzt«, sagte er.

Am nächsten Abend lud er mich zum Essen zu sich aufs Boot ein. »Ich mache dir Mühe«, klagte ich.

»Manchmal ist es schön, wenn einem jemand Mühe macht.« Er blinzelte mir zu.

Es tat gut, in der kleinen Kajüte zu sitzen und ihm zuzuschauen, wie er Salat schnitt und Fisch panierte. Die Luft ließ sich leichter atmen, die Last auf meinen Schultern wog plötzlich nicht mehr ganz so schwer. Peet hatte schmale, lange Hände, mit denen er sicher hantierte. Das Gen mit der Hektik schien komplett bei seinem Bruder gelandet zu sein. Wir kamen ins Erzählen und landeten irgendwann bei unserer Grundschulzeit.

»Du hast mir keinen Liebesbrief geschrieben – nie im Leben«, sagte er, während er die Seezungen in der Pfanne wendete. »Du warst zwei Jahre jünger und hast zu einer völlig anderen Generation gehört.«

»Zwei Jahre sind *gar* nichts. Meine Liebe war das Ergebnis einer gründlichen Herzensprüfung. Sie hätte uns, wenn du nicht herzlos deine Kumpels von der Feuerwehr eingeweiht hättest, direkt in den Himmel ewiger Liebe geführt.«

»Also habe ich gleich zweimal ein Zeitfenster zugeknallt?«

»Dass ich überhaupt noch bei dir sitzen mag!«

»Aber dann bist du fort und hast Nepomuk getroffen.«

»Wer soll das denn sein?«

»Der Kerl, mit dem du in den Himmel ewiger Liebe durchgestartet bist. ›Nepomuk‹ ist ein Oberbegriff. Ich meine damit die Männerhorde, die dich seitdem umschwirrt.«

»Oh, danke«, sagte ich. Die Zahl meiner ehemaligen Verehrer war in Wirklichkeit überschaubar, denn ich gewöhnte mich nicht gern an neue Geburtstage und Telefonnummern. Aber in dieser Kajüte, mit dem Blick auf den Kanal und dem Duft von gebratenem Fisch in der Nase, gefiel ich mir in der Rolle des männervernaschenden Vamps.

»Danke wofür? Dass ich gerade überschlage, wie viele Kerle du seit deinem Abschied aus Ostgroßefehn ins Unglück gestürzt hast?« Peet lächelte mir zu. »Wie heißt eigentlich der jetzige?«

»Axel. Er ist auch beruflich mein Partner. Eigentlich sollte ich jetzt mit ihm Urlaub in unserem Haus in Florida machen.«

»Tatsächlich?«

»Und wie steht es mit dir und Jeanette? Habt ihr schon irgendwelche Flitterträume?«

»Das fragst du einen Mann, der Hauswand an Bootswand mit Klaes und Swantje lebt? Jeanette ist ein feiner Kerl, wir mögen uns und haben unseren Spaß miteinander. Mehr wollen wir gar nicht.«

»Also, bei Axel und mir, das ist schon eine ernstere Sache«, sagte ich und schob den Gedanken an die Praktikantin rasch beiseite. Ich hatte gerade keine Lust, an Axel zu denken. Peet hob den Fisch auf die beiden Teller und häufte Reis daneben. Soße kochen konnte er auch. Gelb, Curry. Es schmeckte köstlich. Das Kochtalent lag offenbar in der Familie.

Ich hatte nichts dagegen, Peet nach dem Essen noch auf dem Bootsdeck Gesellschaft zu leisten. Leider erspähte uns Klaes. »Stellt euch vor – der Bruns hatte nur zwei Waschmittel im Regal! Ich musste bis nach Leer«, schimpfte er, als er zu uns aufs Boot kam.

»Ist nicht wahr«, sagte Peet.

»Und dort in vier Supermärkte, bis ich alles zusammenhatte. Aber nun seht euch das mal an!« Er hielt ein nasses schwarzes Bündel in den Händen. »Ich könnte schwören, dass bei den schwarzen Sachen nur das Zeug von Rieke war. Aber das hier ist ein Pullover von Fenna.« Er hielt uns ratlos einen verfilzten

Wollpulli hin, der auf Barbiepuppengröße zusammengeschrumpft war. Man konnte kaum noch das eingestickte Bild mit den weißen Vampirzähnen erkennen.

»Tja, ist echt komisch«, gähnte Peet.

Klaes nickte. »Wahrscheinlich hätte ich den nicht zusammen mit den braunen Sachen waschen dürfen.«

»Nur mal so aus Interesse: Warum vermutest du das?«, fragte Peet.

»Davon verstehst du nichts. Es hat was mit den Streifen zu tun. Gemusterte Klamotten sind kompliziert.« Klaes kehrte in sein Haus zurück. Ich linste verstohlen zu Peet hinüber. Er war nicht nur ein verdammt netter Kerl, er besaß auch Humor. Auf Leute mit Burn-out hatte das eine total entspannende Wirkung.

Zwei Tage später wurde Papa überfallen. Es wäre gar nicht passiert, wenn ich zu Hause geblieben wäre, aber Peet war der Meinung gewesen, ich bräuchte ein bisschen frischen Wind um die Nase, und hatte mich zu einer Kutterfahrt zu den Seehundbänken mitgenommen. Als wir abends zurückkamen, stand mein Vater zwischen der Garage von Frau Witte und unserer Hauswand und starrte bestürzt auf das Pack, das in seinen Garten eingedrungen und mittlerweile über die offene Terrassentür auch in sein Haus vorgestoßen war. Als er mich erblickte, griff er panisch nach meinem Arm. »Sie sind überall!«

Ja, das stimmte. Schwarze, unheimliche Gestalten in wallenden Umhängen mit blutigen Rinnsalen, die ihnen wie Tränenspuren über die Wangen liefen, viele mit Zähnen, die gespenstisch über die Unterlippen ragten, hatten von unserem Zuhause Besitz ergriffen. Einige trugen Fackeln in der Hand, deren Schein über zerrupfte Rhododendren und die zertrampelte

Fläche flackerte, die vor wenigen Stunden noch frisch gesäter Rasen gewesen war.

Auf Papas Kolosseum hatte sich eine Meute breitgemacht, die so gläsern stierte, dass ich reflexartig nach Heroinspritzen Ausschau hielt. Der linke äußere Teil des Baus war unter einem übergewichtigen Vampir zusammengestürzt, so dass das Kolosseum jetzt wie die Ruine einer Ruine aussah. Und dieses ganze grässliche Panorama wurde von einer lauten, entsetzlich hämmernden Musik untermalt.

Ich entdeckte Rieke, ließ meinen Vater los und stürzte zu ihr. »Herrgott, Rieke, was zur Hölle …« Mir blieb das Wort im Hals stecken. Sie sah erbärmlich aus und flüsterte mir etwas zu.

»Was?«

»Es sind Freunde!«, versuchte sie den Lärm in hilfreicherer Lautstärke zu übertönen.

Peet stand wieder neben mir. »Facebook-Freunde? Herrgott, ihr wart doch hoffentlich nicht so dämlich, öffentlich zu posten, dass hier eine Party stattfindet?«

Rieke schüttelte den Kopf. »Haukes Freunde. Er kennt die alle von der Berufsschule, und wir haben uns gedacht … *ich* hab gedacht, aber Hauke fand es auch total witzig, dass wir eine Vampirparty veranstalten.«

»Hast du dir mal deinen Opa angesehen?«, brüllte ich.

Sie schaute zu ihm hinüber und nickte beklommen. »Ich wollte doch nicht, dass es so ausartet. Ich dachte nur, es wäre total lustig, wenn Hauke sehen könnte, wie es bei einer Vampirfeier zugeht. Und es sind ja nur Spaßvampire …«

»Mit i«, sagte ich automatisch.

»Also gar nicht in echt.«

»Na großartig!« Ich schaute durch die offene Terrassentür und sah, dass sich zwei schwarz gewandete Figuren auf Papas

Ostfriesensofa wälzten, und bei dem Zucken ihrer bleichen Beine konnte man nur hoffen, dass sie sich außer mit falschen Zähnen auch mit echten Gummis versorgt hatten. Auf Papas Sofa!, dachte ich empört. Auf Papas heiligem Sofa, wo man nur den *Spiegel* lesen und sich über Sinfoniekonzerte und die Entwicklung des Dramas zu Zeiten Schillers unterhalten durfte!

»Schaff mir Hauke ran!«, befahl Peet. Es klang so unheilvoll, dass Rieke auf der Stelle loswieselte. Hobbel junior war leider nicht aufzutreiben.

»So, junge Dame, dann hältst du die Ansprache ans Volk eben selbst!« Peet scheuchte zwei Gestalten von der Ruinenruine und nötigte Rieke, auf die höchste Ebene zu klettern. Er steckte zwei Finger zwischen die Lippen und stieß einen lauten Pfiff aus. Die Umstehenden zuckten zusammen. Als ich den Stecker der Musikanlage zog, pfiff er ein zweites Mal, und selbst die Trantüten, die hoffentlich nicht, vielleicht aber doch mit Drogen abgefüllt waren, schreckten jetzt auf.

»Die Party ist zu Ende«, sagte Rieke. Sie sah klein und eingeschüchtert und todunglücklich aus, und jemand, der mehr als nur ein Bier intus hatte und sich auf einen Kumpel stützte, der das seinige gerade ausgekotzt hatte, grölte: »Quatsch, du Schlampe, geht doch gerade erst los.«

Peet war mit wenigen Schritten bei dem Übeltäter. Er packte ihn am Genick, und der Griff musste schmerzhaft sein, denn der Junge jaulte auf. »Was sagt man, wenn man sich im Ton vergriffen hat?«

Dem Burschen flog das falsche Vampirgebiss aus dem Mund. Er schielte erschrocken zu Peet, und irgendwann musste er wohl doch eine Art Erziehung genossen haben, denn er stotterte: »Tschuldigung.« Nach einem weiteren Blick in Peets Gesicht ließ er das Maulen lieber sein.

Peet hatte zwar keinen Master in Unternehmensberatung gemacht, wusste aber trotzdem, wie man planvoll handelt und Ordnung in ein Chaos bringt. Nach einer Dreiviertelstunde waren die Rhododendren, die ein paar Idioten ausgerissen hatten, wieder eingepflanzt, der aufgewühlte Boden war geharkt, so gut, wie es bei Mondlicht eben möglich war, das Erbrochene vergraben, das Kolosseum gesäubert, und eine Vampirdame hatte in Papas Stube aufgeräumt. Dann entließ Peet die Horde mit der Empfehlung, sich in nächster Zeit nicht mehr blicken zu lassen.

Papa, der sich aufgewühlt in seinen Fernsehsessel zurückgezogen hatte, atmete erleichtert auf, als der letzte Gast sein Grundstück verlassen hatte. »Ich tu's nie wieder«, versicherte Rieke und warf sich ihm reuevoll an den Hals.

»Und ich will ins Bett«, sagte Peet. Doch da fiel mir noch etwas ein.

»Wo steckt denn jetzt Hauke? Hat ihn jemand gesehen?«, wollte ich wissen.

Wir mussten das gesamte Haus durchkämmen, um ihn aufzuspüren. Rieke entdeckte ihn schließlich im Keller, und auf ihren empörten Aufschrei hin rannten Peet und ich die Treppe hinab.

Es war nicht schön, was wir dort entdeckten. Hauke hatte sich in eine Ecke des Kellers verzogen, in der Papa gerade renovierte, und klemmte halbnackt zwischen Papas Heizkessel und der alten Kommode, in der Papa seine Werkzeuge aufbewahrte. Er versuchte unter kleinen spitzen Schreien, sich aus den Beinen eines ebenfalls spärlich bekleideten Mädchens zu befreien, während Rieke mit einem Besen auf die beiden eindrosch.

Ich entwand ihr das Ding. Ging ja nicht, was sie da machte. Das Monopol zur Gewalt liegt beim Staat. Ich zog Hauke die starren Straßenbesenborsten halb zufällig noch einmal übers Gesicht, dann half ich ihm und anschließend seiner Gespielin auf die Füße, während Rieke die Zornestränen über das Gesicht rannen.

»Ich fand dich übrigens die ganze Zeit nur nervig«, heulte sie den Hobbel-Lehrling an, »und das mit der Party war nur Mitleid, und ich wünschte, ich hätte dich gleich mit den bescheuerten Büschen zusammen vergraben!«

Sie riss Papas Spaten von einem Nagel an der Wand. Ich rang ihn ihr aus den Händen.

»Und ich würde mich schämen, bei fremden Leuten im Keller rumzumachen!«, kreischte sie.

Ich entriss ihr auch den Feuerlöscher, den Papa für den Notfall auf der anderen Seite des Heizkessels verstaut hatte.

»Aber mir ist das scheißegal, du … du schleimiger, triefäugiger Maulwurf!«

Den triefäugigen Maulwurf fand ich gut. Da bewies meine Rieke ein literarisches Talent, das die RTL-Einheitsbeschimpfungen an Originalität weit überstieg. Der Maulwurf raffte seine Hose an sich und sprintete davon. Sein Schätzchen hinterher.

»Ich fass es nicht!«, sagte Peet.

Dass er ebenfalls Anteilnahme zeigte und kapierte, wie tief unsere gemeinsame Nichte durch den Treuebruch getroffen war, hätte ich nicht erwartet. Es berührte mich auch irgendwie merkwürdig, dass Peet bei seinen Worten weder mich noch Rieke ansah, sondern zur Decke starrte.

»Raus hier!«, sagte er.

»Was?«

»Raus hier – auf der Stelle! Raus!«

Panisch folgte ich seinem Blick, doch die grau bemalte Betondecke sah aus wie immer, nur dass die Farbe ein bisschen blätterte. Peet schubste uns zur Tür und die Treppe hinauf. »Tragende Wände«, ratterte er dabei. »Es gibt *nicht*tragende Wände und tragende Wände. Die einen darf man raushauen, die anderen muss man stehen lassen. Sonst fällt einem das ganze verdammte Haus auf den Kopf!« Er drängte uns weiter. »Warum fragt ihr mich nicht, wenn ihr Wände einreißen wollt? Habt ihr die Risse nicht gesehen?«

»Welche Risse?«, keuchte ich.

Ich verfrachtete Rieke ins Freie und rannte dann hinter Peet in die obere Etage, wo wir Papa, der sich gerade im Schlafanzug die Zähne geputzt hatte, aus dem Bad zerrten. Wir rannten auf die Terrasse, und Peet gleich weiter zu Klaes' Haus, vielleicht, um die Feuerwehr zu holen, dachte ich. Aber er kam mit ein paar Eisenstangen zurück, die er in den Keller hinabtrug. Ich folgte ihm, und gemeinsam klemmten wir die Stangen an der ehemaligen Zwischenwand zwischen Decke und Fußboden fest, bis sie stützten, was offenbar jeden Moment herunterkommen konnte.

»War das wirklich so dringend?«, fragte ich Peet, als wir schweißgebadet zurücktraten und unser Werk begutachteten.

»Das weiß man nicht«, sagte er. In der Decke verliefen dort, wo der Putz abgeplatzt war, tatsächlich ein paar Risse. Ich beäugte sie, als wären es Klapperschlangen.

»Darf Papa jetzt wieder ins Haus?«

»Ich schau mir das morgen noch mal an. Heute Nacht schlaft ihr bei Klaes«, bestimmte Peet.

Gute Idee. Ich war hundemüde. Aber erst mussten wir noch meinen Vater beruhigen und ihm versichern, dass ihm nur ein unbedeutendes, rasch zu behebendes Missgeschick passiert war, und Rieke, die auf dem Kolosseum Äste zerschmetterte und im

Licht des Mondes den jungen Hobbel verfluchte, in ihr Zimmer nötigen. Der Vollständigkeit halber schauten wir auch noch bei Klaes rein, der sich trotz des Tumultes die ganze Nacht nicht hatte blicken lassen.

Er lag auf dem Ehebett. In seinen Ohren steckten gelbe Schaumgummiohrstöpsel, in seinen Armen lag die kleine Fenna, die eine seiner Haarsträhnen um ihren Zeigefinger gewickelt hatte und sich so dicht an ihn schmiegte, dass kein Löschpapier zwischen die beiden gepasst hätte. Zu ihren Füßen schlummerte Quasimodo, und alle sahen zufrieden und glücklich aus.

»Er kann *doch* was. Er kümmert sich um Fenna, um das, was für sie wirklich wichtig ist. Er gibt ihr Geborgenheit«, sagte ich.

Peet ging zum Fenster und zog die Gardinen beiseite. Ich trat neben ihn, und wir schauten zu Papas Garten hinüber, wo das zerstörte Kolosseum im Mondschein lag.

»Da kann mein Vater noch mal ganz von vorn anfangen. Das wird ein Haufen Arbeit.«

»Aber du machst das nicht zu deiner Sache«, sagte Peet.

»Muss ich doch.«

»Quatsch. Ich lasse jemanden kommen, der sich um die tragende Wand kümmert. Man kann Träger einbauen, wenn dein Vater den Raum offener haben will. Und den Garten lassen wir von Hobbel reparieren, und Rieke ... Hast du was?«

»Ich hör dir zu.«

»Tust du nicht. Was ist denn los?«

Ich schaute hinüber zu unserem Garten und musterte dann den Teil von Klaes' Garten, den ich vom Fenster aus einsehen konnte. Plötzlich zog ein Glanz in mein Herz, eine kleine, funkelnde Freude. Aufgeregt schlug ich mir die Hand vor den Mund.

»Erde an Sonne: Was ist los?«

»Peet«, flüsterte ich, »mir ist gerade eine Idee gekommen. Nein, toller – eine Vision. Eine Offenbarung. Ich weiß jetzt, wie ich sämtliche Probleme unserer komplizierten Familie mit einem einzigen Schlag lösen kann!«

11

Es hat keinen Sinn, seine Kunden mit unausgegorenen Ideen zu erschrecken, deshalb behielt ich meine Vision zunächst für mich. Aber ich setzte mich am folgenden Tag mit neu erwachtem Tatendrang auf Papas Terrasse, zeichnete und telefonierte herum, um mir von verschiedenen Firmen Kostenvoranschläge machen zu lassen. Außerdem ließ ich mich von einem ehemaligen Kunden beraten, der ein ähnliches Projekt, wie es mir vorschwebte, bereits erfolgreich durchgezogen hatte.

»Lass es langsam angehen«, warnte Peet, als er bei mir vorbeischaute.

»Klar.«

Am Nachmittag schnappte ich mir Fenna und ging mit ihr spazieren, um meine Gedanken zu ordnen. Meine kleine Nichte zeigte mir ihren Lieblingsspielplatz und lernte tausend neue Wörter, die sie vielleicht schon vorher gekannt, aber nach dem Weggang ihrer Mama wieder vergraben hatte.

Anschließend skypten wir mit Swantje, was Fennas Gesicht zum Strahlen brachte und meine Schwester zu dem Versprechen verleitete, dass sie ganz ganz gaaanz schnell wieder daheim wäre. Sie tauschten über den Bildschirm schmierige Küsschen aus.

Das Desaster mit der Party konnte ich Swantje natürlich

nicht verschweigen, aber ich verkleinerte es, so dass es zu einem normalen Liebeskummer schrumpfte. Und dann begann ich – erster Schritt, um meine Vision zu verwirklichen – davon zu schwärmen, wie tadellos Klaes mittlerweile mit der Waschmaschine klarkam, dass er auf dem besten Weg war, auch die Funktionen des Staubsaugers zu begreifen, und dass wir täglich ein tadelloses Menü zum Mittagessen serviert bekamen. (Beim letzten Punkt klang ich am aufrichtigsten, denn Klaes kochte einfach umwerfend – sogar besser als Peet.)

»Lässt er Fenna und Rieke denn helfen?«, fragte Swantje argwöhnisch. »Das gehört nämlich dazu – die Kinder anzuleiten.«

»Die sind ja vormittags im Kindergarten und in der Schule. Aber Fenna darf mit seiner komischen Maschine Möhrensternchen ausschneiden. Und als Rieke ihm vorhin vorgejammert hat, dass der blöde Hobbel ihr hinterhertelefoniert, hat er gewissenhaft zugehört. Er hat ihr sogar den Hörer aus der Hand genommen und dem Burschen verklickert, dass er Hackfleisch aus ihm macht, wenn er Rieke noch ein einziges Mal belästigt.«

»Und?«

»Rieke hat gesagt, er soll sich nicht in ihre Angelegenheiten einmischen. Aber als er ihr erklärt hat, dass er Hackfleisch aus *jedem* Kerl macht, der ihr das Herz bricht, und dass es ihm egal ist, wie sie dazu steht, war sie doch gerührt.«

»So was Gescheites hat er von sich gegeben?«, fragte Swantje beeindruckt.

»Er meinte es ernst. Vielleicht solltest du herausfinden, ob es eine Versicherung gegen den Verdienstausfall eines Ehemannes gibt, der in den Knast wandert.«

»Macht er wirklich den Haushalt, Amke? Nicht du oder … irgendwer?«

»Sag ich doch. Und wenn du wieder daheim bist und Klaes wieder arbeitet, dann stellt ihr jemanden wie meine Frau Kudrjawzew ein.«

»Aber wenn Klaes freihat, muss er sich genau wie ich beim Haushalt reinhängen. Mehr als jemanden für die Grundreinigung können wir uns nämlich nicht leisten.«

»Setz ihm die Pistole auf die Brust. Er hat ja inzwischen eine Ahnung, was Haushalt bedeutet«, riet ich. Swantje atmete hörbar durch, und ich frohlockte. Der erste Schritt, meine Vision umzusetzen, war getan.

Am nächsten Tag kam Axel.

Mann, war das eine Überraschung. Es war gegen acht Uhr abends, und wir saßen gerade alle auf der Terrasse und brüteten über den Möglichkeiten, Papas Keller so umzugestalten, dass ihm dabei nicht das Dach auf den Kopf fiel. Jeanette, die es doof fand, dass Peet nur noch bei uns rumhing, hatte sich davongemacht, und Peet wirkte nicht so, als würde es ihn bekümmern.

»Ich bring jetzt mal die Lüttje zu Bett«, sagte Klaes gerade, und ich schaute zu Rieke, die mit spitzem Gesicht auf dem Kolosseum saß und dem jungen Hobbel per Smartphone klarzumachen versuchte, dass sie am Wochenende keine Zeit für die Disco hatte und am nächsten Wochenende auch nicht und danach auch nicht, und auch nicht zum Grillen und genau genommen für gar nichts – da bog Axel um die Ecke.

Ich lief ihm entgegen. Dass er gekommen war! Mein Herz tat einen Hüpfer. Ich hatte wirklich nicht damit gerechnet. Aber klar: Die vielen gemeinsamen Jahre hatten uns zusammengeschweißt. Die Beinahe-Pleite, als ein Kunde uns mit der Rechnung übers Ohr hauen wollte, die Überschwemmung im Kopierraum, die Party auf der Dachterrasse unseres Büros am Tag unseres Einjährigen und nicht zu vergessen natürlich die sensationellen Nächte in unserem Haus in Florida.

»Papa, das ist Axel!« Ich war stolz, dass ich ihn endlich meiner Familie vorstellen konnte. Er war ein großer, schlanker Kerl mit pechschwarzen Haaren und ebenso schwarzen Augen, die er von seiner Mutter geerbt hatte, und einer athletischen Figur, die von seinem Vater stammte. Also einer, nach dem sich die Mädels umdrehten.

»Herzlich willkommen«, strahlte mein Vater und machte sich sofort auf, ein weiteres Glas zu holen. Klaes und Rieke umarmten ihn, und Peet hob grüßend die Hand. »Axel, aha«, sagte er.

Axel taxierte ihn und ließ sich von meinem Vater bei einem Glas Weißwein erklären, wie Peet uns bei dem Kellerpech aus der Patsche half.

»Sollte man das nicht besser einem Fachmann überlassen?«, fragte er. Es klang eine Spur herablassend, was kein Wunder war, denn er wusste ja nicht, dass Peet Architektur studiert hatte. Zum Glück konnte ich ihn sofort beruhigen.

»Was treibt dich denn hierher?«, fragte ich atemlos.

»Einfach mal nachschauen. Wir sind schließlich so was Ähnliches wie verheiratet, oder?«

Donnerwetter. Diese Einschätzung hörte ich von ihm zum ersten Mal. Sie gefiel mir. Während Klaes Fenna zu Bett brachte, erzählte Axel von einem neuen Kunden und dass er in Amerika Bescheid gegeben habe, damit sie unser Ferienhaus besuchsfertig machten. Er zeigte Fotos vom Strand und unserem Megabett. »Sobald Amke hier wegkann, brechen wir auf«, sagte er zu Papa.

»Na, dann solltet ihr keine Zeit verlieren.« Mein Vater freute sich für mich.

»Aber es geht noch nicht.« Ich schaute zu Fennas Kinderzimmerfenster, aus dem Klaes' Stimme drang. Er sang ihr ein Gutenachtlied. Obwohl er keinen einzigen Ton traf, spürte man, dass er mit dem Herzen dabei war. Mir wurde ganz warm vor Zärtlichkeit.

»Warum geht es denn nicht?«, wollte Axel wissen.

»Erkläre ich nachher.« Ich wartete, bis Klaes wieder bei uns war. Und dann ließ ich die Katze aus dem Sack.

»Ein Restaurant? Hier bei uns? Verstehe ich nicht.« Klaes klang verwirrt, aber nicht ablehnend. Kein Wunder – Kochen war sein Leben, und *Restaurant* klingt ja wie ein Paradies aus Knödeln, Schupfnudeln und gezupfter Petersilie unter einer perlenden Wasserbrause.

Papa kratzte sich erstaunt am Kopf. Axel kräuselte missmutig die Stirn. Und Peet, der ja bereits Bescheid wusste, lehnte sich zurück und betrachtete mich mit einem undefinierbaren Blick.

»Es ist die Lösung all unserer Probleme«, begann ich mit meinem Plädoyer. »Wir bauen Klaes' Haus aus, verkleinern unseren eigenen Garten, so dass der von Klaes größer wird – und dann errichten wir hier das exklusivste Restaurant von ganz Ostfriesland. Klaes kann kochen, Swantje beim Radiologen arbeiten, und beide gemeinsam können mit Hilfe einer Putzfrau die Kinder und den Haushalt versorgen. Na? Was sagt ihr?«

Axel ließ den Blick über unsere beiden Grundstücke schweifen. Er war Profi, und so war es kein Wunder, dass er sofort begriff, was mir vorschwebte. Der Himmel meinte es an diesem Abend gut mit uns, und Ostfriesland war in den zartvioletten Glanz eines wunderschönen Sonnenuntergangs getaucht. Jedem musste dabei das Herz höher schlagen.

»Das ist ein aufwendiges Unternehmen, Amke«, warnte Peet.

Axel widersprach ihm prompt und lieferte eine Analyse, die beweisen sollte, dass meine Idee goldrichtig war. »Die Lage ist ideal – ruhig, aber durch die Straße gut an den Verkehr angebunden. Du denkst sicher an etwas Exquisites, ja? Für eine ausgesuchte Kundschaft, die sich ein bisschen was leisten kann. Die Speisekarte müsste also teuer und delikat sein. Natürlich ausgesuchtes Personal. Den Kanal könnte man anstrahlen, das macht einiges her. Nur das scheußliche Boot da drüben muss verschwinden. Dieses Haus hier am besten auch.«

Papa sah erschrocken zu seinem liebevoll gehegten Heim. »Nicht doch«, beruhigte ich ihn. »Unser Zuhause wird nicht angetastet.« Ich warf Axel einen warnenden Blick zu. »Was ich mir vorstelle, ist ein kuscheliges Restaurant für maximal dreißig Gäste, die im Sommer in einem gemütlichen Bauerngarten speisen könnten, und im Winter …«

»Wo soll dein Bauerngarten denn hin?«, fragte Peet. Er hatte wohl gehofft, dass ich meine Vision still wieder zu Grabe trüge, wenn er nur ein bisschen Zeit verstreichen ließ, aber das hatte ich nicht vor. Burn-out hin oder her – diese Chance, den gordischen Knoten zu zerschneiden, in dem meine Familie zappelte, würde ich mir nicht entgehen lassen.

Ich ließ vage meinen Arm kreisen. »Wir könnten von da bis dort Wege und Nischen pflastern und kleine Heckenlauben errichten, mit Blumen, die sich um Fischreusen ranken, und Kletterrosen zwischen alten Fischernetzen …«

»Meeresfrüchte«, murmelte Klaes. »Butterweiche Fische an Spinat … Rotbarsch, unbedingt … mit Lorbeer- und Salbeiblättern … »

»In Klaes' Haus würde das eigentliche Restaurant mit Küche und WC entstehen. Wo jetzt das Wohnzimmer ist, könnte die

Gaststube hinkommen, und anstelle einer Terrasse bauen wir eine Art gläsernen Pavillon – also ein Schlechtwetterrestaurant, in dem man wie im Freien sitzt. Wenn es schneit oder die Stürme toben, oder wenn es im Sommer gießt, kann das urgemütlich …«

»Wo wohne *ich* denn dann?«, fragte Rieke dazwischen.

»Im westlichen, privaten Teil des Hauses.«

»Gut.« Sie kuschelte sich zufrieden in ihren Korbstuhl. So liebte ich meine Kunden.

»Der Clou wäre ein Boot, so ähnlich wie das von Peet. Es bräuchte nur Platz für sechs oder sieben Tische, aber es wäre das Herz des Restaurants. Wir würden es im Internet mit phantastischen Bildern bekannt machen, die die Leute herlocken …«

»Fenchel geht auch. Fenchel an Rotbarsch ist ein Hit!« Klaes zückte einen alten Kassenbon, um sich Notizen zu machen.

Ich nickte. »Es würde sich herumsprechen, dass man hier das beste Essen Norddeutschlands in einem einmaligen Ambiente bekommt …«

»Und wir hätten sommers wie winters fremde Leute vor der Nase, die uns die Büsche vollkotzen«, sagte Peet, der wohl noch an die Vampirfeier dachte.

Ich hatte geahnt, dass er mir die größten Schwierigkeiten bereiten würde, und ich konnte ihn verstehen. Sein Boot war eine Oase des Friedens. Und er brauchte nicht nur als Architekt eine Menge Ruhe.

»Wir sollten für maximal dreißig Gäste planen und nur abends und am Wochenende öffnen. Vielleicht nicht einmal jeden Tag. Das Exklusive wäre unser Markenzeichen – da ist es nur sinnvoll, wenn wir uns rar machen.«

Axel war zum Kanal gegangen und begutachtete von dort

die beiden Gärten, wobei er dem Kolosseum einen misstrauischen Blick zuwarf. »Amke hat recht, das könnte eine Goldgrube werden«, rief er uns nun zu. Mit Kunden konnte ich besser umgehen, aber Axel war der Meister, wenn es um das Einschätzen von Gewinnen ging. Es war seine besondere Begabung. Manchmal bildete ich mir ein, in seinen Augen Dollarzeichen aufblitzen zu sehen, ähnlich wie bei Dagobert Duck, und wenn man mit Axel gemeinsam eine Firma besaß, dann war das eine wahnsinnig sympathische Eigenschaft, auch weil Frau Kudrjawzew ja jeden Monat ihr Gehalt haben wollte.

Doch in diesem Moment freute ich mich nicht wegen des schnöden Mammons, sondern weil ich einfach glücklich war, dass er mir in meiner Einschätzung zustimmte. Die Zeit in Ostgroßefehn war bisher ja nicht gerade blendend verlaufen. Ich hatte jede Menge Murks gebaut – Dinge übersehen und Menschen falsch eingeschätzt. Nun war mir, als pulsierte plötzlich wieder Selbstvertrauen durch meine Adern. Es war ein Gefühl, wie von den Toten auferweckt zu werden.

Axel kehrte an unseren Tisch zurück und legte seinen Arm um mich. »Was meinst du? Schaffst du es, das hier in einer Woche anzuleiern? Du weißt schon – Florida!« Jetzt standen eindeutig Herzen in den schwarzen Augen.

Ich lächelte, musste ihn aber bedauerlicherweise ausbremsen. »Alle hier in der Familie brauchen erst einmal Zeit zum Nachdenken, ob sie das Restaurant überhaupt haben wollen. Und falls sie zustimmen, würde ich trotzdem noch bleiben, denn es ginge ja nicht um irgendein Projekt, sondern um die Zukunft meiner Familie, und da soll nichts schiefgehen.«

»Und Florida?«

»Läuft uns doch nicht davon.«

»Und Berlin?«

»Wir machen Telefonkonferenzen – und du kommst gelegentlich hierher. Und ich natürlich in die Firma.«

»So stellst du dir das vor?« Der Blick, den Axel zum Kanal warf, war jetzt nur noch missmutig.

»Fischreusen – ich finde, das hat was«, phantasierte Papa in die ungemütliche Pause hinein. »Ich habe so was mal in Italien gesehen, wo wir auf einer Terrasse am Meer gesessen haben. Oder war das in Tunesien? Aber da taugte das Essen nichts. Erinnerst du dich an den Zander, den ich früher zu Weihnachten gegrillt habe?«, fragte er Klaes.

»Klar. Der war erste Sahne.«

»Könnte ich wohl in dem Restaurant jobben – gegen Geld?«, wollte Rieke wissen.

»Aber erst nach den Schularbeiten«, bestimmte Klaes so pädagogisch, dass Swantje vor Glück in Tränen ausgebrochen wäre.

Peet hatte sich zurückgelehnt. Sein Lächeln war unergründlich. Wenn er das Restaurant nicht wollte, hatten wir ein echtes Problem, denn das Grundstück, das ich so gern gepflastert und in Laubeneckchen eingeteilt hätte, gehörte zur Hälfte ihm, so viel wusste ich. »Peet …«

»Also, was mich betrifft, kannst du anfangen«, sagte er.

Ich strahlte ihn an. Peet hatte begriffen, dass es mir um mehr als eine Geschäftsidee ging. Klaes und Swantje brauchten Hilfe. Denn mein Schwager würde mit jedem Restaurant fremdeln, in dem man auf Tiefgekühltes setzte und Mahlzeiten zu bezahlbaren Preisen anbot. Er war also praktisch Langzeitarbeitsloser. Und einen Haushalt würde er auch nie schmeißen können. Man musste sich nur vor Augen halten, dass er mittlerweile eine komplette Kellerwand mit Regalen versehen hatte, auf denen diverse Teppichshampoos neben Mikrofiltern in verschiedenen Stärken, Polsterreinigungsmitteln und Duftstäbchen mit wahlweise belebenden, beruhigenden oder erfrischenden Duftnoten ihrer Erprobung harrten. Da konnte man sich leicht vorstellen, wohin es führen würde, wenn er erst die Fenster und ein hygienisch sicheres Bad in Angriff nähme. Swantje würde ihn irgendwann rausschmeißen, und jeder Ehemediator würde ihr zu diesem Entschluss gratulieren.

Nein, Klaes' einzige, aber wahrhaft göttliche Begabung lag im Kochen. Wenn er nach Abzug der Kosten damit die Hälfte des Familieneinkommens bestreiten konnte und Swantje bei ihrem Radiologen die andere Hälfte verdiente, würde die Familie wieder in ruhigeres Fahrwasser kommen, davon war ich überzeugt.

»Ich danke dir, Peet«, flüsterte ich meinem Schwippschwager zu.

Überraschenderweise entschloss sich Axel zum Bleiben, um mir zu helfen. Wir hatten ja immer viel Wert darauf gelegt, einander nicht einzuengen, weil der private Alltagsstress unsere Beziehung nicht beeinträchtigen sollte. Daher rührte es mich umso mehr, dass er nun voll in mein Familienprojekt einstieg und seine wohlverdienten freien Tage nutzte, um mir bei der Umsetzung meines Restaurantprojektes zu helfen.

Er zog zu mir in mein altes Kinderzimmer und nahm sich meine Unterlagen vor. Einen Vormittag lang schob er Zahlen hin und her, fand an meiner Planung nichts auszusetzen und setzte sich schnurstracks mit dem Bauamt in Verbindung, das unser Windjammer-Projekt (so sollte das Restaurant heißen: Windjammer) genehmigen musste. Man war von seinem selbstsicheren Auftreten beeindruckt und sicherte zu, die Sache rasch durchzubringen.

Allerdings sind die Finanzierung und die reale Umsetzung eines Planes zwei unterschiedliche Dinge, und so brütete ich inzwischen mit Peet über den Details des Restaurants. Peet war offenbar als Architekt nicht ganz unbegabt. Ich erfuhr, dass er sich auf eine exzentrische Kundschaft spezialisiert hatte, die ihre Nullachtfünfzehn-Villen satthatte und lieber in Mühlen oder Leuchttürme ziehen wollte. Natürlich mit allem Komfort. Und nach und nach fing er auch für mein Restaurantprojekt Feuer. Dass die ganze Geschichte vor seinem Bootssteg stattfinden sollte, störte ihn immer noch, aber er hatte einen alten Kumpel, der ihm drei Grundstücke weiter einen Ankerplatz spendieren würde, wenn ihm der Lärm zu viel würde.

»Glaubst du, dass die Sache klappen wird?«, fragte ich mit klopfendem Herzen.

»Warum nicht?« Er rief einen weiteren Kumpel an, der in Greetsiel jemanden mit einem alten Fischerboot kannte, das sich perfekt als kleines schwimmendes Restaurant eignen würde. »Da kannst du dann Hochzeiten für Leute wie Axel veranstalten, die nicht mehr als zwei Freunde haben, die sie einladen könnten«, meinte Peet. Ich wollte gerade einwenden, dass zu unserer Hochzeit viel mehr als zwei Personen kämen, angefangen bei meiner Familie und Jo, als sich mein Smartphone meldete. Jo war dran – als hätte sie gemerkt, dass ich gerade an sie dachte. Vielleicht kam das von ihrem Chakra, da wird man irgendwie sensibel, wenn ich das richtig verstanden hatte. »Ich würde dich zu meiner Hochzeit einladen, wenn ich heiraten wollte«, verkündete ich ihr.

»Du und Axel, ihr wollt heiraten?«

»Quatsch. Die Ehe ist ein Joch, und wer es trägt, ein Ochse.« Das hatte ich mal gelesen und witzig gefunden.

»Glaubst du? Jens und ich haben gerade beschlossen, dass

wir unsere Beziehung zu Weihnachten offiziell machen wollen, und ja, damit meine ich: per Trauschein.«

»Wer ist Jens?«

»Der Mann, mit dem ich gerade Urlaub gemacht habe und mit dem ich in genau zehn Minuten und achtzehn Sekunden heimfliegen werde«, sagte Jo. »Willst du mir nicht gratulieren?« Es klang vergnatzt, und ich versicherte ihr, dass sie und Jan die große Ausnahme seien und sicher sehr glücklich werden würden.

»Er heißt Jens.«

»Das ist ja kein Glückshindernis.«

»Ich sag's doch nur. Bist du inzwischen wieder fit?«

»Es geht mir blendend«, versicherte ich. »Im Ernst, ich plane gerade, ein Restaurant zu eröffnen.«

»Guter Scherz. Du, ich ruf dich an, sobald ich wieder zu Hause bin. Er heißt Jens. *Jens.* Und er wird bald zu deinem engeren Freundeskreis gehören. Merk dir also endlich den Namen.«

»Mach ich, Süße.« Ich legte auf.

»Du hast recht. Die Ehe ist ein Joch«, stellte Peet fest und konzentrierte sich wieder auf das Fischerboot seines Kumpels, bei dessen Umbau wir auf jede Menge Bauvorschriften Rücksicht nehmen mussten, die er säuberlich auf einem Extrapapier notierte. Ich unterdrückte einen Seufzer. Wenn ich mich verkalkuliert hatte und die Sache schiefging, würde ich eine Menge Geld verlieren, denn ich hatte für das Restaurant den größten Teil meiner Ersparnisse auf den Tisch gelegt.

Jeanette kam an Deck, eine lila Handtasche baumelte an ihrer Schulter. Sie verschränkte die Arme über der üppigen Brust, was sie aussehen ließ wie die Ehefrau von Al Bundy, und sagte: »Ich denke, ich mach heute mal früher Schluss, wenn du sowieso keine Zeit für das Breuskamp-Projekt hast. Obwohl das schon blöd ist – wir stehen nämlich ziemlich unter Zeitdruck, falls du das vergessen haben solltest.«

»Solange wir die Termine einhalten …«, murmelte Peet. Ihn beschäftigten gerade eher die Rettungswege, für den Fall, dass unsere imaginäre Hochzeitsgesellschaft mit der Windjammer auf Grund gehen sollte.

»Schön, geht mich ja nichts an. Ich bin schließlich nur deine Angestellte«, beendete Jeanette die Unterhaltung und stöckelte über den Steg davon. Jetzt tat sie mir doch ein bisschen leid.

»Ist vorbei«, sagte Peet, ohne aufzublicken.

»Das mit euch beiden?«

Er zuckte mit den Schultern.

»Was für ein Jammer«, sagte ich. Aber ich hatte der Beziehung ja sowieso keine große Chance eingeräumt.

Das Projekt lief an, doch ein großes Hindernis gab es noch zu überwinden: Swantje. Ich setzte sie selbst telefonisch davon in Kenntnis, und zu meiner Erleichterung war sie begeistert. »Mensch, Amke – das ist perfekt«, jubelte sie. »Wenn Klaes zu Hause arbeitet und ich weg bin, muss er sich um die Kinder und den Haushalt kümmern. Dann lernt er zwangsläufig, wie man so was anpackt, und wir führen endlich die gleichberechtigte Ehe, von der ich immer geträumt habe. Während ich vormittags bei der Arbeit bin, könnte Klaes zum Beispiel schon staubsaugen …«

»Oder Mittagessen kochen«, warf ich ein. »Staubsaugen liegt ja nicht jedem.«

»Beides, Amke, beides. Ich würde für Klaes' Restaurant die Buchführung übernehmen. Er soll nicht denken, dass die ganze Arbeit an ihm hängenbleibt. Schließlich ist mir klar, dass die

Gäste nicht von selbst satt werden. Aber wir bräuchten Personal zum Putzen. Hast du das bedacht? Wäre das finanziell drin?«

»Zahlen sind meine Welt, Schwester«, sagte ich. Meine Planung sah keinesfalls vor, dass meine Familie nach einem Monat reif für die Psychiatrie wäre.

»Ich komme mit dem nächsten Flug nach Hause«, versprach Swantje.

»Mit dem nächsten Flug?«, fragte Klaes, dem ich die frohe Kunde überbrachte. Es klang zerstreut. Er informierte sich gerade über die Bezugsmöglichkeiten von Kubebenpfeffer.

»Denk dran zu saugen, bevor sie heimkommt«, mahnte ich.

»Bin schon dabei.« Klaes wies auf den Staubsauger, der auf dem Wohnzimmerteppich neben einem Riesenpaket frisch gelieferter Staubsaugerbeutel stand, die der Aufschrift auf der Tüte zufolge eine keimverhütende Wirkung besaßen.

Alles bestens also.

Wir konnten Swantje gleich am nächsten Tag in Bremen vom Flughafen abholen. »Willst du die Karte hier rausziehen?«, fragte ich Fenna am Parkscheinautomat, weil ich gelernt hatte, dass Kinder wahnsinnig gern Dinge aus Automaten ziehen.

»Niemals!«, sagte sie und zerrte glücklich die Pappe aus dem Schlitz. Quasimodo machte »Wuff«, und Klaes, dem einfiel, dass er keine Blumen besorgt hatte, flitzte vor, um einen Blumenladen zu suchen. Wir waren viel zu spät dran, was daran lag, dass Klaes noch das schmutzige Geschirr in den Geschirrspüler hatte packen wollen, bevor wir losfuhren, aber er konnte das neue Geschirrspülmittel mit dem Langzeitschutz gegen Glaskorrosion nicht finden, das er direkt vom Hersteller mit einem Superrabatt wegen großer Mengenabnahme bestellt hatte, und das alte zu benutzen, hatte er nicht übers Herz gebracht, und … Ach was, Schwamm drüber. Swantje war ja ein geduldiger Mensch.

Musste sie auch sein, denn sie wartete bereits seit fünfzig Minuten am Ausgang, als wir endlich eintrudelten. Sie lachte uns trotzdem entgegen, schloss Fenna in die Arme, wirbelte sie herum und fragte glücklich: »Na, mein Häschen, hast du deine Mama denn noch lieb?«

»Niemals!«, sagte Fenna und: »Scheiße!«, und dann krallte sie sich in ihre Haare, um sicherzugehen, dass ihre Mama auch nicht wieder verschwand.

»Wo steckt denn Klaes?«

Wir fanden ihn beim Blumenladen, wo er gerade die letzte Blume für ein umfangreiches Arrangement auswählte, das er Swantje, die gefühlt weitere fünfzig Minuten warten musste, schließlich schwungvoll überreichte.

»Warum will er Zellophan drum, wenn er es gleich wieder abreißt?«, fragte mich die rundliche Verkäuferin, die aus den vielen Centmünzen, mit denen Klaes bezahlt hatte, kleine Türmchen baute, um sich zu vergewissern, dass sie nicht übers Ohr gehauen wurde.

Ich zuckte mit den Schultern. War mir doch egal. Swantje war von dem bunten Strauß aus Margeriten und Rosen und allem, was der Laden sonst noch hergab, gerührt und wanderte an Klaes' Arm, mit Fenna auf den Schultern und Quasimodo im Schlepptau, glücklich zum Parkhaus zurück.

Auf der Autobahn erzählten wir ihr von unseren Fortschritten. Und die waren beträchtlich. Peet hatte seine guten Beziehungen zu Bauunternehmern nutzen können, so dass sie uns ruckzuck den Umbau machen wollten. Sie hatten bereits damit begonnen, Wände einzureißen.

»Das geht jetzt alles ganz schnell, was?«, fragte Swantje mit roten Wangen.

Ja, zum Glück. Ich wollte nämlich unbedingt noch einen oder zwei Sommermonate und die Herbstsaison nutzen, um unser Restaurant bekannt zu machen.

»Scheiße«, strahlte Fenna.

»Nee«, sagte ich und küsste ihr duftendes Kleinkinderhaar. »Wir sind auf einem wunderbaren Kurs, meine Süße!«

Aber zunächst einmal mussten wir richtig ranklotzen. Während Axel sich in den folgenden Wochen um das Finanzielle und die Werbung kümmerte, sorgte Peet dafür, dass störende Wände – aber nicht die tragenden! – eingerissen wurden, und Swantje und ich suchten eine Innenarchitektin auf und berieten uns mit ihr über Möbel und Dekorationen. Swantje hatte ein Faible für Bauernmöbel, ich nicht, aber im Grunde war das ja egal. Hauptsache, das Ergebnis überzeugte.

»Aber warum Unterhosen?«, fragte ich Swantje, die mit dem Finger auf einen Schrank in einem Prospekt tippte, den die Innenarchitektin ihr übergeben hatte.

»Weil es urgemütlich ist, wenn man durch die offene Tür eines alten Bauernschrankes auf wollene Unterhosen kuckt«, sagte Swantje. »Das hat etwas Authentisches.« Sie blickte Zustimmung heischend zu unserer Gastgeberin, einer Dame mit sehr vielen Rüschen an der Bluse.

Die Innenarchitektin wiegte den Kopf.

»Bei mir lösen Unterhosenstapel eher den Drang aus, Duftkügelchen zu verteilen«, widersprach ich.

»Es wären doch *gewaschene* Unterhosen.«

Ich schaute zur Innenarchitektin. Sie wiegte den Kopf. »Was ist denn Ihre Meinung dazu?«, bohrte ich nach.

»Ich bin allergisch gegen Wolle.«

»Und die Idee an sich?«

Sie wiegte den Kopf. Bei ihrer Auswahl hatten wir wohl keinen Glücksgriff getan. Am Ende entschieden wir, dass Swantje das Restaurant einrichten würde und ich das Schiff.

Klaes bestellte währenddessen Kochtöpfe, was ihn so ausfüllte, dass er für nichts anderes mehr Zeit hatte, auch nicht zum Staubsaugen, doch darüber sah Swantje hinweg. Sie hatte ihren Job ja noch nicht angetreten.

Peet ließ ein paar Männer anrücken, die Papas Kolosseum auseinandernahmen, es flickten und auf der Terrasse wieder zusammensetzten, und alles mit einer Lärmschutzwand versahen, die anschließend von den Hobbels begrünt wurde. So hatte mein Vater jetzt ein kleines, aber ungestörtes kuscheliges Reich. Er schleppte eifrig Palmenkübel hin und her und schien froh zu sein, dass sein Arbeitsgebiet sich reduziert hatte. Die Palmen gediehen prächtig. Der alte und der junge Hobbel pflanzten lauschige Laubennischen für das Restaurant, und Rieke, die Ferien hatte, rekelte sich im Bikini vor dem jungen Hobbel.

An einem Sonntagnachmittag wurde Swantje von ihrem Radiologen gefragt, ob sie nicht schon früher – am besten sofort – bei ihm die Arbeit aufnehmen könne, weil eine seiner Sprechstundenhilfen krank geworden sei. Das war großartig, weil uns die Rechnungen nur so ins Haus flatterten. Sie vereinbarte mit Klaes einen Hausarbeitsverteilungsplan (HAV), den sie am Kühlschrank neben Riekes Stundenplan befestigte. Er besagte, dass Klaes für das Staubsaugen, den Abwasch, das Einkaufen und das Bettenmachen – aber nicht für die Wäsche!!!!!!! – zuständig sei und sie für alles andere. Die beiden umarmten einander. »Ich bin so glücklich – jetzt haben wir es auch schriftlich«, flüsterte sie mir zu. Wir konnten also hochzufrieden sein.

»Du glaubst auch, dass jetzt alles gut wird, nicht wahr?«, fragte ich Peet, der gerade zwei stämmige Männer über die Terrasse winkte, die die provisorischen Stützen in Papas Haus durch solide Träger ersetzen sollten.

»Keine Ahnung. Du siehst erschöpft aus.«

Ich lachte ihn aus. Natürlich war ich ein bisschen müde, aber das kennt man doch, wenn man sich in ein Projekt vergräbt. Da bekommt man halt nicht so viel Schlaf. Ich gähnte. »Wenn wir hiermit durch sind, mache ich zwei Wochen Urlaub.«

»In Florida?«

»Weiß noch nicht.« Ich deutete zu Rieke, die mit verschränkten Armen zusah, wie der junge Hobbel eine Rabatte in Form eines Herzens anlegte. Sie lachte und sah dabei noch ein bisschen vorsichtig, aber auch ein bisschen glücklich aus. »Ihre Enttäuschung haben sie hinter sich. Glaubst du, jetzt wird es die große Liebe?«

»Gibt es die denn?«, fragte Peet.

»Glaub schon«, sagte ich und gähnte erneut.

Axel kam um die Ecke. Er und Peet hatten sich leider nicht miteinander angefreundet. Ich glaube, Axel war ein bisschen eifersüchtig, weil ich so viel Zeit mit meinem Schwippschwager verbrachte. Dabei sprachen wir fast nur über die Arbeit.

»Ich hab gerade die erste Buchung reinbekommen«, berichtete er. »Und zwar für den 11. August. Eine Hochzeitsgesellschaft. Vierundvierzig Mann. Das gibt prima Bilder für die weitere Werbung. Darum muss deine Familie etwas Perfektes liefern, Amke, das ist ganz wichtig! Ich habe schon mal die entsprechenden Stellenanzeigen fürs Personal aufgegeben.«

»Das war's dann vermutlich mit deinem Urlaub«, meinte Peet zu mir.

»Quatsch«, schnauzte Axel ihn an. »Die Feier werdet ihr ja

wohl allein hinkriegen, wenn man euch schon alles andere auf dem Tablett serviert.«

»Ich werde Urlaub machen«, gähnte ich. »Aber einfach hier zu Hause. Ich lege mich auf Papas Terrasse und schau Klaes und den anderen zu, wie sie sich abrackern, döse vor mich hin und gebe nur hin und wieder einen Tipp.«

»Ach, *so* planst du das?«, fragte Axel.

»Einer muss doch aufpassen.«

»Und einer muss demnächst mal nach Berlin fahren und nachsehen, ob wir überhaupt noch ein Büro haben. Das bin dann wohl ich«, grummelte Axel.

Ich gab ihm einen Kuss.

»Wenn du dich ausruhen willst, Amke, dann kannst du dich gern bei mir aufs Deck legen. Da stört dich keiner«, sagte Peet, der durch das Kellerfenster die beiden Handwerker beobachtete.

»Außer die Holzwürmer, die deinen Seelenverkäufer auffressen«, blaffte Axel. Muffelig goss er sich einen Kaffee ein. »Ich fahre nach Berlin. Hilft ja nichts. Aber ich komme zurück, damit hier auch alles vernünftig weiterläuft.«

Ich gab ihm noch einen Kuss. Es war der 13. Juli. Wir hatten also knapp vier Wochen, um den Innenausbau des Restaurants und den Garten fertigzumachen, und Klaes, um seine Küche zum Laufen zu bringen. Und dann käme die Feuertaufe. Aber das kriegen wir hin, dachte ich.

12

In meinem Überschwang hatte ich tatsächlich angenommen, dass ich dem Burn-out ein Schnippchen geschlagen hatte. Aber während ich in den folgenden Tagen und Wochen telefonierte, simste und fremde Leute mit Engelszungen um frühe Termine und punktgenaue Lieferung anbettelte, begann ich wieder schlecht zu schlafen. In meinen Träumen hakte ich Listen ab, in denen es um Klodeckel und welkende Blumen an Fischreusen ging, die bei Hobbel reklamiert werden mussten.

Da Swantje arbeitete, blieb fast alles an mir hängen, und auch wenn es sich nur um Details handelte, die uns nicht umbringen würden, falls sie missglückten, fühlte ich mich doch wie jemand, auf den eine Dampfwalze zurollt. Der 11. August war der Tag, auf den ich hinarbeitete. Ich würde die Sache stemmen, weil ich immer alles gestemmt hatte, aber wenn mein Teil der Arbeit erledigt war, würde ich mich an einen einsamen Ort verkrümeln, wo niemand sonst hinkam. Eine Insel, auf der nur ich und ein Pinguin lebten, und der Pinguin musste ausgestopft sein.

Axel, der nach Berlin zurückgekehrt war, rief mich eines Nachts um halb elf an. Es war nicht seine Schuld, dass ich gerade erst in meinen dringend benötigten Schlaf gesunken war, aber glücklich war ich über den Zeitpunkt nicht.

»Du, ich wollte dir nur sagen, dass ich diesem Kretschmar – du erinnerst dich, der, dem du den Wein …«

»Ich weiß«, murmelte ich. Wenn ich wieder einschlief, würde ich wahrscheinlich eine Neuauflage meines Rotwein-Sauerei-Traumes erleben.

»Ich hab ihm den Scheck aus den Rippen geleiert.«

»Wunderbar.«

»Er hat natürlich ein bisschen rumgezickt, aber … Du, warte mal … Luise?«

»Ich heiße Amke«, murmelte ich schlaftrunken.

»Luise, ich komme gleich, nur noch einen Augenblick. Es ist was Geschäftliches«, brüllte Axel so laut, dass mein Trommelfell vibrierte. »Tschuldigung«, fuhr er leiser fort, »ich habe Besuch. Das ist doch in Ordnung für dich, nicht wahr? Ich meine, wir sind uns schließlich immer noch einig, dass wir uns wie reife Erwachsene … O Mann, Luise, das sieht aber scharf aus!« Er sog genießerisch die Luft ein.

Dann hörte ich eine Frauenstimme, die leise »Du bist wunderbaaar« gurrte.

»Also, Amke …« Das ging jetzt offenbar wieder an mich. »Ich bleibe noch zwei Tage – das musst du mir einfach gönnen. Aber dann bin ich wieder bei euch im Kaff und zu allen Schandtaten …« Er stöhnte ein bisschen, als würde man ihn kraulen. »Zu allen Schandtaten bereit.«

»Prima«, sagte ich und drückte ihn weg. Ich schlief sofort wieder ein.

Die folgenden Tage verbrachte ich wie in Trance. Ich funktionierte, aber die Luft war heraus. Jedes Telefonat bereitete Mühe, und nicht einmal der Zwerg schaffte es mehr, mich zum Lachen zu bringen.

Axel kehrte zurück und griff sich meine Unterlagen. Doch, es war gut, ihn wieder im Team zu haben. Er war einfach der Beste, wenn es darum ging, anderen Leuten Dampf unterm Hintern zu machen. Beiläufig erzählte er mir, dass die Sache mit Luise nur ein One-Night-Stand gewesen war. Allerdings einer von der Extraklasse! Schön. Ich gähnte ihm ins Gesicht und machte mich zum Restaurant-WC auf, wo die Toilettendeckel darauf warteten, auf die Schüsseln geschraubt zu werden. Müde riss ich die Pappkartons auf.

»Interessante Art, Klodeckel zu befestigen«, sagte Peet, der ein Foto von einer defekten Fliese machen wollte, die ausgetauscht werden musste.

»Was ist daran verkehrt?«

Peet ruckelte an dem Deckel, und der wackelte, als wäre man mit Tempo 840 im ICE unterwegs.

»Warum wackelt er?«, fragte ich, ohne an der Antwort interessiert zu sein.

»Weil du die Schrauben in der verkehrten Reihenfolge angebracht hast.«

»Die Reihenfolge ist egal. Hauptsache, jede sitzt am richtigen Platz.« Ich lehnte mich mit schmerzenden Knochen gegen die nachtblauen Fliesen, die ein Traum aus Luxus und Hygienefreundlichkeit waren. Wie gern hätte ich geschlafen. »Das kriegt man nicht besser hin«, behauptete ich.

Peet legte den Fotoapparat beiseite, nahm mir den Schraubenschlüssel aus der Hand und schraubte wieder ab, was ich gerade mühsam fertiggestellt hatte.

»Dafür könnte ich dich töten.«

»Könntest du nicht, weil du zu müde bist. – Warum eigentlich?«

»Warum ich müde bin?«

»Nein. Warum hängst du dich mit solcher Verbissenheit in diese Restaurantgeschichte?«

»Weil ich Swantje und Rieke und Fenna und Quasimodo liebhabe, und Klaes auch, und weil ich will, dass alles gut wird.« Früher hätte ich diesen Satz cooler formuliert, aber ich musste mir jedes Wort aus dem Gehirn pressen, und es war ja nur Peet, mit dem ich redete.

»Hm«, machte Peet und ruckelte an dem Deckel, der jetzt bombenfest saß. »Aber du musst das hier doch nicht selbst erledigen. Wir haben Handwerker engagiert – schon vergessen?«

»Ich bin zu müde zum Anrufen.«

»Ja dann«, sagte Peet.

Ich sah ihm zu, wie er die restlichen Deckel befestigte. Er sah nicht so gut aus wie Axel, seine Augen waren nichtssagend graublau und Geheimratsecken fraßen sich in seine blonden Haare. Er war auch nicht so cool wie Axel. Sicher hatte er noch nie Sekt aus dem Inneren eines Speckstein-Engels geschlürft, was witziger war, als es sich anhört, weil es im Schrank eines Gastgebers geschah, der gerade zwei Schritte weiter einer ältlichen Cousine schlüpfrige Angebote machte, um sie für einen Deal im Familienimperium zu gewinnen. Wir waren beide fast gestorben im Bemühen, unser Gelächter zu unterdrücken und den Sekt nicht zu verschütten. Wie waren wir überhaupt in diesem Schrank gelandet? Meine Erinnerungen waren in einem Meer aus Müdigkeit versunken, und es war ja auch nicht wichtig. »Übermorgen ist die Hochzeit«, sagte ich.

»Hm«, machte Peet.

»Ich hab schon Frau Kudrjawzew angerufen. Nach der Hochzeit bleibe ich noch eine Woche lang hier, für den Fall, dass es Schwierigkeiten bei der Abrechnung gibt, aber am Achtzehnten wird sie mir den Kühlschrank füllen und die Heizung anstellen.«

»Heizung? Bei dieser Hitze?«

Ich schaute zum geöffneten Fenster hinaus in den Restaurantgarten, wo Wasser aus einem Sprinkler in der grellen Sonne glitzerte. »Ist mir egal. Weißt du, dass ich ein tolles Badezimmer habe, mit einer Eckbadewanne? Die ist so groß, dass man darin seinen Rettungsschwimmer machen kann. Ich werde ein Schaumbad nehmen. Anschließend krabble ich in mein Wasserbett – tolles Bett, zwei Meter breit, mit Wasser drin, weil es ja ein Wasserbett ist – und kuschele mich in meine Daunendecke …« Ich redete lauter Mist, aber wie gesagt: Es war ja nur Peet, der zuhörte.

Und Axel, der gerade seinen Kopf in den Sanitärraum steckte, weil er mir sagen wollte, dass er die Bank bei unserem Kredit noch um einen halben Prozentpunkt hatte runterhandeln können.

»Wir müssen weniger zahlen? Klasse!«

»Ja. Und weißt du, was *ich* klasse finde? Dass du deinem Sandkastenfreund hier von deiner Daunendecke und deiner Riesenwanne vorschwärmst. Was soll *das* denn werden?«

Ich betrachtete meine Beine, die irgendwie mit denen von Peet verknotet waren, weil es so wenig Platz zwischen den WCs gab. Das sah schon ein bisschen intim aus. Aber wir schraubten doch bloß Klodeckel, und selbst wenn es anders gewesen wäre … »Mensch, Axel«, sagte ich. »Haben wir nicht vereinbart, dass wir eine offene …«

»Ein bisschen Anstand kann man ja wohl trotzdem wahren!«, schnauzte Axel und rauschte beleidigt ab.

Peet lächelte.

Und dann war er da, der große Tag. Es war acht Uhr morgens. Der Himmel strahlte wie Omas bestes Porzellan. In den lauschigen Nischen sangen die Vögel. Unser Fischerboot glänzte in frischer grüner Farbe mit weiß abgesetzten Bullaugen, und der Steg – aus sicherheitstechnischen Gründen mit einem Geländer versehen – erstrahlte ebenfalls in Weiß.

»Weißt du, wie du aussiehst? Wie Kotze«, befand Axel, mit dem ich in einer der Laubennischen stand, um zu überprüfen, ob auch wirklich alles vorbereitet war.

»Aber ich fühl mich nicht so.« Tatsächlich war ich an diesem Morgen mit unerwartetem Schwung aufgewacht. Wahrscheinlich war es so ähnlich wie bei den Soldaten. Erst sind sie müde, aber wenn es in die Schlacht geht, dann rauscht das Adrenalin. Bei mir rauschte es mit der Kraft der Niagarafälle. Ich platzte vor Tatendrang. Nur ein kleiner Schmerz, den mein verspannter Nacken aussandte, warnte mich, aber darauf achtete ich nicht weiter.

»Mann, was mich dieser ganze Kram hier genervt hat«, stöhnte Axel. »Deine chaotische Familie hat uns ausgesaugt wie …«

»… Vampyre«, vollendete ich den Satz mechanisch und schaute zu Riekes Zimmer hinauf. Ich war so froh, dass sie sich von Marko mit dem y losgesagt hatte.

»Genau«, bestätigte Axel. »Ich schlage tausend Kreuze, wenn wir das erst hinter uns haben! O Gott, jetzt geht das schon wieder los!«

Im ersten Moment wusste ich nicht, was er meinte. Doch dann hörte ich es auch. Aus der neuen Küche drangen Wortfetzen, die verdächtig nach Streit klangen.

»… abgemacht!«, schrie Swantje.

»Siehst du denn nicht, wie ich hier …«

»… auf dich verlassen. Nie!«, brüllte Swantje.

Klaes' überschnappende Stimme: »Siehst du denn nicht, was ich …?«

»Nie!«

»… was ich hier zu tun …?«

»Ich Idiotin!« Das war wieder Swantje. Ihre Stimme überschlug sich. Danach wurde es still, allerdings auf beängstigende Weise.

»Ich hab's dir gesagt: Familie ist ein anderes Wort für Krieg«, flüsterte Axel mir ins Ohr. »Lass uns abhauen!«

Ich schüttelte den Kopf. Wie betäubt stand ich da und wartete. Mein Nacken zwickte, als wollte er mir signalisieren, dass meine Art, mit dem Burn-out umzugehen, in meinem zentralen Nervensystem in Kürze eine Revolte auslösen würde.

»Heute hängt alles von Klaes ab«, flüsterte ich. Die Klos waren geputzt, das Schiff gewienert, Girlanden wünschten dem Brautpaar Glück, das Personal würde um halb zwölf eintrudeln, um zu servieren. Aber nur Klaes konnte das Essen zubereiten. Außer ihm werkelte in der Küche bloß noch eine alte Frau aus der Nachbarschaft, von der es hieß, dass sie trotz der gichtigen Finger flinker Kartoffeln schälte als jede Maschine. Aber das hieß ja nicht, dass sie eine Göttin der feinen Küche war.

»Kapierst du das denn nicht?«, zischte Axel. »Du bist die Einzige, die hier vollen Einsatz zeigt. Alle anderen lassen sich mitschleppen. Sie nutzen dich aus, und du bist verrückt, wenn du das mit dir machen lässt!«

»Dann lass es doch!«, kreischte Swantje. Danach knallte eine Tür.

»Wir hauen ab!« Jetzt flüsterte Axel nicht mehr. Er war zutiefst empört. Das konnte man verstehen. Unser Büro in Berlin lief auf Sparflamme. Wir brauchten dringend neue Aufträge.

Aber anstatt uns darum zu kümmern, hatten wir uns für meine Familie abgerackert, die offenbar keinen Funken Disziplin besaß.

»Sie streiten nur ein bisschen«, versuchte ich sie kläglich zu verteidigen. »Das hat nichts zu bedeuten. Klaes kann auch mit schlechter Laune kochen. Die Stimmung in der Küche wird die Hochzeit nicht beeinträchtigen. Wir halten durch. Nur noch diesen einen Tag.«

Axel hob resigniert die Schultern. »Du machst dir was vor«, sagte er und verschwand in Papas Haus. Vielleicht machte er Kniebeugen. Das tat er immer, wenn er sich abreagieren musste.

Ich schielte sehnsüchtig zum Kanal, aber Peets Boot lag seit dem vergangenen Abend fünfhundert Meter weiter bei seinem Kumpel vor Anker. Müde schlurfte ich in eine der Laubennischen. Es war halb neun. Die Hochzeitsgesellschaft hatte sich für dreizehn Uhr angemeldet. Swantje und Klaes würden sich doch sicher zuammenreißen? Schließlich stand ihre Existenz auf dem Spiel. Hatten sie das kapiert? Dass es um unser aller Existenz ging? Ich ließ mich auf der Bank niedersinken, zu erschöpft, um auch nur einen weiteren Schritt zu tun.

Eine halbe Stunde später kam Swantje aus dem Haus. Sie zog einen Rollkoffer hinter sich her und trug Fenna auf dem Arm. Als ich winkte, bemerkte sie mich. Ihr Gesicht war verheult. »Er hat's nicht getan!«

»Was?«

»Gesaugt. Er hat gesagt, dass er saugen würde, aber er hat's nicht getan!«

Man sagt seiner in Kummer aufgelösten Schwester nicht gern, dass sie einen Knall hat, so was muss man behutsam angehen, besonders wenn diese Schwester gerade einen Rollkoffer hinter sich herzieht und die Familie verlassen will.

»Du hast einen Knall«, sagte ich. »Klaes hat heute einen wahnsinnig anstrengenden und wichtigen Tag. Da ist es egal, ob eure Stube gesaugt wurde oder nicht.«

»Scheiße!«, stimmte Fenna mir zu. Sie quengelte, wand sich von Swantjes Arm herunter und begann, die Wicken aus einer der Fischreusen zu pflücken.

»Heute ist es der anstrengende Tag«, fauchte Swantje mich blass vor Wut an, »morgen ein besonderes Menü, das er ausprobieren will, übermorgen hat er Magenschmerzen und überübermorgen muss er endlich mal ausspannen. Du kennst diesen Mann nicht wie ich, Amke. Er hat es mir hoch und heilig versprochen, in intimster Umarmung. Und er hat den HAV unterschrieben!«

»Was?«

»Den Hausarbeitsverteilungsplan. Der an der Kühlschranktür hängt. Ich war misstrauisch und hab mir deshalb jede Sicherheit geben lassen – aber er hält sich trotzdem nicht dran. Er ist bequem und egoistisch und ... ich hasse ihn.« Sie holte Fenna aus den Wicken.

»Wo willst du überhaupt hin?«, fragte ich mit einem Anflug von Panik in der Stimme.

»Weg! Es ist endgültig, Amke. Ich lasse mich scheiden. Fürs Erste ziehe ich in die Pension von Gesche – das ist die Schwester meiner Kollegin. Mit Rieke werde ich heute Nachmittag sprechen. Sie ist alt genug, um selbst zu entscheiden, wo sie wohnen ...« Swantje brach in Tränen aus, sah dadurch aber kein bisschen weniger entschlossen aus. »Ich kann bei Gerdes«, das war ihr Radiologe, »auch ganztags arbeiten. Dann komme ich zurecht. Ich brauche Klaes überhaupt nicht. Ärgern kann ich mich allein!«

Quasimodo, der während unseres Gesprächs schwanzwedelnd seine heißgeliebte Familie beobachtet hatte, machte »Wuff!«

»Siehst du?«, sagte Swantje und ging zum Auto.

Trennungsdramen an einem Tag, an dem ein neues Unternehmen aus der Taufe gehoben werden soll, sind nicht schön, das ist richtig. Aber man kann sie verkraften, wenn man die Prioritäten richtig setzt. Von diesem Gedanken getragen ging ich in die Küche, um Klaes zu erklären, dass er sich jetzt auf das Essen konzentrieren solle, nach der Hochzeitsfeier aber im Eiltempo nach Tannenhausen düsen müsse, um endlich eine ehrliche Arbeitsteilung zu vereinbaren, an die er sich auch halten würde. »Und bevor du losfährst, musst du staubsaugen.« Gut, dass mir das noch eingefallen war.

»Du glaubst, sie meint es ernst mit dem Weggehen?«

»Sie ist bereits weg. Und hat Fenna mitgenommen«, sagte ich. Knallhart. Half ja nichts.

Klaes sank auf einen Schemel. »Aber das geht nicht.« Er starrte mich an. Quasimodo, der in den Wirren von Swantjes Flucht den Sprung ins Auto nicht geschafft hatte, legte ihm den Kopf auf den Oberschenkel. »Amke, ich liebe Swantje. Sie kann nicht einfach gehen. Sie ist doch … Ohne sie ist mir … alles egal.« Klaes' Augen wurden feucht. Ich hatte ihn noch nie weinen sehen – nicht mal beim Zwiebelschneiden. »Weiß sie denn nicht, dass ich sie liebe?«

»Ist nie verkehrt, wenn man das zeigt, indem man sich zum Beispiel an Absprachen hält.«

»Aber ich liebe sie doch.« Klaes ist keiner, der sich verstellen kann. Jeder dämliche und weniger dämliche Gedanke steht ihm offen ins Gesicht geschrieben. In diesem Augenblick sah ich dort Panik und Verwirrung. Da hatte er Rosen aus einem

Heißluftballon geschmissen und wahrscheinlich Tage mit der Vorbereitung dieses Liebesbeweises verbracht, aber das Wichtigste trotzdem übersehen. Was das war, musste mit dem Staubsauger zusammenhängen. Mehr kapierte er nicht. »Hat sie wirklich Fenna mitgenommen?«

»Sag ich doch!«

»Dann meint sie es ernst!«

»Wuff«, bellte Quasimodo, der vielleicht doch schlauer war, als wir alle dachten.

Klaes schob den Kopf des Hundes vom Bein, stand auf und stürmte aus der Küche.

»Warte! Du …« Die Tür klappte hinter ihm zu. Ich starrte auf den weißen Lack. In vier Stunden würden vierundvierzig Hochzeitsgäste im Garten stehen. Und noch war kein einziges Kartöffelchen gekocht. Wenn mir jetzt nichts einfiel, würden unsere Gäste den schönsten Tag ihres Lebens, der bis in die letzte Haarnadel in der Frisur der Braut durchgeplant war, vom exklusivsten Restaurant Norddeutschlands an die nächste Frittenbude verlegen müssen.

Plötzlich sah ich die Internetbewertungen zu unserem Restaurant vor mir. Ein halber Stern für die tadellos befestigten Klodeckel, ansonsten ätzender Spott. Vielleicht kam auch jemand von der *Ostfriesen-Zeitung*. Der würde sicher begeistert die heulende Braut fotografieren, der vom frustrierten Ehemann eine in Ketchup getunkte Fritte gereicht wurde. Unser Projekt wäre damit beendet, bevor es begonnen hatte.

Nun kämpfte ich selbst gegen Panik. »Der Chef braucht eine kleine Pause«, sagte ich zu der alten Frau, die sich von dem Trubel nicht hatte stören lassen und Möhren schrappte. »Könnten Sie ihm nachher notfalls beim Kochen assistieren, falls es eng wird? Oder vielleicht selbst was in die Pfanne werfen?«

Unsere Kochhilfe lachte über ihr ganzes faltiges Gesicht. »Wat meen Oller is, der is 'n Koch aus Leidenschaft. Der hat mich in unsre Ehe nix machen lassen wie Schälen und Putzen. Das kann ich prima. Kochen aber nich.«

»Wer hat denn für Ihre Kinder gekocht?«, fragte ich. Die Frau war mindestens so alt wie Papa – sie musste doch noch gelernt haben, wie man eine Familie anständig ernährt.

»Wir ham keene Kinder. Sind schlecht für die Nachtruhe und die Figur«, sagte die alte Dame. Sie lachte auf, als sie mein Gesicht sah. »Quark! Klar hab ik Kinder. Die sind aber mit Nudeln groß worden, bis auf wenn ihr Papa kocht hett. Is eben so. Ik hat 'n Antiquitätengeschäft, is aber nich mehr lopen. Nun schäl ik Kartoffeln. Und mit wat ik verdien, geh ik mit meen Ollen auf Kreuzfahrt.«

»Ach so«, sagte ich. Im selben Moment hörte ich eine Autotür knallen. Ich rannte ins Freie und ums Haus herum. Dort traf ich auf Axel, der entgeistert Papas Auto hinterherstarrte.

»Wenn ich das richtig sehe, hat dein Koch gerade das sinkende Schiff verlassen. Und zwar das Schiff, mit dem du ihn von seiner einsamen Insel retten wolltest – falls du die Metapher kapierst«, verkündete er mit beißendem Sarkasmus.

»O Mann!«

»Und willst du auch noch den Rest hören?«

»Welchen Rest?«

»Die drei Schwestern, die heute servieren sollten, haben sich einen Virus eingefangen. Die kannst du jetzt ebenfalls vergessen.«

Wenn sich die Probleme zuspitzen, werde ich ruhig. Das ist die Kernkompetenz, die man in meinem Beruf braucht. Die Ruhe bewahren, wenn, sagen wir mal, das Schiff auf einen Eisberg zutreibt. Wir hatten unseren Koch und das Servicepersonal verloren. Ergo brauchten wir Ersatzleute.

Ich schickte zunächst eine SMS an Rieke, die zum Shoppen nach Leer gefahren war. Dann beorderte ich Axel, Peet, Papa und Frau Witte, die gerade mit meinem Vater auf der neuen Terrasse ein Schwätzchen hielt, in Klaes' Küche. In diesem Moment rief Rieke zurück, und ich erklärte ihr die Lage.

»O Mann«, sagte sie, »da brennt ja die Kacke! Du, ich bin schon fast wieder zu Hause. Kannst auf mich warten!« Zehn Minuten später stieß sie zu unserem Rettungstrupp. In ihrer Begleitung befand sich ein schlaksiger Junge mit langen, schwarzen, strähnigen Haaren, der einen altmodischen Gehrock und ein weißes Hemd mit Stehkragen und Seidenhalstuch trug. »Das ist Marko«, flüsterte sie mir zu und schickte ihm verstohlen ein Küsschen.

Ich flüsterte zurück: »Warum bringst du diesen y-Idioten mit?«

»Weil er total süß ist. Wir haben uns ausgesprochen. Das war alles ein großes Missverständnis, Tante Amke. Marko hat gesagt …«

»Geschenkt«, zischte ich. »Hauptsache, er kriegt eine Crème Vichyssoise hin.«

Marko hatte sich vor dem riesigen Küchentisch aufgebaut, bohrte im Ohr und schaute lüstern zu einer Schüssel, in der, auf Eis gebettet, blutige Fische lagen.

»Denk nicht mal dran! «, fuhr ich ihn an.

»Crème *was*?«, fragte Axel, der das Wort aufgeschnappt hatte.

»Crème Vichyssoise. Die steht ganz oben auf Klaes' Menüplan.«

»Du weißt doch nicht mal, wie man das ausspricht, geschweige denn wie sich so was kocht. Lass den Quatsch und bestell etwas in den umliegenden Restaurants. Wir wärmen es in der Mikrowelle auf.«

»Als Einstieg in unser Restaurant? Ein Mikrowellenessen?«

»Na und? Dieses Restaurant ist sowieso eine Totgeburt. Deine Familie ist einfach nicht zuverlässig genug.«

Nicht zuverlässig ist der Knockout für einen Kunden. Mit jemandem, der nicht zuverlässig ist, bist du aufgeschmissen. Dem kannst du die besten Ideen ins Ohr säuseln, er setzt sie einfach nicht um. Wir trennen uns von solchen Leuten, egal, was sie zahlen. Aber eine Familie ist kein Kunde.

»Was hat Klaes denn eingekauft?« Mein Blick glitt über die Berge aus frischem Gemüse, rohem Fleisch, dem schon erwähnten Fisch und dem Obst. Erneut kämpfte ich gegen Panik.

»Eine *Crème Vichyssoise* ist eine Kartoffellauchsuppe«, sagte Peet, der es sich auf einem Küchenstuhl gemütlich gemacht hatte und die Lebensmittel ebenfalls musterte. Mein Herz setzte einen Moment aus, um danach doppelt so schnell weiterzuschlagen. »Heißt das, du kannst kochen? Also, natürlich kannst du. Aber auch für eine ganze Gesellschaft?«

Peet zuckte mit den Schultern.

»Nun sag schon: Weißt du, wie man die verdammte Suppe zusammenrührt?«

»Nö.« Er stand auf und nahm ein Bund Lauch in die Hand. Unsere Küchenhilfe, die uns gespannt beobachtete, betrachtete das als Wink, riss es ihm aus der Hand und hielt es unter einen Wasserstrahl. Was zu putzen war, würde sie putzen – zumindest darauf war Verlass.

»Das hier ist zwar kein Zander, aber sicher kann man diese Fische ebenfalls grillen«, meinte Papa, der mit dem Finger den rohen Fisch anstupste. Marko starrte auf seine blutigen Fingerkuppen, als hätte er sie am liebsten abgelutscht. »Vergiss es!«, zischte ich ihn an.

»Dann werden wir uns also um den Fisch kümmern«, sagte Frau Witte und tätschelte Papas Arm. Sie hatte flinke Augen, unter denen bestimmt kein Essen verkohlte. Ich drückte sie einmal kurz und schickte die beiden los, um den Grill und die Kohle aus Papas Keller zu holen. Rieke und Marko sollten helfen, alles hochzuschleppen.

»Kriegst du die Suppe also hin, Peet?« Mein Herz klopfte immer noch stürmisch.

Peet begann, Fleisch, Gemüse, Gewürze, Fisch und Sahnebecher und einige unheimliche schwarze Knollen auf dem Tisch hin und her zu schieben, bis er fünf Haufen vor sich hatte. »Ich würde vorschlagen, wir gehen die Sache so an: Hieraus machen wir die Suppe, das werden die beiden Hauptgerichte, und das hier das Dessert.«

»Und was ist damit?«, fragte ich und deutete auf den letzten Haufen, der aus den schwarzen Knollen bestand.

»Kenn ich nicht. Bleibt über.«

»Ich würde annehmen«, mischte Axel sich mit spitzer Stimme ein, »es handelt sich um sündhaft teure schwarze Sommertrüffel. Etwas für Gourmets.«

»Kenn ich nicht. Koch ich nicht«, sagte Peet. Er band sich Klaes' Schürze um, holte ein Hackebeilchen von einem Haken und ein Brett aus einer Schublade und legte los, indem er ein Stück Fleisch säuberlich in Scheiben schnitt.

»Wie lange brauchst du dafür?«, fragte ich.

»Fünf Stunden.«

Ich sah auf die Uhr. Es war mittlerweile zehn Uhr. Schön, dann würde es eben ein spätes Mittagessen geben. »Die Suppe ist um halb drei fertig, okay?«

Peet nickte. Die Scheiben, die er schnitt, hatten alle exakt die gleiche Dicke. Sehr schön, alles akkurat. Mir wurde das Herz warm. Ich hatte zumindest eine Person an Bord, auf die ich mich verlassen konnte.

»Es reicht aber nicht, irgendwas zusammenzurühren. In der Gastronomie kriegt man den Beifall für die Deko. Der Rest ist scheißegal«, sagte Axel und schnappte sich eine Ananas und mehrere merkwürdig aussehende Geräte, die er in einer Schublade gefunden hatte. »Los!« Er winkte Marko und Rieke, die gerade wieder hereinkamen, zu sich und drückte jedem eine Art Kartoffelschäler in die Hand, die statt einer Klinge aber gezackte Kreise besaßen. »Wir werden aus dem Obst was ganz Besonderes zaubern!«

»Hast du so was denn schon mal gemacht?«, fragte ich misstrauisch.

»Nein, aber ich habe das Ergebnis gesehen. Mensch, Amke, Kochen ist keine Astrophysik.«

Gut. Ich schaute mich um. Jeder schien beschäftigt zu sein, es gab nichts mehr, was ich tun konnte. Ich pfiff Quasimodo und ging mit ihm in den Garten, wo ich mich in einer der lauschigen Ecken auf einen Eisenstuhl mit Polster setzte und mein Smartphone herauskramte. Wenn das Essen zum Desaster wurde – was ich nicht hoffte, aber auch nicht ausschließen konnte –, mussten die Gäste auf andere Weise glücklich gemacht werden.

Wir hatten das Schicksal auf unserer Seite, was in Notsituationen sonst ja eher selten geschieht. Die Gäste trafen zu spät ein, und so verringerte sich die Zeitspanne, in der sie auf das Essen warten mussten. Leider waren sie auch ziemlich schlecht gelaunt.

Ich empfing sie auf dem Parkplatz und wurde über den

Grund der Verzögerung aufgeklärt. Die Braut hatte offenbar einen Oldtimer gemietet, mit dem der Bräutigam sie standesgemäß abholen sollte, aber gerade als es losgehen sollte, begann etwas zu stinken. Es stellte sich heraus, dass das Auto einen Defekt hatte, an einem Teil, das sich für den technisch weniger versierten Bräutigam wie *Scheißwobel* angehört hatte. Er wollte daraufhin mit dem Taxi zur Kirche, aber die Braut war ein begeisterter Oldtimerfan, und dieses Gefährt hatte im Zentrum ihrer monatelangen Vorbereitungen gestanden, daher wollte sie nicht einfach aufgeben. Also ließ sie das Prachtstück mit einem Abschleppdienst zu einem Kumpel nach Oldenburg transportieren, der das Scheißwobelproblem lösen sollte.

»So sind sie, die Damen: An ihrem Hochzeitstag muss alles perfekt sein«, unterbrach ich tröstend das Klagelied des Bräutigams.

»Ich hab doch selbst 'ne Karre«, meinte der Bräutigam düster. »Damit wäre alles ganz einfach gewesen. Das hat bisher für den Supermarkt und jeden anderen Weg gereicht. Vielleicht sollte Ille sich mal überlegen, ob sie 'nen Mann oder 'n Auto heiraten will.«

Der Pfarrer, der mit der Brautmutter verwandt war und den sie mit ins Restaurant genötigt hatte, um die Trauungszeremonie bei Ankunft der Braut nachzuholen, erhielt einen Stoß in die Rippen. Bereitwillig säuselte er: »Ist ja irgendwie auch niedlich – unsere Ille und ihr Autospleen. Hahaha. Darüber werden wir bei der Silberhochzeit noch herzlich lachen.«

»Ich scheiß auf Autos. Auf alle. Find ich langweilig«, maulte der Bräutigam. »Heiraten will ich sowieso nicht. Lief doch bestens ohne den verdammten Trauschein.«

Der Pfarrer hörte auf zu lachen. »Jeder nach seiner Fasson«, brummelte er.

Einen erschreckten Moment lang sah ich sie in Gedanken schon alle davonstieben. Doch da wanderten die Blicke der Gesellschaft plötzlich zum Küchenfenster, aus dem ein verführerischer Duft nach Zwiebeln, Lauch und Knoblauch drang.

»Vielleicht fangen wir einfach schon mit der Vorsuppe an, bis die Braut eintrifft«, schlug ich vor.

Die Mienen hellten sich auf. »Genau so würde Ille das wollen«, erklärte die Brautmutter, eine energische Dame mit einem schneidigen Kurzhaarschnitt voller klatschmohnfarbener Strähnchen.

»Meine Tochter ist irre«, flüsterte sie mir zu, als ich ihr den Stuhl im Restaurant zurechtrückte. »Sie hat schon *vier* Hochzeiten platzen lassen. Wollen Sie wissen, was meine Schwägerin dazu sagt?«

Eigentlich nicht, aber ich hörte es mir trotzdem an.

»... und das, wo ihre eigene was mit 'ner anderen Frau hat. Mit einer Frau! Ich bitte Sie – so was kann man doch nicht Ehe nennen. Wie soll man da denn wissen, wer den Müll runtertragen muss? Aber über Ille herziehen! Egal! Ich will jedenfalls, dass Ille endlich getraut wird. Mann, hab ich das satt – diese ewigen O-ist-das-süß-Einkäufe von Brautkleidern. Schließlich hat man auch noch ein eigenes Leben. Nicht dass Sie glauben, dass mir an meiner Tochter nichts liegt. Aber tausend Euro extra, wenn Sie dafür sorgen, dass der Bräutigam nicht abhaut, bevor sie da ist! Wann kommt denn jetzt die Suppe?«

»Mein liebe Miranda«, mischte sich eine Frau, die die letzten Worte gehört hatte, ins Gespräch. »Es ist nicht fair, dass du deinen Unmut an der armen Restaurantangestellten auslässt. Wenn man mehrere Stunden zu spät kommt, dann gibt es mit dem Essen eben Schwierigkeiten. Nicht, dass ich etwas gegen Ille sagen will, aber ich hätte meinem Jungen wirklich ...«

»Wenn es ihm ernster mit dem Heiraten wäre, hätte er vielleicht selbst für ein geeignetes Auto ...«

Erleichtert sah ich Hayo Smid im Restaurantgarten auftauchen, meinen Freund aus Abitagen. Er trug sein kleines Akkordeon bei sich. Hayo hatte einen Abischnitt von 1,0 hingelegt und sich dann entschlossen, das Medizinstudium zugunsten einer Musikerkarriere zu schmeißen. Er hatte sich sofort bereit erklärt, mir zu helfen, als ich ihm mein Dilemma schilderte. Hastig lotste ich ihn herein, und er legte los. Schmissige Musik zwischen Nordseewellen-Seligkeit und Zigeunersound. Das beendete den Streit nicht, aber es übertönte ihn und lenkte ab.

Rieke, Marko und Frau Witte kamen aus der Küche und trugen die Suppe auf, und am Tisch des Bräutigams, der seinen besten Kumpel auf den Stuhl der Braut gewinkt hatte und mit ihm über die Aussichten der EWE Baskets auf den Meistertitel spekulierte, besserte sich die Stimmung. Hayo sang von der Liebe, Rieke tischte Wein auf, und Marko, der nach einem Rüffel von mir von seiner angeekelten Miene abließ, servierte ebenfalls – alles lief also so gut, wie es unter den gegebenen Umständen nur möglich war.

»Wie weit bist du denn mit dem Hauptgang?«, fragte ich Peet, als ich kurz in der Küche vorbeischaute.

»So gut wie fertig. Hab ich doch gesagt: Fünf Stunden.« Er rührte mit Bedacht, Hektik war ihm fremd.

»Ich bin auch fast fertig«, sagte Axel. Und ... Donnerwetter: Er hatte aus seiner Ananas einen Fasan geschnitzt, ein tolles, lebensechtes Tier, dem die grünen Blätter als Gefieder dienten. Aus den Apfelsinen waren kleine Vögel geworden. »Das reißt alles raus, was mit dem Essen schiefläuft«, erklärte er zufrieden.

Er bekam seinen Beifall, genau wie Peet. Ich kontrollierte das Auftragen der Speisen. Rieke, Marko und Frau Witte waren phantastisch. Papa scherzte an einem der Tische mit Frauen seines Jahrgangs über den Ananas-Fasan.

»Dass der Braten zäh geworden ist, dafür kann man das Restaurant ja nicht verantwortlich machen«, sagte die Mutter des Bräutigams. »Wenn Ille …«

»Der ist doch gar nicht zäh. Der ist superlecker«, widersprach ihr mampfender Ehemann.

»Aber die Trüffel fehlen«, murrte die Bräutigammutter.

Das stimmte. Peet kochte ja nicht, was er nicht kannte.

»Trüffel wachsen wild und werden bei der Suche von Schweinen angenuckelt. Das ist sowieso eklig«, brummte der Mann.

Seine Frau zog ein böses Gesicht, mochte das Thema aber nach einem Blick auf die zufriedenen Gäste nicht mehr weiter ausführen.

Gegen sechs tauchte Ille in ihrem Oldtimer auf. Sie strahlte über das ganze Gesicht, und ihr satter Ehemann schwang sie im Kreis und nannte sie zärtlich seine dumme Nuss. Quasimodo legte einen Strauß weißer Rosen vor ihr ab – das hatte ich ihm am Vormittag noch beigebracht –, dann wurde die Trauung vollzogen. Als die Leute angeheitert die üblichen lustigen Hochzeitsspiele spielten und feststand, dass die Hochzeitsfeier für unser Restaurant ein Erfolg sein würde, zog ich mich auf Papas Terrasse zurück.

Die Klänge von Hayos Akkordeon drangen zu mir herüber. Wir hatten es geschafft und unser Restaurant durch alle Fährnisse ans sichere Ufer gesteuert. »Wir haben es geschafft«, sagte ich zu mir. Ich wartete auf das Hochgefühl, das sich in solchen Situationen bei mir normalerweise einstellt. Aber es blieb aus. Ich war einfach nur kaputt.

13

Dann folgte der Streit mit Axel. Es war am nächsten Vormittag. Ich war aus dem Bett gekrochen und machte mit ihm einen Spaziergang durch die Felder, auf denen der Weizen gemäht wurde. Einen Steinwurf entfernt drehten sich Windmühlenflügel im Wind. Ein Krähenschwarm zog in einem schwarzen Keil über den Himmel.

»Ich würde sagen, heute Nachmittag geht's ab nach Berlin«, meinte Axel. »Mann, du, langsam hab ich dieses Kaff so was von satt!« Er lachte angespannt.

»Du weißt doch, dass Swantje und Klaes weg sind.«

»Und? Was soll's? Ihr habt das Restaurant momentan sowieso nur für spezielle Feiern geöffnet. Irgendwann kommen sie zurück und wuppen die Sache. Oder versauen sie. Ist mir egal. Denk jetzt endlich mal an mich!«

Das tat ich. Und außerdem dachte ich an Luise und die Praktikantin und ihre Vorgängerinnen. Ich wollte es nicht. Ich wollte auch nicht ungerecht sein. Axel war in Ostfriesland, und er hatte sich für mich ein Bein ausgerissen. Angestrengt versuchte ich, etwas von meinen zärtlichen Gefühlen für ihn hervorzukramen.

»Was ist denn nun?«, fragte Axel und kickte einen Stein fort.

»Solange ich nicht weiß, was mit Swantje ist …«

»Sag mal, bist du bescheuert?«

Ich zuckte bei dem scharfen Ton zusammen.

»Amke, was hast du denn mit denen zu tun? Deine Bagage ist völlig durchgeknallt. Klaes kriegt keinen Gedanken zu Ende, deine Schwester ist wegen jeder Kleinigkeit beleidigt, dein Vater … Ich sag ja nicht, dass er etwas dafür kann, aber wie der sich benimmt! Biedert sich bei den Gästen an! Und du spielst für alle den Fußabtreter, ohne dass es dir von jemandem gedankt wird. Wo zum Teufel ist dein gesunder …«

»Hör auf, so über sie zu reden!«, schrie ich ihn an. Axel packte mich am Arm und zwang mich, stehen zu bleiben. »Was du in Wirklichkeit meinst, ist wohl: Hör auf, so über meinen Ich-kann-das-alles-mit-links-Schwippschwager zu reden. Versteh ich das richtig? Bläst der Wind aus dieser Richtung?«

Ich wollte antworten, aber er ließ mich nicht.

»Denkst du, ich sehe nicht, wie ihr beiden zusammengluckt? Sandkastenfreundschaft! Dass ich nicht lache! Was zwischen euch beiden abläuft, hat doch längst nichts mehr mit Sandkästen zu tun. Ich find's nur echt bescheuert, dass du nicht ehrlich bist. Hast du Spaß daran zuzukucken, wie ich mich zum Deppen mache?«

Er ließ mich los und stürmte davon. Ich sah ihm nach, wie er den sandigen Weg hinaufrannte. War das gerade das Ende meiner Beziehung gewesen? Der Tod meiner Liebe?

Axel bog um eine Ecke und verschwand hinter einem Bauernhof. Vergeblich wartete ich auf ein Gefühl des Bedauerns.

14

Papa war glücklich mit seiner Terrasse. Die Palmen gediehen im Schutz des Kolosseums und unter der Wärme der ostfriesischen Sonne. Mit Frau Wittes Hilfe dekorierte er die zwanzig Quadratmeter, die ihm von seinem Garten geblieben waren, und hinterher sah es vor unserem Wohnzimmer aus wie in Las Palmas. »Falls es zu kühl für die Pflanzen ist, versuchen wir im nächsten Jahr etwas anderes«, sagte Frau Witte, und Papa nickte zufrieden. Er bohrte für mich Schrauben in die Hauswand und einen Apfelbaum und brachte die Hängematte wieder an. Ich ließ mich hineinfallen und schloss die Augen.

»Was ist los mit dir?«, fragte Peet, als er zwei Tage später erschien, um nach mir zu sehen. Durch den Apfelbaum glitzerte die Sonne und bereitete mir Kopfschmerzen. Ich legte eine Serviette, die neben einem Teller mit einem angebissenen Brötchen lag, über meine Augen.

»Nichts. Ich bin nur müde.«

»Nein, du bist krank. Du hast dich wieder und wieder zusammengerissen und immer weitergemacht und nicht aufgeben wollen, und jetzt ist der Motor kaputt. Na ja, nicht wirklich kaputt.« Er zwinkerte mir zu. »Nur überhitzt.«

Umständlich ließ er sich neben mir in Papas Liegestuhl sinken. Dann schwiegen wir. Mit Peet konnte man wunderbar schweigen. Das war vielleicht das Ostfriesische an ihm. Keine Hektik. Kein Drang, sich zu beschäftigen, wenn es nichts zu tun gab. Kein Bemühen, eine Stille zu überbrücken, die vielleicht peinlich werden könnte.

Aus dem Restaurantgarten drangen junge Stimmen über die Hecke. »Ist das nicht Hauke?«, fragte ich, ohne es wirklich wissen zu wollen.

»Glaub schon.«

Ich nickte kurz weg. Als ich wieder erwachte, war Peet immer noch da. Er hatte in der Zwischenzeit Tee aufgegossen. Papas weiße Kanne stand auf dem Tisch, und es duftete verführerisch. Peet ließ ein paar Kandis in meine Tasse purzeln, goss den Tee darüber und dann die Sahne. Ich sah zu, wie sie vom Boden aufstieg und weiße Kringel im schwarzen Tee zog. Man darf sie nicht umrühren, keine Ahnung, warum, aber es gilt als Verbrechen.

Ich trank und sagte: »Komisch, ich dachte, das mit Hauke sei passé und Marko wieder aktuell.«

»Rieke ist sechzehn. Da hält die Liebe nicht länger als der Schaum auf dem Bier.« Er lächelte mir zu. Darüber schlief ich wieder ein.

»Schade, dass Axel so viel in Berlin zu tun hat«, sagte Papa, als er später bei mir saß. »Ich fand es schön, ihn hier zu haben.«

»Ja, er hat uns geholfen.«

»Ein patenter und energischer junger Mann. Man hat immer den Eindruck, dass er genau weiß, was er will.«

»Stimmt. Sag mal, hast du schon was von Swantje und Klaes gehört?«

»Peet meint, die beiden haben ihre Handys abgestellt. Er

kann sie jedenfalls nicht erreichen. Aber wir haben ja Rieke als Geisel«, scherzte mein Vater.

Ich lehnte mich in der Hängematte zurück. Doch dieses Mal fielen meine Augen nicht sofort wieder zu. Ich starrte auf das Kolosseum, an dem inzwischen Wicken emporrankten. Mir war jegliches Zeitgefühl abhandengekommen. Wie viele Tage mochten seit der Hochzeit verstrichen sein? Es konnten schon gut zwei Wochen sein. Und niemand hatte sich darum gekümmert, dass die Fotos von der ersten Hochzeit auf unsere Homepage gestellt wurden, um neue Kundschaft anzulocken. Ich wusste, wie anfällig so ein Projekt war. Wenn man den ersten Schwung nicht nutzt, ist die Luft raus und man kann die Sache vergessen.

Mühselig wälzte ich mich aus der Hängematte und ging zu Swantjes Haus. Rieke spielte mit Quasimodo Ball. »Jemand muss die Fotos von der Hochzeit hochladen«, sagte ich zu ihr.

»Hab ich längst getan.« Sie strahlte mich mit der Leuchtkraft ihrer sechzehn Jahre an. »Eigentlich hat es Sören gemacht. Er geht auf meine Schule. Aber er ist schon eine Klasse weiter. Nächstes Frühjahr macht er Abi. Dann will er für ein paar Wochen nach Afrika, Löwen zählen.«

»Löwen zählen?«

Rieke nickte.

»Wieso das?«

»Es ist ein Projekt in einem Dorf in der Nähe von Johannesburg. Voll krass. Sören findet es nicht gut, wenn man tut, als ginge einen die Umwelt nichts an, deshalb hat er sich dafür entschieden. Schließlich sollen unsere Kinder in dieser Welt auch noch ein lebenswertes Leben führen können.«

»Und Hauke?«

»Oh, weißt du, was Hauke gesagt hat?«

Sie erzählte es mir. Es war eine komplizierte Geschichte, die etwas mit Haukes Einstellung zu armen kleinen Maulwurfbabys zu tun hatte. Er mochte sie nicht. Und nun mochte Rieke Hauke nicht mehr.

»Und Marko?«

»Wer?«, fragte Rieke.

Es war gut, dass sie die Fotos hochgeladen hatte. *Nicht* gut war, dass wir die Mails ignoriert hatten, die anschließend von potentiellen Kunden gekommen waren. Ich raffte mich auf und schrieb zurück, dass wir im Moment leider völlig überbucht seien, aber für den Spätherbst Reserven frei hätten. Danach schlich ich zu meiner Hängematte zurück.

Oder wollte es. Leider war sie abgehängt. »Genug geschlafen«, sagte mein Vater, der sie gerade zusammenrollte und in einer Plastiktruhe verstaute.

»Warum packst du meine Hängematte weg?«

»Weil wir jetzt gemeinsam etwas unternehmen werden.«

»Aber ich bin zu …«

»Es ist perfektes Wetter zum Spazierengehen, Tochter. Du brauchst Bewegung!«

Ich kannte diesen Ton – er erlaubte keine Widerworte. Also gingen wir spazieren. Es tat gut. Papa erzählte, dass er über Weihnachten gemeinsam mit Frau Witte nach Norderney fahren wollte. »Ich muss doch die Sache mit ihrer Garage wiedergutmachen. Sie hatte eine Menge Lärm zu ertragen, als die Maurer da waren, um alles zu reparieren.«

»Das ist eine schöne Idee.«

»Ich sollte keine Laster mehr fahren. Frau Witte meint, meine Sehkraft könnte ein bisschen nachgelassen haben.«

»Sie ist eine kluge Frau«, sagte ich.

Wir gingen noch öfter spazieren, aber es war eine seltsame Zeit. Obwohl meist die Sonne schien, kam es mir vor, als liefe ich durch Nebel. Alles wirkte verschwommen und vage. Wenn ich nach den Bäumen gegriffen hätte – womöglich hätte ich ins Nichts gefasst. Doch es tat gut, mit Papa zu plaudern. Er erzählte viel von seiner Kindheit, und natürlich auch von meiner und Swantjes und wie sehr er mich vermisst hatte, als ich in Berlin war.

»Ich habe dich auch vermisst. Ich hab es nur nicht gemerkt. Ich war zu blöd«, sagte ich zu ihm.

Er lächelte und fasste nach meiner Hand.

Manchmal kam auch Peet mit auf unsere Spaziergänge. An einem Sommerabend, während Papa für Quasimodo Stöcke warf, erzählte er mir, dass Jeanette gekündigt hatte. Sie fand die Arbeit auf dem Boot nicht professionell genug. Das hatte sie schon lange gestört, und jetzt war sie zu einem Konkurrenten abgewandert.

»Hat sie recht?«

»Womit?«

»Dass du nicht professionell genug arbeitest?«

Peet nickte. »Die Leute sind wie wild auf originelles Wohnen. Da gibt es eine Riesenklientel. Ich könnte doppelt so viele Bauvorhaben abwickeln und ein Schweinegeld verdienen, wenn ich es anders anginge.«

In meinem Kopf begann es zu rattern: Ich sah plötzlich ein richtiges Büro mit einem Dutzend Angestellten vor mir, die sich um die Dinge kümmerten, die Ingenieure so tun. Peet selbst müsste nur noch die Fäden in der Hand halten und Aufträge einheimsen. Das ließe sich alles relativ leicht auf die Füße stellen. Man durfte nur keine Scheu haben, die Sache anzupacken.

»Ich habe ein paar Bewerbungsgespräche geführt«, sagte

Peet. »Ein junger Mann wird für mich zeichnen. Knut. Er ist nett und ruhig und stört nicht.«

»Knut wie der Eisbär?«

»Nur mit schwarzen Haaren.«

»Und wenn du ein paar weitere Architekten einstellst und dich nur noch auf die Leitung des Büros …?«

Peet lachte.

»Was?«

»Lass die Menschen machen, Amke. Jeder hat seine eigenen Träume. Mein Traum besteht darin, besondere Häuser zu planen. Und zwar mit möglichst wenig Hektik. Und was ist mit dir?«

»Bitte?«

»Wovon träumst du?«

Quasimodo hatte ein Loch in der Erde entdeckt und bellte wie verrückt. Ich sah, wie mein Vater sich neben ihm auf die Erde kniete und mit einem Stock im Loch herumstocherte. Quasimodo wedelte begeistert mit dem Schwanz.

Ein Smartphone klingelte. Ich brauchte einen Moment, um zu begreifen, dass es mein eigenes war. Ich blickte auf das Display. Der Anrufer hatte bereits wieder aufgelegt. Aber ich sah, dass ich vierundsechzig neue Nachrichten hatte. Puh!

»Steck's wieder weg.«

»Jetzt bist du es, der mir raten will, wie ich glücklich werden soll.«

Peet lächelte. »Im Ernst. Leg's weg. Du hast gerade wieder angefangen, dich ein bisschen zu entspannen.«

Ich betrachtete mein Handy. Das Smartphone war der Draht nach Berlin und zu meinem alten Leben, in dem es zuging wie bei den Olympischen Spielen: Schweiß, Kampf, Sieg, Kaviar, Sektfrühstück, Schulterklopfen. Lange Zeit war das mein

Traumleben gewesen. Aber ich verspürte auch Angst. Im selben Berlin wartete das kräftezehrende Ringen mit Auftraggebern, der Termindruck, eine Wohnung, die sich anfühlte wie ein Hotelappartement …

Peet nahm mir das Handy aus der Hand und ließ es in die Tasche zurückgleiten. Ich holte es wieder raus. Keine der Nachrichten war von Axel. Na schön. Etwas war zwischen uns kaputtgegangen, und ich wusste, dass es sich nicht mehr reparieren lassen würde. Interessanter waren die Anrufe von Hanne, unserer Superwoman, ohne die im Büro alles drunter und drüber gehen würde. Sie hatte ein paar Dutzend Mal versucht, mich zu erreichen.

Ich hörte den Anrufbeantworter ab. Beim Klang ihrer Stimme überrollte mich erneut eine Welle der Verdrossenheit, obwohl ich Hanne wirklich gernhatte. »Warum rufst du nicht zurück?«, hörte ich sie fragen. »Amke – es ist wichtig!«

»Du solltest dein Gesicht sehen«, brummte Peet und winkte Papa zu, der sich mühselig wieder auf die Füße gestemmt hatte und die schmutzigen Hände an der Jeans abwischte.

»Amke, sei nicht blöd … ruf zurück!« Klang Hanne panisch? Oder bildete ich mir das ein? Der nächste Anruf: »Ach, mach doch, was du willst!« Und dann: »Lebst du noch?« Und dann: »Ruf zurück, verdammt!«

Das sollte ich tun, klar. Aber ich wollte mir keine Katastrophennachrichten aus Berlin anhören. Mein Kopf füllte sich bereits wieder mit Blei, mein Herz trommelte, mein Magen zog sich auf Murmelgröße zusammen. Nein, Hanne musste warten.

Zwei Tage später kehrten Swantje, Klaes und Fenna zurück. Ich hievte gerade meinen Einkauf aus dem Auto, als sie mit ihrem Wagen am Straßenrand hielten. Meine Schwester sprang auf den Gehweg, nahm mich in die Arme, wirbelte mich herum und rief: »Klaes schreibt ein Kochbuch!«

»Mit Bildern«, ergänzte Klaes, der ebenfalls ausgestiegen war und Fenna aus dem Kindersitz befreite. »Ich habe mir eine Kamera gekauft. Eine Nikon AF D 20/2.8 mit Superweitwinkel-Objektiv. Willst du sehen?«

Fenna lief davon, und ihr Vater präsentierte stolz seinen neu erworbenen Schatz, der außerdem über einen automatischen Korrektionsausgleich und einen Superweitwinkel verfügte. Sehr spannend.

»Das ist jetzt Klaes' Zweitjob«, erklärte Swantje. »Solche Kochbücher werden momentan überall angeboten. Das wird ein Renner, Amke! Klaes fotografiert einfach, was er gekocht hat, und schreibt das Rezept auf, und vielleicht steuern seine Gäste sogar noch einen begeisterten Kommentar bei ...«

Ich sah in Gedanken, wie die Bräutigammutter »Na, bei einer Suppe kann man ja auch nichts falsch machen« unter sein Rezept kritzelte, und seufzte still.

»Von dem Geld, das Klaes damit verdient, werden wir uns jemanden leisten, der den Garten macht«, strahlte Swantje. »Dann hab ich nämlich genügend Zeit für die Kinder, wenn ich von der Arbeit heimkomme.«

»Genau. Und ich sauge am Vormittag!« Klaes nickte wichtig, um zu zeigen, dass ihm der heikle Punkt bewusst war.

»Aber Rieke muss auch mit anpacken. Sie ist alt genug, und auch vom pädagogischen Standpunkt aus ist das wichtig«, sagte Swantje. »Kinder, die zu Hause helfen mussten, kommen im späteren Leben besser zurecht – das ist erwiesen.«

Klaes nickte. »Aber im Sommer machen wir Urlaub – und zwar mit der ganzen Familie. Denn es muss immer etwas Besonderes geben, auf das man sich freuen kann.« Der letzte Satz stammte von meinem Vater, und Swantje hatte ihn ihrem Schatz offenbar ans Herz gelegt. Klang auch sehr nett. Nur, wandte die Unternehmensberaterin in mir ein, war im Sommer Hochsaison für Hochzeiten und andere Feste, und zudem versammelte sich zwischen Mai und Oktober ganz Deutschland in der Touristenhochburg Ostfriesland. Urlaub? Vergesst es, ihr Lieben.

Außerdem gab es auf dem Markt bereits eine Million Kochbücher. Die meisten trugen Titel wie »Was ein Depperl für einen Euro in zwei Minuten auf den Tisch bringen kann«, was ein Schlaglicht auf die Vorlieben der Buchkäufer warf und mich daran zweifeln ließ, dass Klaes' Sommertrüffel sich zu einem Renner entwickeln würden.

»Und? Was denkst du?«, fragte Swantje gespannt.

Jeder hat seine eigenen Träume, hörte ich Peets Stimme in meinem Kopf.

»Und … cheeeese …!«, brüllte Klaes. Er meinte nicht uns, sondern Papa, der mit Frau Witte um die Ecke bog. Quasimodo hatte Fenna entdeckt und jagte sie selig um das Auto.

Jeder hat seine eigenen Träume. »Hört sich nicht schlecht an«, sagte ich zu meiner Schwester.

Klaes und Swantje krempelten also ihr Leben um. Ich verlegte meine Hängematte in den Restaurantgarten, um die Veränderungen besser verfolgen zu können. Jeden Morgen lud Swantje pünktlich um sieben Uhr dreißig Rieke und die kleine Fenna ins Familienauto. Sie brachte die Große zur Bushaltestelle und Fenna in den Kindergarten und fuhr selbst nach Leer zu ihrer Arbeit. Klaes stellte derweil den Staubsauger an. Um neun – manchmal auch erst um zehn – war das Staubsaugen mit all seinen komplizierten Vor- und Nachbereitungen erledigt, und er setzte sich an seinen Schreibtisch, um sich mit Buchungen, Rechnungen, der Pflege der Homepage, der Werbung, der Steuer und anderem Papierkram herumzuschlagen.

Nach etwa fünf Minuten Plackerei kam er zu mir in den Garten, um zu fragen, ob ich ihm helfen könne. Ich sagte jedes Mal ja, denn ich wollte natürlich nicht, dass der Traum meiner Schwesterfamilie daran scheiterte, dass Klaes an einer Front kapitulierte, für die er nachweislich untauglich war.

Außerdem begann mir die Sache allmählich Spaß zu machen. Ich hatte tausend Ideen und peppte unsere Homepage auf, bis es mich in den Fingern juckte, selbst ein romantisches Silberhochzeitsdinner, eine Jubelsause nach dem bestandenen Examen oder ein Jetzt-sind-wir-endlich-geschieden-Abschiedsessen zu buchen.

»Jetzt-sind-wir-endlich-geschieden? Eine Scheidungsfeier? Macht das denn Sinn?«, fragte Peet, der mir über die Schulter lugte, während ich das Abschiedsessen für die glücklich Getrennten mit ein paar pfiffigen Bildern in Szene setzte.

»Klar. Warum soll man das, was gut war, am Ende einer Beziehung nicht noch einmal würdigen?«, fragte ich und dachte an Axel, von dem ich seit seiner Abreise kein Wort mehr gehört hatte.

»Du hast Ideen!«, brummte Peet und kehrte auf sein Boot zurück, das mittlerweile wieder vor Klaes' Grundstück ankerte, direkt neben dem Restaurantschiff. Anscheinend störte ihn der Lärm nicht mehr, obwohl der Betrieb zunahm. Wir hatten das Restaurant jetzt jeden Abend geöffnet, und die ersten Gäste begannen von Klaes' Spezialitäten und dem Superambiente zu schwärmen.

Ich kreierte auf der Scheidungsfeierseite eine Bombe, die beim Explodieren Dutzende lächelnde Gesichter ausspuckte. Ein Vogel flatterte auf einen der Stühle an meinem Tisch. »Gut gemacht?«, fragte ich. Er nickte, dass das blaue Köpfchen flog.

Später kam Klaes, um mir seine neueste Kreation vorzuführen, ein Dessert, das er bei der nächsten großen Festlichkeit kredenzen wollte. Es bestand aus einem Beerengelee mit kalifornischen Walnüssen und war für ein Paar aus Wyoming gedacht, das seinen eisernen Hochzeitstag in Ostfriesland feiern wollte. Ihre Verwandtschaft kam zur Hälfte aus Hollerfehn (daher Ostfriesland) und zur anderen Hälfte aus Amerika, und das Jubelpaar hatte seine Anfrage auf einem Briefbogen mit einem silbernen Monogramm geschickt, das nach Kaviar zum Frühstück und einem Dutzend Armbanduhren von Burberry in der Nachttischschublade aussah. Ich probierte das Beeren-Nuss-Dessert und fand es ungewöhnlich und köstlich.

»Ich sag das nicht gern, Klaes«, nuschelte ich, während ich mit der Zunge meine Lippen ableckte, »aber hinter deiner schmutzigen Schürze verbirgt sich ein Gott des Genusses.«

»Ach was«, winkte Klaes geschmeichelt ab.

»Doch, und es ist wichtig, dass dir so großartige Sachen einfallen. Diese Hochzeit könnte die perfekte Werbung für uns sein!«

Und dann kam Hanne. Sie fuhr eines Nachmittags mit ihrem gelben Smart vor und fand mich an einem der Tische im Restaurantgarten, wo ich gerade eine Liste mit den Vorbereitungen für die eiserne Hochzeit abhakte.

»Der Berg kommt zum Propheten, wenn der Prophet einen lahmen Hintern hat«, sagte Hanne und versuchte genervt auszusehen, obwohl sie vor allem aufgeregt und erleichtert war. »Warum hast du dich denn nicht gemeldet, Amke? Willst du gar nicht wissen, was in Berlin los ist? Das kann dir doch nicht egal sein!«

»Natürlich nicht«, sagte ich verlegen. Ich packte meine Listen beiseite, und Hanne begann zu erzählen, nachdem ich sie mit Cappuccino versorgt hatte. Was sie zu sagen hatte, haute mich vom Hocker. Sie hatte seit geraumer Zeit – eigentlich seitdem Axel nach Berlin zurückgekehrt war – den Eindruck, dass mein Partner merkwürdige Telefonate führte. »Weißt du – es klingelt, und er schließt die Tür, und wenn man trotzdem reinkommt, sagt er: Moment mal …«

»Weil er ungestört sein will.«

»Wollte er früher nie. Der hat uns doch gar nicht bemerkt. Außerdem kriegt er Post, die er sich direkt aus dem Briefkasten angelt, so dass wir sie nicht zu Gesicht bekommen. Und er führt heimliche finanzielle Transaktionen über das Firmenkonto durch.«

»Mensch, Hanne, doch nicht Axel!«, sagte ich und fühlte mich, als hätte man mir in den Magen geboxt.

»Er hat sich ein neues Passwort für seinen Computer zugelegt.«

»Das kann alles Mögliche bedeuten.«

Hanne schenkte mir einen Wie-bescheuert-kann-man-denn-sein-Blick und fuhr fort: »Ich habe also ein bisschen rumgeschnüffelt, und ich wäre froh, wenn du mir dazu nachträglich dein *Placet* geben könntest, weil ich nämlich glaube, dass ich mir in Bälde einen neuen Job suchen muss. Da macht es sich nicht gut, wenn man blöde Kommentare im Arbeitszeugnis hat.« Und dann begann sie mir haarklein zu erzählen, was sie bei ihrer Schnüffelei herausgefunden hatte.

Offenbar erzählte Axel unseren Kunden, dass er unsere Firma in Zukunft allein weiterführen werde. Er hatte sich einen Anwalt für Wirtschaftsrecht besorgt und Geld umgeschichtet. »Er will dich ausbooten, Amke. Er legt dich rein.«

»Aber das kann er gar nicht«, sagte ich, nicht aus Naivität, sondern weil ich wusste, dass er es nicht konnte. Ein Studium der Betriebswirtschaft macht seine Absolventen auch in Rechtsangelegenheiten kundig, und ich war in Axel zwar verliebt gewesen, aber nie so blauäugig, als dass ich unsere Verträge nicht auf Herz und Nieren hätte prüfen lassen.

»Aber er plant irgendetwas«, beharrte Hanne, die zwar nicht studiert hatte, dafür aber einen sechsten Sinn für Gemeinheiten besaß, was vielleicht daran lag, dass sie eine schmutzige Scheidung hinter sich hatte.

Ich seufzte. »Also gut, ich kümmere mich darum. Ja, wirklich. Sag mal, willst du nicht noch ein bisschen bleiben?«

Ihr Blick schweifte über den Kanal zu den Kuhwiesen. Ihr schauderte. »Nee, aber lieb von dir«, brummte sie. Am Ende blieb sie dann doch. Wenigstens übers Wochenende. Und am Montag begann ich meine Vorkehrungen wegen der Firma zu treffen.

15

Die Zeit, die nun folgte, war unheimlich. Mit dem Restaurant lief alles bestens. Privat gab's ebenfalls nichts zu klagen. Swantje freute sich über das erste Gehalt, das von ihrem Radiologen einging, und Rieke ließ sich von Marko – der sich wieder an ihren Rockzipfel gehängt hatte und ihr in seiner Einsamkeit leidtat – zu einem mittelalterlichen Event in einer ostfriesischen Häuptlingsgruft einladen.

Und doch war mir, als liefe ich über brüchiges Eis. Was plante Axel? Bei meinen Anrufen ließ er sich verleugnen, und auf meine E-Mails reagierte er nicht.

Hanne rief an, um mir mitzuteilen, dass er dezent herumfragte, wer ihm in eine neue Firma folgen würde. Ich schrieb ihm eine weitere Mail, in der ich mein Wissen über seine Intrigen auf den Tisch legte und eine Erklärung forderte. Nervös wartete ich, wie er darauf reagieren würde.

Ich erfuhr es, exakt einen Tag bevor unser eisernes Hochzeitspaar aus Wyoming zum Jubelfest eintrudeln sollte, und ich glaube nicht, dass der Zeitpunkt ein Zufall war. Axel musste von unserem größten Event des Herbstes erfahren haben und startete seinen Angriff in dem Augenblick, in dem wir am verwundbarsten waren. Ich zog den Brief seines Anwalts aus dem

Briefkasten, während Klaes einkaufte und das Personal das Schiff und das Restaurant wienerte.

In dem Schreiben stand, dass uns Herr Axel Heiner, der Pächter des Grundstückes Püttjeweg 213, mit sofortiger Wirkung die Nutzung seiner Pachtsache verbot, insbesondere dessen gastronomische Verwertung. Ich starrte auf das Blatt Papier, als wäre ich vom Blitz getroffen. Das Grundstück Püttjeweg 213 gehörte meinem Vater. Das war unsere Hausnummer. Sicherheitshalber lief ich nach draußen und schaute auf das kleine blau-weiße Schild neben der Haustür. Natürlich – 213. Wie betäubt kehrte ich ins Wohnzimmer zurück. Axel Heiner, mit dem ich unsere Firma aufgebaut, mit dem ich Erfolge gefeiert und mich über Misserfolge getröstet hatte … Axel, mit dem ich verzauberte Urlaube in Florida verbracht hatte und der noch vor wenigen Wochen hier in Ostgroßefehn einen Fasan aus einer Ananas geschnitzt hatte … Axel wollte mich auf derart schäbige Art hereinlegen?

In meinem Kopf ratterte es. Ich wusste, dass Axel mehrere Male unterwegs gewesen war, um für das Restaurant Behördenkram zu erledigen. »Hat Axel dich irgendwann einmal etwas unterschreiben lassen?«, fragte ich meinen Vater, der gerade die *Ostfriesen-Zeitung* las.

Er schaute verwirrt auf. »Aber nein. Warum denn, Amke?«

»Überleg noch mal genau.«

Mein Vater versuchte sich zu erinnern. Doch, ja, Axel hatte ihn tatsächlich einmal gebeten, bei einem Notar etwas gegenzuzeichnen. Das war nötig gewesen, damit Klaes sein Restaurant eröffnen konnte, also nichts Wichtiges, blieb ja alles in der Familie. Das hatte der Notar auch gesagt …

Mein Vater ging zu seinem Schreibtisch, den er nur noch selten benutzte, und kramte in den Schubladen. Das Dokument fand sich in der untersten zwischen alten Rechnungen. Sicher hatte Axel es dort versteckt, weil er nicht wollte, dass es mir zufällig in die Hände geriet. Es war ein Vertrag, der besagte, dass mein Vater den größten Teil seines Grundstücks für die nächsten sechzig Jahre an Axel Heiner verpachtet hatte.

»Dieser Schweinehund«, sagte ich leise. Ich konnte es nicht fassen. Axel musste seinen Winkelzug geplant haben, während er noch mit uns gemeinsam um das Restaurant kämpfte. So etwas Dreckiges, Gemeines!

»Was ist denn los?«, fragte mein Vater besorgt.

»Mach dir keine Sorgen, Papa.« Wie betäubt ging ich auf die Terrasse an die frische Luft.

Mein Vater folgte mir. »Axel meinte, es würde sich nichts ändern. Es sei nur eine Formalie. Ich habe doch nicht etwa unser Grundstück verkauft?« Er war blass geworden.

»Hast du nicht – keine Sorge.«

Nur durften wir von nun an leider den größten Teil unseres Restaurantgartens nicht mehr betreten. Außerdem hatten wir den Zugang zum Schiff und den Parkplatz für unsere Gäste verloren. Aber das sagte ich meinem Vater nicht.

Kalt vor Wut zog ich mein Handy aus der Tasche.

Mein Gespräch mit Axel – der sich dieses Mal nicht verleugnen ließ, sondern es im Gegenteil genoss, mir unter die Nase zu reiben, wie blöd ich gewesen war, ihn für einen hinterfotzigen Architekten abzuservieren – dauerte genau sechs Minuten und achtundzwanzig Sekunden. Nicht sehr viel, wenn man bedenkt, wie lange unsere Beziehung gehalten hatte.

Die ersten Minuten nutzte Axel für Vorwürfe. Er redete sich nicht nur seinen Ärger über Peet von der Seele, sondern erklärte mir auch, wie sehr es ihn immer genervt hatte, dass ich mich nie um die Blumensträuße für die Betriebsjubiläen gekümmert hatte und seine Dusche immer auf *Heiß* stehen ließ, so dass er sich, wenn er nach mir duschte, verbrühte. Anschließend schilderte er genüsslich, wie elegant er mich mit dem Grundstück meines Vaters reingelegt hatte.

»Ich trete vom Pachtvertrag zurück, Amke, wenn du mir dafür die komplette Firma samt Inventar, dem Personal und natürlich sämtlichen Kunden überlässt. Das ist meine Bedingung.«

Ich war ein bisschen benommen. Axel wollte mich ausrauben, ohne den kleinsten Funken eines schlechten Gewissens. Das mit eigenen Ohren zu hören tat weh. In was für ein Monster war ich da nur jahrelang verliebt gewesen? Es ist die Eifersucht, sagte ich mir. Die bringt den Menschen um den Verstand. Das ist ja gar nicht der richtige Axel. Möglicherweise hatte ich damit sogar recht.

Als er eine Pause zum Luftholen machte, holte ich zum Gegenschlag aus. »Axel, erinnerst du dich an die Muscheln in Florida?«

»Bitte?«, fragte er, aus dem Konzept gebracht.

»Wir hatten unser Haus gefunden, den Grundriss erhalten, den Kauf beschlossen und danach den Abend in einem Restaurant am Strand verbracht«, erinnerte ich ihn. »Wir haben auf dem Grundriss Möbel aus Papierfetzen hin und her geschoben und in Gedanken unser Haus eingerichtet.«

»Das weiß ich doch«, sagte er gepresst. »Willst du jetzt einen auf sentimental machen?«

Nee, wollte ich nicht. »Und dann kam das Essen. Ich hatte ein Steak und du diese verdammten Muscheln à la irgendwas.«

Axel schwieg. Ihm begann etwas zu dämmern.

»Anschließend ist dir schlecht geworden, und wir mussten ins Krankenhaus, wo du ununterbrochen gereihert hast.«

Ich brauchte nicht mehr zu erwähnen, dass ich am nächsten Morgen allein zum Notar gefahren war, um den Kauf des Hauses zu regeln. War ja kein Problem gewesen. Schließlich vertrauten wir einander. Wir hatten sogar noch Scherze gemacht, weil das Haus nun mir allein gehörte. Natürlich hatte Axel finanziell seinen Teil beigesteuert, aber auf dem Papier war ich die Eigentümerin. Wir hatten es immer ändern lassen wollen, aber es hatte nicht geeilt, und irgendwie war es dann in Vergessenheit geraten.

Das Haus in Florida war einiges wert. Ich spürte, dass Axel vor Empörung kochte. Aber er konnte sich schlecht beschweren, nachdem er gerade auf die mieseste Art versucht hatte, mich reinzulegen.

Ich fasste mich kurz und nannte ihm die Telefonnummer des Notars, bei dem wir unsere finanziellen Angelegenheiten regeln würden, und außerdem die Modalitäten, was die Auflösung unserer gemeinsamen Firma anging.

Er legte auf, ohne ein Wort zu sagen.

Die Hochzeit wurde ein grandioses Erlebnis, was nicht nur an unserer liebevollen Planung lag, sondern vor allem an dem Gewitter, das über Ostfriesland niederging. Es hätte die Feier zu einem Desaster machen können, aber da Regen in Ostfriesland keine echte Überraschung ist, hatten wir Vorkehrungen getroffen.

Wir spannten durchsichtige Plastikplanen über bunt umwickelte Stangen, warfen Rosen auf die Planen und geleiteten das freudig überraschte Brautpaar und seine Gäste trockenen Fußes erst ins Restaurant und nach einem Begrüßungssekt von dort – ebenfalls unter Planen – weiter zum Schiff.

Der alte Kutter war zu einem Traum geworden. Ich hatte auf

die berühmte Mischung aus Rustikalität und glänzender Eleganz gesetzt. Da die Lieblingsblumen der Braut Rosen waren, hatte ich den gesamten Raum mit Rosengestecken und Rosenblättern dekoriert. Durch die Fenster konnte man den Regen auf das Wasser pladdern sehen, und was eigentlich ungemütlich war, verstärkte den Eindruck von Geborgenheit und Luxus noch. Die alte Dame strahlte. »Das hier ist wie ein Symbol«, flüsterte sie. »Die Liebe hält den Unbilden des Alltags stand.« Ihr Mann küsste sie.

»So heirate ich auch!«, hauchte Jo gerührt. Sie war mit Jupp am vergangenen Abend aus einem weiteren Urlaub zurückgekehrt und direkt vom Bremer Flughafen zu mir gefahren, um sich persönlich davon zu überzeugen, dass ich gewissenhaft mein Chakra durchzog. Ohne zu zögern, hatte sie eins von meinen Kostümen angezogen, um an meiner Seite als zweite Bankett-Managerin über den tadellosen Ablauf der Feier zu wachen. »Ist diese kleine alte Dame nicht süß?«

»Zum Küssen!«

Das Drei-Mann-Orchester, das ich engagiert hatte, begann dezent den *Liebestraum* von Liszt zu spielen, das Leib- und Magenstück der Braut, wie ich durch einen Anruf bei ihrer Tochter herausgefunden hatte. Die Braut klatschte erfreut in die Hände, und allmählich steckte ihre Begeisterung die anderen Gäste an.

»Wie soll es denn jetzt mit deiner Firma weitergehen?«, flüsterte Jo.

»Ich weiß schon, welche Räume ich mieten will, und habe angefangen, nach Personal Ausschau zu halten. Hanne hat sich leider schon einen neuen Arbeitsplatz gesucht, wo sie märchenhaft verdient. Aber so schwer ist es auch nicht, gute Leute zu finden.«

Peet kam die Treppe herab. »Donnerwetter!« Einen Moment blieb er neben uns stehen und beobachtete das Brautpaar, das verliebt über die winzige Tanzfläche trippelte. Dann erklärte er mir leise, dass Marko, der y-Vampir, mit Rieke auf der Terrasse ein Feuerwerk vorbereitete.

»Ich weiß.«

»Habt ihr euch das gut überlegt?«

»Klar. Es wird die Überraschung des Abends. Der Höhepunkt.«

»Du gibst Schwarzpulver in die Hände eines Vampirs?«

»Schisshase!«, spöttelte ich. »Übrigens … Das hier ist Jo.« Ich stellte die beiden einander vor.

»Jo mit dem Chakra?«, fragte Peet.

»Peet von der Black Pearl?«, gab Jo zurück.

»Sie ist toll, hm?«

Mit »sie« meinte er nicht Jo, sondern mich, und das »toll« bezog sich auf mein Hochzeitsevent. Man konnte den Gästen die gute Laune an den Gesichtern ablesen. Der Bräutigam schnappte sich gerade ein Röschen und steckte es seiner eisernen Braut in den Dutt, während sie weitertanzten. Wie schade, dass Klaes nicht bei uns war – er hätte jetzt Entscheidendes über den Umgang mit Rosen lernen können.

»Ich bin toll«, flüsterte ich Jo zu, als Peet wieder abgezogen war.

»Natürlich bist du das. Deine Blockade ist aufgelöst, die Kundalini-Kraft kann wieder zu den Chakren fließen …«

»Quatsch. Ich meine: Peet findet mich toll.«

»Klar. Er frisst dich mit den Augen auf.«

Ich seufzte zufrieden.

Später, als die Gäste aßen, ging ich an Deck. Ich war so glücklich. Peet fand mich toll. Nicht, dass ich es nicht geahnt hätte.

Man verbringt ja kaum seine gesamte Freizeit mit jemandem, den man für den Supertrottel des Universums hält. Aber was bedeutete das für mich? Ich wollte mich gerade diesen komplizierten Überlegungen hingeben, als ich angegriffen wurde.

Die Gestalt kam aus dem Hinterhalt, wie der Affe von der Black Pearl, und warf sich auf mich, so dass wir beide gegen die Reling stolperten. »Marko!«, kreischte ich. »Marko! Verdammt, was machst du da?« Riekes Schatz hatte seine kümmerliche Hühnerblutration offenbar mit Alkohol gestreckt. Er taumelte über das Deck.

»Ich bin verdammt«, hauchte er mir mit einer Schnapsfahne ins Gesicht.

»Verdammt besoffen, ja.«

Er gab ein Geräusch von sich, das sich wie ein Schlürfen anhörte. Vielleicht versuchte er, meinen Ekel einzusaugen. Ich schubste ihn an Land und musste mir dabei anhören, dass ihn die Wölfe der Unterwelt quälten, die unsichtbar waren, aber die Vampire – mit y – gnadenlos verfolgten. Er zeigte mir eine Stelle am Rücken, wo sie sich in ihn verbissen hatten, und war glücklich, als ich ihm einen Heckenrosenzweig aus dem Shirt zog. »Aba ich mach das Feuerwerk«, versprach er mir dankbar.

»Bei diesem Wetter? Das geht doch gar nicht.« Es hatte schon wieder zu pladdern begonnen.

Aber wir waren auf das Feuerwerk ohnehin nicht angewiesen. Die kleine Band zog mit den Gästen in das Restaurant und spielte zum Tanz auf, und als die Feier nachts um drei zu Ende ging, stiegen sie allesamt bestens gelaunt ins Auto.

Peet kam von seinem Boot herüber. »Du hast es drauf, sie glücklich zu machen«, sagte er, während ich dem abfahrenden Brautpaar hinterherwinkte.

»Das sind ihre Chakren.«

Wir lächelten uns an wie glückliche Idioten. Es hatte geklappt. Swantje hatte diskret Fotos gemacht, die wir ausdrucken und verschicken und natürlich auf unserer Homepage ausstellen würden. Ich war sicher – das Restaurant würde ein Erfolgsprojekt werden.

Jo gähnte. Sie schnappte sich ihren Jupp oder Jens – der Name wollte mir einfach nicht in den Kopf – und verkündete, dass sie schleunigst ins Bett müssten, und die anderen folgten ihr.

Nur ich selbst war noch viel zu überdreht, um schlafen zu können. Also ging ich mit Peet zu seinem Boot, wo wir uns in Decken gewickelt auf die Bank unter dem Vordach setzten und in den Regen hinausschauten. »Puh, die Sache läuft, wir haben es geschafft, Peet. Das nächste größere Event findet in drei Wochen statt – eine Examensfeier.«

»Aber die liegt nicht mehr in deiner Hand, was?«

Ja, genau mit dieser Frage schlug ich mich herum. Herr Yamaguchi hatte mich angerufen. Er hatte in meiner Weinattacke offenbar die Unmutsäußerung einer willensstarken Frau von Format gesehen und wollte mich für sein eigenes Unternehmen engagieren. Das wäre ein Geldsegen, für den ich früher bis an die Bürodecke gesprungen wäre. Aber ich hatte null Bock auf den Flug und die nervigen Verhandlungen. Ich wollte auch nicht nach Berlin zurück. Durch das Fenster von Swantjes Kinderzimmer konnte ich die Silhouetten von Jo und ihrem Kerl sehen. Die beiden waren halbnackt und küssten sich leidenschaftlich.

»Weißt du, dass Papa und Frau Witte über Weihnachten miteinander nach Norderney fahren wollen?«, fragte ich Peet.

»Da werden sie bestimmt Spaß haben.«

Ja, und da Frau Witte aufpasste, würde Papa rechtzeitig auf dem Schiff sein – dem richtigen natürlich – und sich keine Sorgen machen müssen, wie er ins Hotel kam. »Geht das schon lange zwischen den beiden?«

»Solange ich denken kann. Ich glaube, dein Vater hatte nur Angst, dich und Swantje vor den Kopf zu stoßen.«

»Indem er sich verliebt?«

»Zwischenmenschliches ist kompliziert.« Peet legte den Arm um meine Schulter und zog mich zu sich heran. »Und da wir gerade über Zwischenmenschliches reden …«

Herzklopfend wartete ich auf das, was er sagen wollte. Und fragte mich, was ich antworten würde. Adieu, Herr Yamaguchi? Ostfriesland schlägt die weite Welt um Längen? Konnte man so etwas denn einfach machen?

»Amke«, begann Peet.

Den Rest hörte ich nicht mehr. Ich schlug die Hände auf die Ohren. Die Welt ging unter. Von Papas Terrasse kam plötzlich ein höllischer Lärm. Gleichzeitig wurde es bunt. Feuerwerkskörper zischten über die Hecken und Bäume und stiegen in den Himmel. Einige schossen auch quer über den Boden und frästen sich durch die Büsche.

»Schiet!«, brüllte Peet, und wir rannten los.

Marko hatte Ehrgeiz gezeigt. Er hatte sich vorgenommen, ein Feuerwerk zu starten, und da gab er nicht auf, egal, wie stark es regnete und wie bösartig ihn die Wölfe der Unterwelt zwackten. Als wir die Terrasse erreichten, stand Papas Kolosseum in Flammen und aus dem Stapel mit den Stuhlauflagen stieg Rauch auf. Pffff!, schoss mir etwas am Ohr vorbei und explodierte am Nachthimmel. Marko starrte fasziniert nach oben. Rieke, die sich an ihn klammerte, kreischte.

Ich rannte an meinem Vater, der mit blassem Gesicht auf die Terrasse trat, vorbei und holte einen Putzeimer, um ihn mit Wasser zu füllen. Peet befestigte unseren Gartenschlauch am

Wasserhahn. Rieke versuchte hilfreich zu sein, indem sie ihm zubrüllte, wo gerade der nächste Böller hochging.

Nach etwa zehn Minuten hatten wir das Chaos unter Kontrolle. Die ganze Familie stand klitschnass beieinander, und mit uns Frau Witte und natürlich Quasimodo, der wie verrückt bellte.

Papa begutachtete die Reste seines Kolosseums. Bei uns ging es schlimmer zu als bei den Römern. Es hatte innerhalb von drei Monaten bereits zwei Angriffe überstehen müssen. Jetzt war es nur noch ein verkohlter Rest.

»Ist aber nicht schade drum, was, Irmgard? Ich denke, wir pflanzen etwas mit Rosen. Das hat mir heute Abend gefallen. Rosen sind die Blumen der Liebe.«

Frau Witte lächelte, und Jo blinzelte Jupp oder Jens oder wie er hieß zu. Alle standen pärchenweise auf unserer Terrasse. Papa und Frau Witte. Klaes und Swantje. Marko, der sich gegen Rieke lehnte, um nicht den Halt zu verlieren. Quasimodo, der seinen Kopf unter Fennas Ärmchen geschoben hatte. Ich merkte, wie sich in mir ein unbeschreibliches Glücksgefühl breitmachte. Vorsichtig nahm ich Peets Arm und legte ihn um meine Schulter. »Wo waren wir vorhin stehen geblieben?«, flüsterte ich.

Er beugte sich zu mir und küsste mich auf den Mund. In diesem Augenblick machte etwas »Knack« in mir. Es war, als fiele die Anspannung der vergangenen Jahre von mir ab, als wäre ich nach vielen Anstrengungen am Ziel einer Reise angekommen. Alles schien auf einmal richtig zu sein. Ich umarmte Peet.

Axel hätte es nicht gefallen, wie meine Familie plötzlich in Jubelschreie ausbrach, wie Papa einen Palmwedel schwenkte, wie Swantje mich umarmte, wie Quasimodo lautstark zu kläffen begann und Klaes seinem Bruder die Faust in die Rippen rammte. Er hätte es sicher kindisch gefunden. Aber was machte das schon? Ich war endlich angekommen. Berlin spielte in meinem Leben keine Rolle mehr.

Marie Matisek

Mutter bei die Fische

Ein Küsten-Roman
272 Seiten. Klappenbroschur
ISBN 978-3-471-35075-1

Große Gefühle am Fischbrötchenstand

Falk Thomsen, Strandkorbvermieter wider Willen, freut sich auf seine zweite Saison auf der schönen Nordseeinsel Heisterhoog. Doch dann kommt seine Mutter zu Besuch. Schon bald bandelt sie heftig mit dem Besitzer des Fischbrötchenstands an. Da taucht Falks verschollener Vater auf. Er will Versöhnung. Falks Mutter will den Mann vom Imbiss. Und Falk will endlich wieder Zeit für seine große Liebe Gina haben. Stattdessen zerreißt er sich zwischen Vater, Mutter und seinem Job. Und bemerkt dabei gar nicht, welches Unheil noch heraufzieht.

List

Astrid Ruppert

Ziemlich beste Freundinnen

Roman | 320 Seiten | Klappenbroschur
ISBN 978-3-547-71193-6

Konstanze ist die wandelnde Perfektion: Die Herzchirurgin, Ehefrau und Mutter hat ihre Familie, ihren Alltag, ihr Bindegewebe, den OP-Plan und sogar das Unkraut im Garten fest im Griff. Die viel zu hell blondierte Glitzernudel Jacqueline dagegen improvisiert sich mehr schlecht als recht durch ihr Leben zwischen vier Minijobs und drei Kindern von zwei Vätern. Ausgerechnet diese beiden Frauen werden Zimmernachbarinnen in der orthopädischen Rehaklinik. Die Gefühle kochen hoch. Während die Knochen heilen, verändert sich in Zimmer 233 alles.

Zwei Frauen. Zwei Welten. Eine Freundschaft.

Marion von Schröder